CÍRCULO *Luna Parque*
DE POEMAS *Fósforo*

Paterson

William Carlos Williams

Tradução, notas e posfácio
RICARDO RIZZO

7   NOTA À EDIÇÃO

9   UMA DECLARAÇÃO DE WILLIAM CARLOS WILLIAMS
     SOBRE O POEMA *PATERSON*

12   NOTA DO AUTOR

15   Livro 1
67   Livro 2
131 Livro 3
197 Livro 4
265 Livro 5
309 Apêndice: Livro 6

316 NOTAS DO TRADUTOR

     POSFÁCIO
342 Coração americano — Algumas notas sobre
     Paterson, de William Carlos Williams
     Ricardo Rizzo

Nota à edição

Este livro se baseia na edição de *Paterson* revisada e organizada por Christopher MacGowan, publicada em Nova York pela New Directions em 1995. Do original, foram mantidos:

- "Uma declaração de William Carlos Williams sobre o poema *Paterson*" — texto que segue esta nota, e que integrava o release da New Directions, publicado duas semanas antes do lançamento do Livro 4, em junho de 1951;
- "Nota do autor" — texto que vem depois da declaração, e que introduzia o poema em todas as edições reunidas de *Paterson*;
- trecho de uma carta que Williams escreveu para Robert MacGregor, vice-presidente da *New Directions*, no dia 16 de maio de 1958, sobre o Livro 5 — logo depois da "Nota do autor";
- Livros 1 a 5 — publicados originalmente entre 1946 e 1958;

• apêndice, com o Livro 6 — fragmentos baseados na edição fac-similar de quatro páginas escritas por Williams entre 1960 e 1961, antes de sua morte, e publicadas postumamente.

Não se mantiveram, no fim do volume, as anotações e notas textuais de Christopher MacGowan, de caráter filológico, que se referem ao processo de estabelecimento do texto em inglês, aqui traduzido. No lugar deste material, estão as notas de Ricardo Rizzo — que incluem uma seleção de algumas notas de MacGowan —, além do posfácio do tradutor.

Uma declaração de William Carlos Williams sobre o poema Paterson

31 de maio de 1951

Não tenho lembrança de quando foi que comecei a pensar em escrever um longo poema a partir da semelhança entre a mente do homem moderno e a cidade. Segundo uma descoberta feita por Vivienne Koch em minhas anotações, é possível que 1925 tenha sido o ano em que fiz o primeiro registro da ideia. Certamente em 1927, quando recebi o prêmio do *The Dial*, depois de terem publicado o poema "Paterson", meus pensamentos sobre o tema geral de que eu queria tratar já estavam bem desenvolvidos.

Havendo decidido o que eu queria fazer, dediquei algum tempo a decidir como deveria abordar a tarefa. A questão era usar as múltiplas facetas que uma cidade apresenta como representações de facetas comparáveis do pensamento contemporâneo, de modo a poder objetificar o homem em si mesmo, tal como o conhecemos e amamos e odiamos. Isso me pareceu ser aquilo a que um poema se presta, falar por nós numa linguagem que conseguimos entender. Mas antes de conseguirmos entendê-la, ela precisa ser reconhecível. Precisamos reconhecê-la como nossa, precisamos ficar contentes que fale por nós. E, ainda assim, ela deve ser uma linguagem como todas as outras, um símbolo da comunicação.

Deste modo, a cidade que eu queria como meu objeto tinha que ser uma que eu conhecesse em seus detalhes mais íntimos. Nova York era muito grande, um aglomerado excessivo da totalidade das facetas do mundo. Eu queria alguma coisa mais perto de casa, alguma coisa apreensível. Escolhi Paterson deliberadamente como minha realidade. O subúrbio onde eu morava não tinha nada de especial, nem era variado o bastante para esse propósito. Havia outras possibilidades, mas Paterson as superou.

Paterson tem uma história precisa associada aos primórdios dos Estados Unidos. Tem, ademais, uma característica central, as cataratas do Passaic, e quanto mais eu pensava sobre elas, mais elas se tornavam o fardo feliz do que eu queria dizer. Comecei a ler tudo sobre a história das cataratas, o parque na pequena colina além delas e os antigos habitantes. Desde o começo, decidi que haveria quatro livros seguindo o curso do rio cuja vida parecia replicar cada vez mais a minha própria vida conforme eu pensava mais e mais nela: o rio acima das cataratas, a catástrofe que eram as próprias cataratas, o rio abaixo das cataratas e a entrada, ao fim, no grande mar.

Houve uma centena de modificações neste plano geral, uma vez que, acompanhando mais o tema do que o próprio rio, me deixei ser levado adiante. O barulho das cataratas me parecia constituir uma linguagem que estávamos e estamos procurando, e minha busca, enquanto eu olhava em volta, tornava-se a luta para interpretar e usar essa linguagem. Essa é a substância do poema. Mas o poema também é a busca do poeta por sua linguagem, sua própria linguagem que eu, já bem distante do tema material, tinha que usar para escrever o que quer que fosse. Eu tinha que escrever de certa maneira para alcançar a verossimilhança em relação ao objeto que havia concebido.

Assim, o objetivo tornou-se complexo. Ele me fascinava e, além disso, me instruía. Eu tive que pensar e escrever, tive que inventar o modo de conseguir dizer, no padrão dos termos que empregava, aquilo que surgia como um chamado. E eu tive que quebrar a cabeça para descobrir como terminaria o poema. Não era o caso de uma conclusão grandiosa e edificante, porque não havia nada disso no meu tema. Tampouco ficaria confuso ou deprimido ou militante em relação a ele. Isso não fazia parte do tema. Teria sido fácil fazer um grande amálgama com um "lindo" pôr do sol no mar, ou uma revoada de pombos, o fim do amor e a confusão do destino humano.

Em vez disso, depois que a garotinha se mistura finalmente à patética sofisticação da grande cidade, não menos derrotada, compreensível, ou mesmo amável do que ela mesma, chegamos enfim ao mar. Odisseu cede ao mergulho como o homem sempre faz, ele não se afoga, é muito hábil para isso e, acompanhado de seu cachorro, retorna terra adentro (na direção de Camden), para recomeçar.

Nota do autor

Paterson é um longo poema em quatro partes, em que um homem é, em si mesmo, uma cidade, começando, buscando, conquistando e terminando sua vida por caminhos que os vários aspectos de uma cidade podem encarnar — se concebidos com imaginação — uma cidade qualquer, cujos detalhes todos podem ser representados de modo a dar voz às mais íntimas de suas convicções. A primeira parte introduz as características elementares do lugar. A segunda parte compreende as réplicas modernas. A terceira buscará uma linguagem para torná-las vocais, e a quarta, o rio depois das cataratas, será a rememoração dos episódios — tudo aquilo que qualquer homem pode alcançar numa vida.

"Se eu fosse mais jovem, desnecessário dizer, teria sido um poema diferente. Mas, nesse caso, já não teria sido sequer escrito. Depois de *Paterson*, 'Livro 4', passaram-se dez anos. Nesse período, compreendi, afinal, não apenas que muitas mudanças se produziram em mim e no mundo, mas que precisava reconhecer que não tinha como dar um fim a uma história tal como eu a havia vislumbrado e nas condições que havia estabelecido para mim mesmo. Eu precisava levar a palavra de *Paterson* a uma nova dimensão caso pretendesse dar-lhe validade imaginativa. Ainda assim, eu queria mantê-la íntegra, como ela é para mim. Enquanto eu remoía a questão na minha cabeça, a composição começou a assumir a forma que você verá no presente poema, mantendo, espero, uma unidade diretamente contínua com o *Paterson* dos Livros 1 ao 4. Vamos torcer para que eu tenha conseguido."

trecho da carta de Williams a Robert MacGregor, vice-presidente da *New Directions*, do dia 16 de maio de 1958

Livro 1
(1946)

: uma atração local; primavera, verão, outono e o mar; uma confissão; um cesto; uma coluna; uma resposta a gregos e latinos com as próprias mãos; uma seleta; uma celebração;

      em termos característicos; por multiplicação uma redução a um; audácia; uma queda; as nuvens resolvendo-se numa barragem de areia; uma pausa imposta;

      difícil dizer; uma identificação e um plano de ação para suplantar um plano de ação; uma correção de rumo; um espraiamento e uma metamorfose.

Prefácio

"O rigor da beleza é o que se deve buscar. Mas como encontrar a beleza quando ela está trancada no pensamento, para além de toda interpelação?"

        Produzir um começo,
        a partir de particularidades
        e torná-las gerais, integrando
        a soma, por caminhos tortos —
        Farejando as árvores,
        só mais um cachorro
        num bando de cachorros. O que
        mais haveria? E o que fazer?
        Os demais se foram —
        atrás dos coelhos.
        Apenas o manco ficou — sobre
        três patas. Coça na frente e atrás.
        Engana e come. Desenterra
        um osso mofado.

Porque o começo é seguramente
o fim — já que não sabemos nada, pura
e simplesmente, além
de nossas próprias complexidades.

        E ainda assim
não há volta: ele vem vindo de dentro do caos,
um milagre de nove meses, a cidade
o homem, uma identidade — nem poderia ser
de outra forma — uma

interpenetração, mão dupla. Vem
vindo! anverso, reverso;
o bêbado o sóbrio; o ilustre
o bruto; um só. Na ignorância
um certo conhecimento, e no conhecimento,
concentrado, seu próprio desmonte.

     (A múltipla semente,
recheada de detalhes, azeda,
perde-se no fluxo e no pensamento,
distraída, sai flutuando na mesma
espuma)

Vindo, vindo carregada de
números.

  É o sol ignorante
nascendo no lugar dos
ocos sóis nascidos, de modo que nunca neste
mundo um homem viverá em paz em seu corpo
senão morrendo — e sem saber-se
morrendo; entretanto, esse é
o desígnio. Renova-se a si mesmo
assim, em soma e subtração,
vagando para cima e para baixo.

  e o ofício,
subvertido pelo pensamento, vem vindo, ele
que tome cuidado para não terminar apenas
autor de uns poemas mofados ...

Cabeças feito camas sempre arrumadas,
           (mais pedregosas que uma orla)
omissas ou incapazes.

           Ao descerem rolando, de pé,
abaixo, estocam e recuam, uma imensa algazarra:
erguidas como ar, infladas, multicor, uma
lufada de mares —
da matemática aos particulares —

           divididas como o orvalho,
névoa flutuante, prestes a chover e
reagrupar-se em um rio que flui
e revolteia:

           conchas e animálculos
geralmente e assim chegam ao homem,

           a Paterson.

O *delineamento dos gigantes*

I.

Paterson fica no vale abaixo das cataratas do Passaic,
as águas derramadas formando a linha de seu dorso. Deitado
sobre seu lado direito, a cabeça perto do trovão
das águas que lhe enchem os sonhos! Eternamente
                                        [adormecido,
seus sonhos percorrem a cidade onde ele persiste,
incógnito. Borboletas acampam em seu ouvido de pedra.
Imortal, ele nem se move nem incita e quase nunca é
visto, embora respire e as sutilezas de suas maquinações,
extraindo sua substância do barulho do caudaloso rio,
animem mil autômatos. Que por não conhecerem
nem suas fontes nem o limiar de suas
frustrações caminham sem rumo
fora de seus corpos a maior parte do tempo,
trancados e perdidos em seus desejos — dormentes.

— Diga, nenhuma ideia fora das coisas —
nada exceto as faces neutras das casas
e árvores cilíndricas
torcidas, bifurcadas pelo preconceito e acidente —
fendas, sulcos, vincos, malhas, manchas —
segredos — dentro do corpo da luz!

De cima, mais alto que os pináculos, mais alto
ainda que as torres de escritórios, lá dos lodaçais
entregues a mantos cinzentos de relva morta,
sumagre negro, talos murchos de mato,
lama e matagais atulhados de folhas secas —
o rio vem lançando-se sobre a cidade
e se lança da beira do desfiladeiro
num coice de jatos e arco-íris —

     (Que linguagem comum a desvendar?
     . . penteada em linhas retas
     pela viga que o rochedo traz no
     lábio.)

Um homem como uma cidade e uma mulher como uma flor
— que se amam. Duas mulheres. Três mulheres.
Inumeráveis mulheres, cada uma como uma flor.

                                                Mas
só um homem — como uma cidade.

Quanto aos poemas que deixei com você, você poderia por favor devolvê-los em meu novo endereço? E não se preocupe em comentá-los caso se sinta constrangido — porque foi a situação humana, e não a literária, que motivou meu telefonema e minha visita.

Além disso, me vejo antes como mulher do que como poeta; e me preocupo menos com as editoras de poesia do que com... viver...

Mas eles abriram uma investigação... e minhas portas estão trancadas para sempre (espero que para sempre) contra todos os assistentes sociais, benfeitores profissionais e equivalentes.

>
> Empurrados como as águas que se aproximam
> da beira, seus pensamentos
> se entrelaçam, se repelem e escavam,
> sobem contra as rochas e desviam
> mas se estiram sempre em frente — ou batem
> num torvelinho e giram, marcados por uma
> folha ou espuma branca, parecendo
> esquecer .
>
> Retomam mais tarde a carreira e
> dão lugar a sucessivas hordas
> que avançam — elas agora se misturam
> lisas como vidro em sua pressa,
> acalmam-se ou parecem se acalmar quando
> na chegada se atiram à conclusão e
> caem, caem no ar! como se
> flutuassem, aliviadas de seu peso,
> divididas, em laços; atordoadas, bêbadas
> com a catástrofe da descida
> boiando sem apoio
> para rebentar nas pedras: num trovão
> como se um raio tivesse caído
>
> Toda leveza perdida, o peso recuperado
> no repique, uma fúria de
> escape levando-as a repercutir

>   contra as que chegam depois —
>   mantendo ainda assim a corrente, elas
>   retomam o curso, o ar cheio
>   de tumulto e cristal
>   metáfora do ar igual, coevo,
>   enchendo o vazio

E ali, contra ele, se espreguiça a montanha baixa.
O Parque sua cabeça, esculpida, sobre as cataratas, pelo rio
quieto; cristais coloridos, o segredo daquelas rochas;
fazendas e açudes, o loureiro e o cacto selvagem temperado,
florido de amarelo . . face a ele, seu
braço apoiando-a, pelo *Vale das Rochas*, adormecida.
Pérolas nos tornozelos dela, seus cabelos monstruosos
salpicados de flores da macieira estão espalhados pelo
interior do campo, passeando seus sonhos — onde corre o
veado e o pato-carolino se aninha protegendo sua
                              [plumagem galante.

Em fevereiro de 1857, David Hower, um sapateiro pobre com uma numerosa família, sem dinheiro ou trabalho, catou um bocado de mexilhões em Notch Brook, perto da cidade de Paterson. Ao comê-los, percebeu várias substâncias duras. Inicialmente as jogou fora, mas logo decidiu levar algumas ao joalheiro, que lhe pagou alguma coisa entre vinte e cinco e trinta dólares pelo lote. Mais tarde descobriu outras. Uma pérola de excelente lustro foi vendida à Tiffany por novecentos dólares e depois para a Imperatriz Eugênia por dois mil dólares, para então vir a ser conhecida como a "Rainha Pérola", o mais refinado exemplar de seu tipo que há no mundo hoje.

As notícias da venda suscitaram tal excitação que a corrida pelas pérolas desatou por todo o país. Catavam-se os mexilhões em Notch Brook e em toda parte aos milhões, e frequentemente eles

eram destruídos com pouco ou nenhum resultado. Uma enorme
pérola redonda de vinte e cinco gramas, que teria sido a mais exuberante dos tempos modernos, foi arruinada por terem aberto sua
concha durante a fervura.

          Duas vezes por mês Paterson recebe
          comunicações do Papa e de Jacques Barzun
          (Isócrates). A obra deles
          foi escrita em francês
          e português. E os funcionários
          dos correios descolam os selos raros
          dos pacotes e roubam-nos para os
          álbuns das crianças   .

Diga! Nenhuma ideia fora das coisas. O sr.
Paterson já se retirou
para descansar e escrever. Dentro do ônibus podem-se
ver seus pensamentos, que se sentam e se levantam. Seus
pensamentos acendem e se dispersam —

Quem são essas pessoas (que complicada
matemática) entre as quais me vejo
nas bem-ordenadas vidraças dos
pensamentos, cintilando ante sapatos e bicicletas?

Caminham incomunicáveis, a
equação além de toda solução, e ainda
assim o sentido é claro — que elas talvez habitem
seu pensamento consta até da Lista
Telefônica —

E por derivação, para as Grandes Cataratas,
PISS-AI! o gigante solta o mijo! a boa *Muncie* também

Tinham sede do miraculoso!

Um cavalheiro do Exército Revolucionário, depois de descrever as cataratas, assim descreve outra atração natural que então havia na comunidade: à tarde éramos convidados a visitar outra atração na vizinhança. Trata-se de um monstro em forma humana, ele tem vinte e sete anos de idade e seu rosto, da parte de cima da testa ao final do queixo, mede *vinte e sete polegadas*, e o restante da parte de cima da cabeça vinte e uma polegadas: seus olhos e nariz são extraordinariamente grandes e proeminentes, o queixo, longo e pontudo. Suas feições são grosseiras, irregulares e repugnantes, sua voz áspera e sonora. Seu corpo tem vinte e sete polegadas de altura, os membros são pequenos e muito disformes, e ele consegue usar apenas uma das mãos. Nunca foi capaz de sentar-se, já que não tem como suportar o enorme peso da cabeça; mas passa o tempo todo em um berço, com a cabeça apoiada em travesseiros. Muitas pessoas o visitam, e ele aprecia especialmente a companhia de clérigos, sempre perguntando por eles a seus visitantes, e mostrando grande satisfação em receber ensinamentos religiosos. O general Washington fez-lhe uma visita, e perguntou "se ele se considerava liberal ou conservador". Ele lhe respondeu que nunca havia tomado parte *ativa* em nenhum dos lados.

Milagre! Milagre!

Desde as dez casas que Hamilton avistou quando olhou (para as cataratas!) e formou ali o seu juízo, em meados do século — as usinas haviam atraído uma população heterogênea. Havia, em 1870, 20 711 indivíduos nativos do lugar, o que incluía naturalmente crianças de pais estrangeiros; e 12 868 estrangeiros, dos quais 327 eram franceses, 1420 alemães, 3343 ingleses — (entre eles o Sr. Lambert que mais tarde construíra o Castelo), 5124 irlandeses, 879 escoceses, 1360 holandeses e 170 suíços —

    Em torno das águas em queda as Fúrias se atiram!
    A violência congrega-se, gira em suas cabeças
                           [convocando-as:

    O *twaalft*, ou robalo riscado, era tão abundante, e mesmo o esturjão, de um tamanho desmesurado, se pescava com frequência: — No domingo, 31 de agosto de 1817, um de dois metros e vinte de comprimento e cinquenta e sete quilos foi capturado pouco abaixo da bacia das cataratas. Meninos o encheram de pedradas até que ficasse exausto, quando então um deles, John Winters, entrou nas águas e escalou as costas do imenso peixe, enquanto outro o puxou pela boca e guelras até a beira do rio. O *Bergen Express and Paterson Advertiser* dedicou meia coluna da edição de 3 de setembro de 1817, uma quarta-feira, ao relato do incidente, sob o título "O monstro capturado".

              E começam!
    Os aperfeiçoamentos se afiam
    A flor estende suas pétalas coloridas
            vastas ao sol
    Mas a língua das abelhas
            erra o alvo
    Elas afundam novamente no barro
            gritando
    — pode-se dizer que é um grito
    que rasteja sobre elas, um tremor
                enquanto murcham e perecem:

      O casamento passa a ter uma apavorante
           implicação

          Gritar
ou aceitar uma satisfação menor:
         uns poucos vão
à costa sem proveito —
A linguagem sente saudade
        e eles morrem também
        incomunicados.

A linguagem, a linguagem
        os abandona
Eles não conhecem as palavras
        ou não têm
coragem de usá-las .
         — meninas de
famílias decadentes que
fugiram para as montanhas: sem palavras.
Elas podem até enxergar o jorro no
        seu pensamento
mas não o reconhecem. .

Elas olham para trás
e desmaiam — mas se recuperam!
        A vida é doce
elas dizem: a linguagem!
        — a linguagem
divorciada do seu pensamento,
a linguagem . . a linguagem!

Se não havia beleza, havia um estranhamento e uma ousada associação de vida selvagem e cultivada crescendo nos Ramapos: duas fases.

Nas colinas, onde a truta-marrom serpenteava entre as pedras rasas, Ringwood — onde ficava a velha fazenda Ryerson — entre seus gramados aveludados, era rodeada de espécies florestais, a nogueira, o olmo, o carvalho branco, a castanheira e a faia, as bétulas, o tupelo, o liquidâmbar, as cerejas selvagens e o almecino com seus frutos vermelhos suspensos.

Enquanto, na floresta, se amontoavam as cabanas dos ferreiros, dos carvoeiros, dos foguistas da queima de cal — escondidos da adorável Ringwood — onde o general Washington, adornando algum poema, chegando de Pomptom depois do enforcamento de traidores, podia então descansar —, e onde os elos da grande corrente sobre o Hudson, na altura de West Point, haviam sido forjados.

A violência explodiu no Tennessee, um massacre perpetrado pelos índios, enforcamentos e exílio — de pé no cadafalso, à espera, sessenta deles. Os Tuscaroras, forçados a deixar sua terra, haviam sido chamados pelas Seis Nações para se juntar a elas no norte de Nova York. Os mais fortes foram logo na frente, mas algumas das mulheres e dos retardatários não passaram da fenda do vale próximo a Suffern. Decidiram partir para as montanhas, onde foram dar com hessianos desertados do exército britânico, entre os quais alguns albinos, escravos negros fugidos e mulheres, com seus pirralhos, que haviam sido deixadas em Nova York depois de os britânicos serem expulsos. Lá tinham sido mantidas em um curral — recrutadas em Liverpool e outros lugares por um tal Jackson, contratado pelo governo britânico para fornecer mulheres aos soldados na América.

O bando se meteu na floresta e adotou o nome de Brancas de Jackson. (Havia também algumas negras, misturadas, algumas das Índias Ocidentais, vindas num carregamento para ocupar o lugar das brancas perdidas quando seu navio, um de seis vindo da Inglaterra, atravessou uma tempestade no mar. Tinham que compensar as perdas de alguma forma e aquele era o meio mais rápido e barato.)

Península New Barbadoes, chamou-se a região.

Cromwell, em meados do século XVII, embarcou alguns milhares de mulheres e crianças irlandesas rumo a Barbadoes para serem vendidas como escravas. Forçadas por seus donos a acasalar com os demais, essas infelizes deram origem a algumas gerações de negros e mulatos que falavam irlandês. E até hoje se diz que os nativos de Barbadoes falam com um sotaque irlandês.

Eu me lembro
da foto na *Geographic*, as nove mulheres
de algum chefe africano seminuas
montadas num tronco, um registro contábil,
pode-se presumir, as cabeças de lado:

Primeiro
a mais jovem e mais recente,
ereta, rainha orgulhosa, certa de seu poder,
coberta de lama, o monumental cabelo sobre
as sobrancelhas — violentamente franzidas.

Atrás dela, bem comprimidas
em ordem decrescente de frescor
empertigavam-se as demais

e então   .   .
a última, a primeira esposa,
presente! o esteio de todas as outras que dela

cresciam — de olhos preocupados
sérios, ameaçadores — mas desabridos; peitos
flácidos pelo diário uso   .   .

Enquanto os peitos empinados
daquela outra, tensos, cheios
de pressão acumulada   .
e o renascimento que eles prometiam
era evidente.

                Não que os relâmpagos
não apunhalem o mistério de um homem
nas duas pontas — e no meio, por mais
chefe que ele seja, ou mais ainda por
isso mesmo, para assim destruí-lo em sua casa   .

.   .   Feminino, um sorriso vago,
desprendido, flutuando como um pombo
depois do longo voo para o seu pombal.

    A sra. Sarah Cumming, consorte do reverendo Hooper Cumming, de Newark, era filha do finado sr. John Emmons, de Portland, no distrito do Maine. . . . Ela estava casada havia dois meses e fora abençoada com o luminoso horizonte de um incomum quinhão de felicidade mundana e clareza de propósitos na esfera que a providência lhe assinara; mas, valei-me, como é incerta a duração da alegria terrena de todo dia.
    Num sábado, dia 20 de junho de 1812, o reverendo Cumming rumou com a mulher até Paterson, de maneira a preencher, por indicação presbítera, já no dia seguinte, a destituída congregação daquela localidade. . . . Na manhã de segunda-feira, foi com sua amada companhia mostrar-lhe as quedas d'água do Passaic, e o lindo cenário ro-

mântico e selvagem que as cercava — sem nada mais esperar do solene momento.

Tendo subido o lance de escadas (os cem degraus), o sr. e a sra. Cumming caminharam sobre o sólido rebordo até as proximidades da catarata, encantados com o maravilhoso panorama, entretidos em suas numerosas observações sobre os majestosos trabalhos da natureza ao redor. Longamente detiveram-se na beira da sólida rocha, que se projeta sobre a bacia, seis ou oito varas aquém das cataratas, onde tantos antes deles haviam se detido, e de onde se tem uma excelente vista das sublimes atrações do lugar. Quando já haviam contemplado a magnificência do cenário por um tempo considerável, o sr. Cumming disse: "Minha querida, creio que já é hora de procurarmos o rumo de casa"; e virou-se para mostrar o caminho. No mesmo instante ouviu um grito de agonia, olhou para trás e sua mulher havia desaparecido!

Os sentimentos que o sr. Cumming experimentara na agonia daquele momento podem, em alguma medida, ser concebidos, mas não descritos. Absorto, sem saber muito bem o que fazia, ele teria mergulhado no abismo, não fosse pela providência que ordenara naquele instante que um jovem estivesse ali perto e imediatamente o alcançasse, como um anjo da guarda, impedindo que ele desse o passo que sua razão, naquele momento, não teria conseguido evitar. O jovem o afastou do precipício e o conduziu ao patamar abaixo das escadas. O sr. Cumming livrou-se das mãos de seu protetor e correu com violência para atirar-se na fatal enxurrada. Seu jovem amigo, entretanto, apanhou-o mais uma vez.... As buscas pelo corpo da sra. Cummnig foram imediatamente iniciadas, e diligentemente prosseguiram durante todo o dia; mas sem resultados. Na manhã seguinte, o cadáver foi encontrado a quarenta e dois pés de profundidade e transportado para Newark no mesmo dia.

Uma falsa linguagem. Uma verdadeira. Uma falsa
linguagem despejando-se — uma linguagem (mal-
-entendida) despejando-se (mal-interpretada) sem
dignidade, sem ministro, desabando sobre um ouvido
de pedra. Ao menos dera-lhe um destino. E também a
Patch, de certa forma. Ele se tornou um herói nacional
em 1928, 1929, e percorreu o país saltando de penhascos
e mastros, rochas e pontes — para provar sua
tese: Certas coisas podem ser feitas tão bem quanto outras.

A GRRRRANDE HISTÓRIA do nosso

bom Patriota de Jersey

N. F. PATERSON!

(N de Noé; F de Faitoute; e P para abreviar)

"Fogos de Jersey" para os meninos.

Até ali tudo tinha ido bem. As roldanas e cordas foram firme-
mente amarradas em cada lado do desfiladeiro, e tudo posto em
ordem para erguer a desengonçada ponte até o seu lugar. Tratava-
-se de uma estrutura de madeira tapada dos dois lados, e um teto.
Era perto de duas horas da tarde, e uma grande multidão havia se
reunido — uma grande multidão para os padrões da época, já que a
cidade tinha cerca de quatro mil habitantes — para assistir ao posi-
cionamento da ponte.

Aquele era um grande dia para a velha Paterson. Por ser sábado,
as fábricas estavam paradas, de forma a dar ao povo uma chance de
celebrar. Entre os que tinham vindo tomar parte na celebração estava

Sam Patch, naquela época um morador de Paterson, que era supervisor de fiandeiras de algodão em uma das fábricas. Ele era meu supervisor, e várias vezes me esbofeteou as orelhas.

Bem, nesse dia a polícia andava à procura de Patch, porque supunham que ele iria farrear e arrumaria problemas. Patch já havia declarado tantas vezes sua intenção de pular das rochas que acabara preso em várias ocasiões. Uma vez, ficara preso no porão de um banco com um terrível episódio de delirium tremens, mas no dia em que a ponte foi erguida sobre o desfiladeiro ele já estava solto. Alguns achavam que ele era louco. E não estavam completamente enganados.

Mas o sujeito mais feliz na cidade naquele dia era Timothy B. Crane, o responsável pela ponte. Tim Crane era gerente de hotel e dono de uma taverna na margem do rio em que ficava Manchester. O lugar era um pouso habitual para artistas de circo. Artistas famosos daquele tempo, como Dan Rice e James Cooke, o grande cavaleiro, o visitavam.

Tim Crane construiu a ponte porque seu rival, Fyfield, que tinha uma taverna do outro lado do rio, se beneficiava da "escada de Jacó", como era às vezes chamada — os "cem degraus", uma longa escada rústica e sinuosa no desfiladeiro que levava à outra margem —, e tornava mais fácil o acesso ao seu estabelecimento. . . . Crane era um sujeito robusto, de mais de um metro e oitenta. Usava costeletas. Era bem conhecido dos cidadãos como um homem enérgico e nada inábil. À sua maneira, fazia lembrar a estatura ampla e angulosa de Sam Patch. Quando o comando fora dado para rebocar a ponte sobre o desfiladeiro, a multidão encheu o ar com saudações. Mas quando a ponte estava na metade do percurso, uma roldana se soltou das cordas e foi parar na água lá embaixo. Enquanto todos imaginavam que veriam a desengonçada ponte tombar e se arrebentar no abismo, um vulto pulou do ponto mais alto, rápido como um raio, mergulhou nas águas turvas, nadou até a peça de madeira e levou-a até a margem. Assim começava a carreira de Sam Patch como famoso saltador. Eu vi tudo, disse o velho com satisfação, e não acredito que haja mais ninguém hoje na cidade que tenha testemunhado a cena. Estas foram as palavras de Sam Patch: "Então o velho Tim Crane acha que fez alguma coisa importante; mas eu sou melhor do que ele". Tão logo o disse, deu o salto.

> Sam Patch não falha!
>
> A água jorrando ainda
> da beira das rochas, enchendo
> os ouvidos dele de som, difícil interpretar.
> Um milagre!

Depois desse começo ele percorreu o Oeste, seus únicos companheiros uma raposa e um urso que ele capturou em suas andanças.

Saltou de uma saliência rochosa em Goat Island para o rio Niágara. Então anunciou que, antes de seguir para os Jerseys, ele ainda queria mostrar ao Oeste um último feito. Saltaria os quarenta metros das cataratas do rio Genesee no dia 13 de novembro de 1829. Caravanas de lugares distantes dos Estados Unidos e mesmo do Canadá foram ver o prodígio.

Uma plataforma foi construída na beira das cataratas. Ele não poupou esforços para certificar-se da profundidade das águas lá embaixo. Até efetuou com sucesso um salto-teste.

No dia, as plateias se concentraram de todos os lados. Ele surgiu e fez um discurso breve, como costumava fazer. Um discurso! Que fala precisaria tão desesperadamente daquele salto para fazer sentido? E pulou na correnteza abaixo. Mas ao invés de cair em linha reta como um bólido, seu corpo oscilou no ar — o Discurso o traíra. Ele estava confuso. A palavra havia sido drenada de seu significado. Sam Patch não falha. Atingiu a água de lado e desapareceu.

Um grande silêncio tomou conta da multidão estupefata.

Seu corpo só foi encontrado na primavera seguinte, congelado.

Uma vez, ele chegou a atirar seu urso de estimação de um penhasco sobre as corredeiras do Niágara e depois o resgatou, rio abaixo.

II.

      Nenhuma direção. Para onde? Não
      sei dizer. Não sei dizer
      mais que o rito. O rito (o grito) apenas
      está ao meu alcance (lance) : à espreita —
      mais frio que as pedras .

                  um broto eternamente verde,
todo encaracolado sobre o pavimento, perfeito
em sumo e substância, mas divorciado, divorciado
de seus pares, caído mais abaixo —

                              Divórcio é
o signo do conhecimento em nosso tempo,
divórcio! divórcio!

              com o rumor do rio
para sempre em nossos ouvidos (olvidos)
induzindo sono e silêncio, o rumor
de sono eterno . . desafiando
nosso despertar —

— implume desejo, irresponsável, verde,
mais frio ao toque do que pedra,
prematuro — desafiando nosso despertar:

Duas mocinhas saúdam a Páscoa sagrada
(uma inversão de todas as arruaças) tricotando
entre elas, rompendo
o ar pesado, espirais de densas translucidações

derramavam-se, separando-as,
isoladas da luz: as cabeças
descobertas, os límpidos cabelos pendentes —

Duas —
          díspares em meio às águas
derramadas de seus cabelos em que nada se
funde —

duas, ligadas por um instinto de ser a mesma:
laços, cortados do mesmo tecido,
rosa cereja, amarravam seus cabelos: uma —
um ramo de salgueiro puxado de um arbusto
sem folhas mas pleno de brotos na mão,
(ou enguias, ou a lua!)
segura, a colheita esvoaça,
espalha-se no ar, no ar derramado
acaricia a penugem fina —

          Como são lindas!

Decerto não sou nenhum sabiá ou erudito,
nenhum Erasmus ou pássaro desses que volta ao
                              [mesmo
território a cada ano. E mesmo se eu fosse . .
o território sofreu
uma sutil transformação, sua identidade alterada.

Índios!

Por que sequer falar de um "eu", ele sonha, se isso
não me interessa quase nada?

                                        O tema
é aquilo que pode ser: adormecido, ignorado —

inteiro, sozinho
no vento que não move os demais —
daquele jeito: um jeito de passar
uma tarde de domingo enquanto o mato verde treme.

.   . uma massa de detalhes
a se articular com dificuldade em novo solo;
uma assonância, um homólogo
                    triplo amontoado
juntando o disparatado para esclarecer
e comprimir

O rio, enrodilhando, cheio — enquanto o mato treme
e a garça branca alça voo
para pousar ali adiante! Branca, nos
baixios entre as flores azuis
dos aguapés, no verão, o verão! se um dia
ele vier, nas águas rasas!

            No banco de areia um pequeno
cone compacto (zimbro)
que estremece agitado
no indiferente vento: bravo — permanece
enraizado ali   .

O pensamento volta: Por que afinal,
a não ser para imaginar beleza onde não havia nenhuma,

ou nenhuma disponível, me coloquei
há tanto tempo no caminho da morte?

                Fétido como um bafo de baleia: bafo!
Bafo!

Patch saltou mas a sra. Cumming gritou
e caiu — sem ser vista (embora
ela tenha ficado ali de pé ao lado do marido meia
hora ou mais a seis metros da beirada).

: um corpo encontrado na primavera seguinte
num bloco de gelo; ou um corpo
pescado do redemoinho lamacento no dia seguinte —

ambos silenciosos, taciturnos

Apenas agora, agora! começo a saber, a
saber direitinho (como se através do gelo) de onde
tirei o meu fôlego ou como empregá-lo
direitinho — se não com engenho:

                Direitinho!
canta o sabiá laranja a sua canja. Direitinho!
direitinho!

— e olha lá, vapt! um ramo
da árvore lá na beirada, um
ramo malhado, suspenso,
entre os ramos circulares
da corpulenta figueira,

      balança menos que os demais, separado, devagar
      com sua esquisitice de girafa, de leve
      num longo eixo, tão de leve
      que quase não se nota, em si mesmo a tempestade:

Assim

a primeira esposa, com sua esquisitice de girafa
entre densos raios que apunhalam
o mistério de um homem: em suma, um sono, uma
fonte, um açoite   .

      num tronco, o cabelo dela envernizado
amarrado como um ninho de cupins (formando
as linhas) e, com as velhas coxas
agarra o tronco reverentemente, o qual,
numa peça única, sustém as outras —
alerta: começar a conhecer o ramo malhado
que canta   .

      certamente NÃO a universidade,
um broto verde caído sobre o pavimento com seu
doce hálito suprimido: Divórcio (a
linguagem gagueja)

                    implume:

duas irmãs de cujas bocas abertas
nasce a Páscoa — gritando alto,

                Divórcio!

                          Enquanto
o mato verde balança: é quando
respiro fundo, balançando, inteiro,
separado, brevemente avivado, por enquanto
destemido   .   .

        O que significa dizer, embora de modo
        muito imperfeito, que há uma primeira mulher
        e uma primeira beleza, complexa, oval —
        as pétalas de madeira afastadas sob
        o esforço de segurá-la ali, inata

        uma flor dentro da flor cuja história,
        (dentro do pensamento) agachada
        entre as pedras e samambaias, ri dos nomes
        com os quais supõem aprisioná-la. E escapa!
        Sem jamais correr, mas ao ficar parada—

        Uma história que tem, no seu covil entre
        as rochas, tronco e presas, seu próprio bambu
        de onde, meio escondida, com canos e listras
        misturando-se, ela graceja (beleza desafiada)
        sem ligar para a enciclopédia.

        Se estivéssemos próximos o bastante, seu bafo fétido
        poderia nos derrubar. O templo sobre
        as rochas é seu irmão, cuja majestade

        reside nas selvas — feito para brotar,
        no tiro que se aprende: para matar

        e moer aqueles ossos:

Essas coisas terríveis que eles refletem:
a neve que cai na água,
parte sobre a rocha, parte nas ervas secas
e parte na água onde ela
desaparece — sua forma não mais o que era:

o pássaro ao pousar ergue
as patas à frente para frear o ímpeto
e mesmo assim cai para frente
entre os galhos. A margarida com seu pescoço fino
inclinando-se ao vento   .   .   .   .

                                          O sol
soprando as flores amarelas da trepadeira sobre o
mato; vermes e larvas, vida sob a pedra.

A penosa serpente com sua pele de mosaico
e língua frenética. O cavalo, o touro,
todo o estrondo do pensamento partido
ao se dissolver metalicamente nas ruas
e a dignidade absurda de uma locomotiva
arrastando sua carga —

                        Vigorosas filosofias de
saídas e entradas diárias, com livros
apoiando a beirada instável da mesa —
As vagas exatidões dos eventos dançando dois
pra lá dois pra cá com a linguagem que eles

sempre ultrapassam — e auroras
emaranhadas na escuridão —

    O gigante em cujas cavidades
    coabitamos, sem saber qual é o ar que nos
    sustenta — o vago, o particular
    não menos vago

          seus pensamentos, o córrego
e nós, nós dois, isolados no córrego,
nós também: três iguais —

        sentados conversamos
queria estar na cama com você, nós dois
como se a cama fosse o leito de um córrego
— eu tenho tanto a dizer a você

        Sentados conversamos,
calmamente, com longos lapsos de silêncio
e eu percebo o córrego
que não tem linguagem, passando
sob o quieto paraíso dos
seus olhos

          que não tem discurso; ir
para a cama com você, ultrapassar
o momento do encontro, enquanto as
correntes flutuam paradas no ar,
cair —
com você da beirada, antes
do choque —

            aproveitar o momento.

    Sentados conversamos, sentindo um pouco
o rápido impacto da torrente
violenta dos gigantes rolando sobre nós, por
poucos momentos.

       Se eu tivesse que exigir, como
fora demandado de outros
e tão facilmente concedido, você deveria
consentir. Se você consentisse

       Sentados conversamos e o
silêncio fala de gigantes
que morreram no passado e
voltaram àquelas paragens insatisfeitos
e quem não está insatisfeito, o
silencioso Singac, com os ombros de pedra
emergindo das pedras — e os gigantes
renascem em teu silêncio e
inconfessado desejo —

E o ar pairando sobre as águas
ergue as ondulações, de irmão
para irmão, tocando como o pensamento toca,
contracorrente, rio acima
traz consigo os campos, o quente e o frio
paralelos, mas nunca misturados, o que volteia
para trás na beira e se curva invisível
para cima, enche o vazio, volteando,
um acompanhamento — mas longe, observador
daquela aflição, limpa de cima abaixo
a névoa —

        traz os rumores de mundos
separados, os pássaros contra os peixes, a uva
contra a erva verde que se derrama ondulante
no córrego com a maré baixa ao lado
do espinheiro em flor, a tempestade e a enxurrada —
canção e asas —

        diferentes uma da outra, gêmeas
uma da outra, acostumadas às excentricidades
lado a lado, recebendo as gotas d'água
e a neve, iminentes, a água aplainando o ar quando
passa pelas pedras agitado —

Enquanto a três mil metros, avançando sobre
as sombrias montanhas do Haiti, a baía encalacrada
atrás de Porto Príncipe, o vitríolo-azul
com laivos de correntes mais pálidas, esfarrapado como
cabelos soltos, mal tingidos — como lixo químico
misturado, roendo as praias . .

Ele apontou para baixo e atingiu as águas
bravas da baía, forte; mas subiu de novo e
baixando aos poucos voltou a bater com força
desta vez para taxiar até o píer onde
eles estavam esperando —

        (Assim Carlos havia fugido nos anos 1870
deixando retratos de meus avós,
os móveis, a prataria, até a comida

quente sobre a mesa antes que os revolucionários despontassem no fim da rua.)

Fui visitar minha mãe hoje. Minha irmã Billy estava na escola. Nunca vou quando ela está em casa. Minha mãe estava com dor de estômago ontem. Encontrei-a na cama. Mesmo assim, ela tinha ajudado Billy com o trabalho. Minha mãe sempre tentou fazer sua parte e está sempre tentando fazer alguma coisa pelas crianças. Poucos dias antes de partir, dei com ela começando a remendar minha calça. Tirei-a da mão dela e disse: "Mãe, você não tem que fazer isso pra mim, com essa cabeça quebrada. Eu sempre peço a Louisa ou à sra. Tony para fazerem isso pra mim". Billy me olhou e disse: "Coitado de você".

Como já te contei, eu ajudava com o trabalho, lavava a louça três vezes por dia, varria e passava pano no chão, nas varandas e limpava os quintais, cortava a grama, selava os telhados, fazia consertos e ajudava na lavanderia, guardava as verduras e levava os penicos para fora e os lavava todas as manhãs, até o penico sujo de Billy às vezes, e fazia outras tarefas e aí não era incomum que Billy dissesse: "Você não faz nada aqui". Uma vez, ela chegou a dizer: "Te vi outro dia lá fora varrendo a varanda, pra fingir que está fazendo alguma coisa".

Eu sei que Billy foi retalhada na cirurgia, já entrou na menopausa e teve um derrame com paralisia facial, mas ela sempre foi excêntrica e mandona. Minha irmã de Hartford me disse que ela costumava encher a paciência dela até ela ficar grande o suficiente para dar o troco. Uma vez eu a vi estapear o marido bem no meio da cara. Se fosse eu, teria socado tanto ela que ela levaria uma semana para voltar. Ela já correu atrás de mim com um espeto etc., mas eu sempre disse a ela para não atacar, "Não cometa esse erro", sempre avisei.

Billy é trabalhadora e cuidadosa, mas quer sempre colocar a culpa nos outros. Comentei com um amigo meu em Hartford: ela era parecida com a nossa locatária, A PISTOLA. Ele disse que tinha uma irmã igualzinha.

Quanto à minha mãe, ela é obcecada com fogo. É por isso que ela não quer que eu fique lá na casa, sozinho, quando ela morrer. As crianças sempre disseram, por anos, que ela pensa mais em mim do que em qualquer filho seu.

T.

Falharam, eles mancam sobre seus calos. Acho
que ele quer me matar, não sei
o que fazer. Ele chega depois da meia-noite,
finjo que estou dormindo. Ele fica ali,
posso sentir ele me olhando, tenho
medo!

       Quem? Quem? Quem? O quê?
Uma noite de verão?

Um quilo de batatas, meia dúzia de laranjas,
algumas beterrabas e algumas verduras para sopa.
Veja, estou com dentes novos. Olha só, você
ficou com dez anos a menos .

Mas nunca deixe, no desespero ou na ansiedade,
de enfiar uma ironia, até que ela revele
os pensamentos dele, decorosos e simples,
e nunca esqueça que embora seus pensamentos
sejam decorosos e simples, no desespero
e na ansiedade: há a graça e o refinamento
de um dínamo —

Então em seu alto decoro ele é sábio.

Um delírio de soluções, furioso, força-o
para as ruas de trás, onde recomeça:
sobe escadas desertas entre acres odores
para encontros obscenos. E ali encontra
a doçura purulenta de pirulitos vermelhos —
e um cão ganindo:
Vem aqui, VEM, Chichi! Que bela pança
que já não gargalha mas lamenta
com seu umbigo preto inexpressivo uma ilusão
amorosa   .   .

São as divisões e desequilíbrios
de todo o seu conceito, enfraquecido pela pena,
zombando do desejo; são elas — nenhuma ideia
fora dos fatos   .   .

Afirmo que não sinto nenhum rancor em relação a você, mas insisto que você vá até aquelas extremidades vaporosas, e lhe imploro que se submeta a seus próprios mitos, pois qualquer adiamento será para você uma mentira. Atrasos nos fazem vis e baratos: tudo o que posso dizer de mim e dos outros é que pouco importa como um homem fornica ou mesmo se ama o dinheiro, desde que ele leve não um Pôncio Pilatos, mas um faminto Lázaro em suas entranhas. Plotino perguntou uma vez: "O que é a filosofia?", e respondeu: "O que for mais importante". O finado Miguel de Unamuno também gritou, não "Mais luz, mais luz!", como fizera Goethe quando estava morrendo, mas "mais calor, mais calor!". O que eu detesto mais do que qualquer coisa é a zombaria das pedras intestinais de Pilatos; é uma coisa que repudio mais do que os truques e falsidades e as pequenas víboras de malícia que existem em todas as línguas carnais. É por isso que estou lhe atacando, como você diz, não porque ache que você trapaceie ou minta por grana, mas porque você mente, insiste e ludibria toda vez que vê uma migalha de um galileu massacrado nas entranhas de um homem. Você odeia isso; faz com que você se contorça; é por isso que todos os americanos tanto se apegam a essa palavra reles, extrovertida. Obviamente, a natureza em você é mais sábia, como mostram algumas passagens muito bonitas que você escreveu.

Mas, para concluir, eu e você podemos passar muito bem um sem o outro, como ditam as maneiras e hábitos modorrentos das pessoas. Eu posso continuar com meu monólogo de vida e morte até a inevitável aniquilação. Mas é errado. E como eu disse, não importa quais armadilhas eu construa para mim mesmo, não vou choramingar por causa de nenhum Poe, ou Rilke, ou Dickinson, ou Gógol, enquanto dou as costas aos poucos desgarrados e Ishmaels do espírito desta terra. Eu disse que o artista é um Ishmael; Me chame de Ishmael, diz Melville logo no começo de *Moby Dick*; ele é mesmo um sujeito selvagem; — Ishmael significa aflição. Veja, eu sempre penso no presente quando leio os epitáfios lamuriosos no cemitério americano da literatura e da poesia, e considero a cabeça e o coração que se feriram na terra, coisa que você não fez. Com você o livro é uma coisa, e o homem que o escreveu é outra. A concepção do tempo na literatura e nas crônicas torna fácil fazer esse tipo de distinção mentirosa. Mas estou ficando palavroso: —

E. D.

III.

Você me espanta, que idiota!
Então acha que se a rosa
é vermelha você desvendou o mistério?
A rosa é verde e vai brotar,
por cima de você, verde, de um verde
tão lívido que você não vai mais falar, ou
provar, ou mesmo existir. Minha vida inteira
dependeu tempo demais de uma vitória parcial.

No entanto, criatura do clima, eu
não quero ir mais rápido do que
o necessário para vencer.
                        Descubra você mesmo a música.

Ele pegou um grampo de cabelo do chão
e enfiou na orelha, vasculhando
em volta e dentro —

A neve derretida
gotejava da calha da sua janela
noventa vezes por minuto —

Ele divisou
no linóleo sob seus pés o rosto
de uma mulher, cheirou as próprias mãos,

cheiro da loção que havia usado
não havia muito, lavanda,
dobrou o polegar

até a ponta do seu indicador esquerdo
e observou-o mergulhar a cada vez,
como a cabeça

de um gato lambendo a pata, ouviu o
fraco som que produzia: de
terra seus ouvidos estão cheios, não há som

: E seus pensamentos decolaram
para a magnificência das delícias imaginadas
onde ele exploraria

como na pupila de um olho
como por dentro de um arco de fogo, emergindo
envolto em um robe

varado de luz. Que heroica
aurora de desejo
é negada a seus pensamentos?

Eles são árvores
em cujas folhas varadas de chuva
a mente bebe o desejo :

        Quem é mais jovem do que eu?
          O galho desprezível?
        que eu era? mofo no pensamento
          cuja poeira

recentemente desistiu? Débil
  para o vento.
Gracioso? Sem ocupar espaço,
muito estreito para ser gravado
  com os mapas

de um mundo que nunca conheceu,
  os verdes e
cinzentos países do
  pensamento.

Um mero graveto que tem
  vinte folhas
contra meus redemoinhos.
  O que será dele,

Nariz ranhoso, que eu
  não fui?
Eu o agasalho e
  persisto, em frente.

Deixe-o apodrecer, aqui dentro.
  Dentro de quem?
Eu levanto e ultrapasso
  a magreza da juventude.

Minha superfície sou eu.
  Sob a qual,
enterrada, a juventude
  testemunha. Raízes?

Todo mundo tem raízes.

Seguimos vivendo, nos permitimos
continuar — mas certamente
não para a universidade, o que eles publicam

solidariamente ou em grupo: são os escreventes
que se atrapalham e esquecem quase sempre
a quem devem obediência.

empalados em conceitos fixos como
leitões assados, crepitando, a gordura escorrendo
no fogo.

Outra coisa, muito outra mesmo.

Ele estava mais preocupado, muito mais preocupado em tirar o rótulo do copo usado de maionese, copo no qual algum paciente lhe trouxera um espécime para examinar, do que em examinar e tratar as vinte e poucas crianças que se revezavam vindas da sala de espera, suas mães atormentadas e tagarelas. Ele ficava no lavabo fingindo lavar as mãos, o copo no fundo da pia bem fora do alcance dos olhos, enquanto o fio de água descia e ele trabalhava com as unhas nas beiradas do rótulo colorido, tentando desprender o papel firmemente colado. Deve ter sido envernizado, pensou, para ficar grudado desse jeito. Um cantinho ele conseguiu desgrudar apesar de tudo e o resto sairia mais fácil: enquanto conversava com alegria e grande habilidade com os ansiosos pais.

Você vai me fazer um bebê? perguntou a jovem negra
com a vozinha fina, nua sobre a cama. Recusada
ela se encolheu em si mesma. Ela também recusou. Isso
me deixa muito nervosa, ela disse, enquanto se cobria.

Ao invés, isto:

Em tempos de privação geral
um rebanho privado, vinte galões de leite
para a casa grande e oito de creme,
todos os vegetais frescos, milho,
uma piscina, (vazia!), uma edificação
que se estende por um acre aquecida
durante o inverno (para conservar o encanamento)
Uvas em abril, orquídeas
como ervas, crescidas, no calor
tropical enquanto a neve flutua, deixadas
pendentes sobre o tronco, sem sequer
ser exibidas na exposição da cidade. Para cada
empregado, de cima abaixo
a mesma quota em proporção — tantos quantos
forem: manteiga todo dia
por lote de libra, verduras frescas — até
para o porteiro. A notável criada francesa,
cuja única tarefa era cuidar
dos lulus-da-pomerânia — que dormem.

Cornelius Doremus, que foi batizado em Acquackanonk em 1714, e morreu perto de Montville em 1803, possuía propriedades e bens estimados em 419,58½ dólares. Tinha oitenta e nove anos quando morreu, e certamente já havia transferido o controle da fazenda aos filhos, retendo apenas o necessário para seu conforto pessoal:

vinte e quatro camisas a 82½ centavos, 19,88 dólares: cinco lençóis, sete dólares: quatro travesseiros, 2,12 dólares: quatro pares de calças, dois dólares: uma colcha, 1,37½ dólares: um guardanapo, 1,75 dólares: oito bonés, setenta e cinco centavos: dois pares de sapatilhas e faca, vinte e cinco centavos: catorze pares de meias, 5,25 dólares: dois pares de luvas, sessenta e três centavos: um casaco de linho, cinquenta centavos: quatro pares de calção, 2,63 dólares: quatro coletes, 3,50 dólares: cinco paletós, 4,75 dólares: um paletó amarelo, cinco dólares: dois chapéus, vinte e cinco centavos: um par de sapatos, 12½ centavos: uma cômoda, setenta e cinco centavos: uma cadeira grande, 1,50 dólar: uma cômoda, 12½ centavos: um par de cães de lareira, dois dólares; uma cama com roupa de cama, dezoito dólares: duas bolsas, 37½ centavos: um baú pequeno, 19½ centavos: chapéu castor, 87½ centavos: três esteiras, 1,66 dólar: um carretel, cinquenta centavos.

       Quem limita o conhecimento? Alguns dizem
       que é o declínio da classe média
       produzindo um fosso impossível entre os de cima
       e os de baixo onde
       antes a vida florescia . . conhecimento
       das avenidas da informação —

       De modo que não sabemos (a tempo)
       onde o coágulo se localiza. E se não forem
       os idiotas ilustrados, a universidade,
       pelo menos são esses que não se vendem
       e deveriam conceber os meios
       de dar o salto. Admissões? As máscaras
       exteriores dos interesses especiais

> que perpetuam o coágulo e o tornam
> lucrativo.
>
> Bloqueiam a descarga
> que faria a higiene e assumem
> as prerrogativas como recompensa privada.
> A culpa também é de outros que
> não fazem nada.

No cair da noite do dia 29, acres de lama haviam sido expostos e a água já tinha praticamente secado. Os peixes não apareciam nas redes, mas uma escura multidão podia ser vista dos carros, espiando sob os salgueiros os homens e meninos no fundo do lago drenado ... algumas centenas de metros à frente da barragem.

Todo o fundo estava coberto de gente, e as grandes enguias, pesando de um a dois quilos cada, se aproximavam da beira e os meninos as golpeavam. Em poucos momentos todos ali conseguiam o que queriam.

Na manhã do dia 30, os meninos e os homens ainda estavam ali. Parecia que o estoque de enguias, especialmente, não tinha fim. Ao longo de todo o ano, uns bons bocados de peixe haviam sido retirados do lago; mas ninguém sonhava com a quantidade de peixes que vivia nele. Curioso notar que nenhuma cobra foi vista. Os peixes e as enguias aparentemente haviam monopolizado o lago. Os garotos que mergulhavam diziam muitas vezes que o fundo estava cheio de grandes cobras que esbarravam nos seus pés e membros, mas sem dúvida eram enguias.

Os que preparavam as redes não eram os que conseguiam a maior quantidade de peixe. Eram os delinquentes e os sujeitos que pulavam na lama e na água onde as redes não funcionavam que tiravam da lama e da água as melhores levas de peixe.

Um sujeito a caminho do armazém com uma cesta de pêssegos deu a cesta a um garoto que a encheu em cinco minutos, quebrando com habilidade a vértebra atrás das cabeças para que parassem quietas, e cobrou modestos vinte e cinco centavos pelo balde cheio de enguias. A multidão aumentou. Era uma infinidade de peixes. Carroças foram enviadas para recolher os montes que se formavam dos dois lados da estrada. Meninos pequenos arrastavam tudo o que podiam levar para casa, espetados em paus ou em sacolas e baldes. Havia montes de bagres pelo caminho, pilhas de cascudos e lúcios, e havia três robalos num espeto, que uma tecelã havia pegado. Pouco depois das sete, uma carroça já estava lotada de peixes e enguias ... outras quatro já haviam partido carregadas.

Ao menos cinquenta homens continuavam no lago fazendo o trabalho pesado e vasculhavam o fundo com pedaços de pau e batiam nas grandes enguias e as paralisavam enquanto elas deslizavam do alto da lama para as águas mais rasas, e assim conseguiam segurá-las até poderem carregá-las: os homens e garotos se agitavam na lama. . . . A noite não pôs fim ao espetáculo. Durante toda a noite, com luzes na beirada ou lanternas sobre lama, o trabalho prosseguiu.

          Imóvel
          ele inveja os que correram
          e puderam fugir
          para as periferias —
          para outros centros, direto —
          em busca de claridade (se
          a encontrassem)
                      encanto e
          autoridade no mundo —

um tipo de primavera
a que suas mentes aspiravam
mas que ele via,
em si mesmo — ilhado no gelo

e saltou, "seu corpo só foi encontrado
na primavera seguinte, num bloco
de gelo"

Pouco antes das duas horas, no dia 16 de agosto de 1875, o sr. Leonard Sandford, da empresa Post e Sandford, enquanto fazia um serviço para a companhia de águas, nas cataratas, estava observando a fenda perto do moinho da estação das águas. Ele viu o que parecia um bolo de roupas, e olhando com atenção às vezes quando a torrente subia e baixava, conseguiu divisar claramente as pernas de um homem, o corpo preso entre dois troncos, de uma forma extraordinária. Era na "forquilha" desses dois troncos que o corpo se prendia.

A visão de um corpo humano pendendo sobre o precipício era de fato inédita tanto quanto terrível em sua aparência. A notícia de sua descoberta atraiu muitos visitantes durante todo aquele dia.

O que mais, para levar adiante?

Metade do rio vermelho, metade vapor roxo
saindo das chaminés, cuspido a quente,
contorcendo-se, borbulhando. A margem morta,
a lama reluzente   .

No que mais ele pode pensar — com
a brita do parque arrasado, rasgado

pelas crianças selvagens dos operários destruindo a grama,
chutando, gritando? Uma química, derivada
do mau uso acadêmico, que o teorema
com acurácia, acuradamente ignora   . .

Ele pensa: suas bocas comendo e beijando,
cuspindo e chupando, falando; um
múltiplo de cinco   .

Ele pensa: dois olhos, nada lhes escapa,
desde as convulsões da sexual orquídea
cercada de samambaias e alindres, até o último
segundo de consentimento dos moribundos.

E a seda desfia dos tambores quentes uma música
de patéticos souvenires, um pente e cortador de unhas
numa bolsinha de couro falso — para
lembrá-lo, para lembrá-lo! e
um porta-retratos com fotos dele mesmo
entre duas crianças, todos voltaram
chorosos, chorosos — no quarto dos fundos
da viúva que se casou novamente, uma língua vil
mas laboriosa, levando no carro o marido
bêbado   . .

    Que me importam as moscas, que se danem.
    Passo o dia fora de casa.

    No esgoto jogaram o cavalo morto.
    Que nascimento isso anuncia? Acho
    que logo logo ele escreve um romance   .

P.   Você só se interessa pela maldita argila mas o que
eu busco é o produto final.

Eu. Liderança leva a império; império produz insolência;
insolência provoca ruína.

Tal é o mistério do seu dois pra lá, dois pra cá.
E assim em meio aos demais ele dirige
seu carro novo pelos subúrbios, passando
pela plantação de ruibarbo — um simples pensamento —
onde o convento das Pequenas Irmãs de
Santa Ana encena um mistério

                                        Que
irritação de tijolos ofensivamente vermelhos é essa,
vermelhos como a carne de um pobretão? Anacrônico?
                                      O mistério
de ruas e quartos dos fundos —
limpando o nariz nas mangas, é aqui que ele vem
sonhar   . .

Janelas de cortiço, afiadas, por onde
nenhum rosto é visto — sem cortinas, para dentro
das quais só pássaros e insetos olham, ou
a lua espreita, e só às vezes eles se atrevem
a olhar de volta.

É o complemento exato de ruas vulgares,
uma calma matemática, controlada, a arquitetura
mede, rebaixa ali, suspende aqui   .
os mesmos olhos vazios e fixos.

                      Uma incrível
desorientação de endereço,
estupros sem sentido — agarrada de quatro
esfregando o corredor engordurado; o sangue
fervendo como numa bacia, onde encharcam —

Santos de gesso, joias de vidro
e aquelas delicadas flores de papel,
na sua complexidade — têm aqui
sua franca beleza, além do mais:

Coisas, coisas inumeráveis,
a pia cheia de farinha e os pedaços
de carne rançosa, tampas de garrafa de leite: têm
aqui uma tranquilidade e uma graça
Têm aqui (nos pensamentos dele)
um complemento tranquilo e casto.

          Ele decide sua mudança:

"No dia 7 de dezembro, este ano (1737), à noite, houve um grande choque de um terremoto, acompanhado de um notável estrondo; pessoas despertaram em suas camas, as portas se abriram voando, tijolos caíram das chaminés; a consternação era grave, mas felizmente nenhum dano mais sério se produziu".

                    O pensamento escala,
como uma lesma, sobre as rochas molhadas
escondido do sol e da vista —

        encasulado pela caudalosa torrente —
e nasce e morre ali
naquela câmara úmida, encoberto
do mundo — e desconhecido para o mundo,
se agasalha de mistério —

                E o mito
que sustenta a rocha,
que sustenta as águas floresce ali —
naquela caverna, aquela profunda fenda,
                    um tremulante verde
inspirando terror, observando   . .

E parada, envolta ali, naquele trovão,
Terra, a tagarela, mãe de toda
fala   . . . .

N. B. "De maneira a trazer aparentemente a métrica ainda mais para perto da esfera da prosa e do discurso comum, Hipponax terminava seus iâmbicos com um espondeu ou um troqueu em vez de um iambo, perpetrando assim uma violência extrema contra a estrutura rítmica. Esses versos deformados ou mutilados eram chamados de χωλίαμβοι ou ἴαμβοι σχάζοντες (iâmbicos coxos ou mancos). Eles atribuíam uma curiosa dureza ao estilo. Os coliambos são, em poesia, o equivalente aos anões ou aleijados na natureza humana. Aqui novamente, com sua aceitação desse metro hesitante, os gregos demonstravam seu agudo senso estético de propriedade, reconhecendo a harmonia que subsiste entre os versos deformados e os objetos distorcidos de que tratavam — os vícios e perversões da humanidade — assim como a sua adequação ao rastejante espírito do sátiro. O verso deformado era adequado à moral deformada."

— *Studies of the Greek Poets* [Estudos dos poetas gregos], John Addington Symonds
v. I, p. 284

Livro 2
(1948)

Domingo no Parque

I.

      Fora
                fora de mim mesmo
                            há um mundo,
ele ressoava, sujeito a minhas incursões
— um mundo
          (pra mim) em repouso,
                       que eu abordo
concretamente —

          O cenário é o Parque
          sobre a rocha,
          fêmea à cidade

— sobre cujo corpo Paterson instrui seus pensamentos
(concretamente)

          — fim da primavera,
      uma tarde de domingo!

— E vai pela trilha até o desfiladeiro (contando:
a prova)

          ele mesmo entre os outros,
— pisa ali nas mesmas pedras
em que seus pés escorregam na subida,
cadenciada pelos cães!

rindo, chamando uns aos outros —

                   Esperem por mim!

.   . as pernas feias das meninas,
pistões poderosos demais para delicadezas!   .
os braços dos homens, rubros, acostumados ao calor e frio,
a jogar longe pedaços de carne e   .

            Eia! Eia! Eia! Eia!

— superando
          os riscos:
                  derramando!
Para a flor de um dia!

Chega sem fôlego, depois da dura subida ele,
olha para trás (belo, mas a que preço!) para
as torres de um cinza perolado! Re-volta
e começa, possessivo, através das árvores,

                  — aquele amor,
que não é, não é ainda naqueles moldes
em que eu possa ser o positivo

a despeito de tudo;
a chão seco, — passivo-possessivo

Caminhando —

    Matagais juntam aqui e ali grupos de parrudos
                                      [pinheiros,
    praticamente nascendo da rocha nua   . .

    — ajuntamentos de cedros do tamanho de pessoas
                                      [(cones pontudos),
    o sumagre com seus chifres   .

    — raízes, quase sempre, contorcendo-se
    sobre a superfície
                (tão perto estamos sempre de arruinar
o dia!)
        procurando madeira podre para o fogo

Caminhando —

    O corpo fica inclinado um pouco à frente em relação
                                      [à postura básica
    e o peso é colocado todo sobre a bola do pé,
    enquanto a outra coxa é levantada e a perna e o braço
    oposto são lançados à frente (fig. 6B). Vários músculos,
                                      [auxiliados .

Embora eu tenha dito que nunca mais voltaria a te escrever, eu o faço agora porque, com o passar do tempo, percebi que o resultado de meu fracasso com você acabou sendo o represamento completo de todas as minhas capacidades criativas da forma mais particularmente desastrosa que já experimentei até agora.

Há várias semanas (sempre que tento escrever poesia), todos os pensamentos que tenho, e mesmo todos os sentimentos, acabam decalcados de alguma crosta superficial de mim mesma que começou a se formar quando percebi pela primeira vez que você estava ignorando o real conteúdo das minhas últimas cartas, e finalmente se coagularam nessa substância impenetrável quando você me pediu para deixar de me corresponder com você inteiramente, sem ao menos uma explicação.

Esse tipo de bloqueio, que exila alguém de si mesmo — você já o experimentou? Ouso dizer que sim, em alguns momentos; se for mesmo o caso, você entenderá perfeitamente o tipo de dano psicológico que ele produz quando se torna uma condição permanente, diária.

    O quanto eu te amo? Esse tanto!

  (Ele ouve! Vozes . indeterminadas! Vê que elas se movem, em grupos, de dois e quatro cada — esvaindo-se em virtude dos muitos atalhos.)

 Eu perguntei a ele, O que você faz?

 Ele sorriu pacientemente, A típica pergunta americana. Na Europa seria, O que você está fazendo? Ou, O que você está fazendo agora?

 O que eu faço? Eu ouço a água cair. (Nenhum som chega aqui senão pelo vento!) Eis minha única ocupação.

Jamais raiara em parte alguma um dia mais límpido do que aquele 2 de maio de 1880, quando as Sociedades Alemãs de Canto de Paterson se encontraram no Monte Garret, como haviam feito por anos a fio sempre no primeiro domingo de maio.

Entretanto, o encontro de 1880 provou-se um dia fatídico, quando William Dalzell, que detinha uma propriedade próxima ao local das festividades, atirou em John Joseph Van Houten. Dalzell alegou que os visitantes haviam pisado em seu jardim em anos anteriores e estava determinado naquele ano a impedi-los de invadir qualquer parcela de seus domínios.

Logo depois do tiro, o sossegado grupo de cantores se havia convertido em uma turba furiosa que tomou Dalzell em suas próprias mãos. A turba então procedeu à queima do celeiro em que Dalzell havia tentado se abrigar da fúria do grupo. Dalzell disparou de uma janela do celeiro contra a turba que se aproximava, e uma das balas acabou atingindo uma garotinha no rosto.... Alguns agentes da Polícia de Paterson afinal forçaram Dalzell a deixar o celeiro e correr para a casa de John Ferguson, que ficava a uns cem metros dali.

A multidão agora chegava perto dos dez mil,
     "uma grande fera!"
          já que muitos tinham vindo da cidade apenas para se juntar à briga. A situação parecia séria, uma vez que a polícia estava em grande desvantagem numérica. A multidão tentou então pôr fogo na casa de Ferguson, e Dalzell fugiu para a casa de John McGuckin. E foi nessa casa que o sargento John McBride sugeriu que poderia ser conveniente chamar William McNulty, decano da igreja de São José.

E logo o decano concebeu um plano. E dirigiu-se para o local da ação em uma carruagem. Apanhando Dalzell pelo braço, bem à vista da turba furiosa, ele levou o homem até a carruagem, sentou-o a seu lado, e ordenou ao cocheiro que partisse. A multidão hesitou, aturdida entre a bravura do decano e .

Visão em toda parte de pássaros aninhados, enquanto
no ar, lento, um corvo ziguezagueia
com as asas pesadas ante as bicadas de vespa
dos pássaros menores que o circundam
e mergulham de cima mirando seus olhos

Caminhando —

    ele deixa o caminho, parece difícil atravessar
    o campo, restolhos e espinheiros emaranhados
    à guisa de pastagem — mas nenhum pasto   .
    — velhos sulcos, indicando algum suor derramado ou
    há muito derramado por aqui   .
                                uma chama,
gasta.

           As lâminas afiadas da grama   .

Até que! ali bem diante dos seus pés, meio tropeçando,
trilhando seu caminho, começa   .
        um voo de arroxeadas asas!
— invisivelmente fabricado (sua
penugem cor de poeira) da poeira incendiada
até o súbito ardor!

            Eles voam, cantando! até que
já gastas as suas forças mergulham
na áspera superfície de novo e somem
— deixando, vivos no pensamento, um brilho
de asas e uma canção assobiada   .

E ENTÃO o gafanhoto vermelho-basalto, de botas
                                            [longas,

tomba do centro do seu pensamento,
um bloco de cascalho desintegrando-se sob
um aguaceiro tropical

Chapultepec! colina do gafanhoto!

— pedra turva solicitamente instruída
a recolher algum rumor
da presença viva que a precedeu
mais antiga que sua respiração .

Essas asas não se desdobram para o voo —
não precisa!
o peso (à mão) encontra
o contrapeso ou contraempuxo
nas asas do pensamento

Ele tem medo! E agora?

Diante dos seus pés, a cada passo, o voo
se renova. Estouro de asas, um rápido
assobiado som   :

        mensageiros ao cerimonial do amor!

— em chamas no voo!
      — em chamas apenas no voo!

          Nenhuma carne que não a carícia!

Ele é levado adiante pelas asas da anunciação.

Se essa situação com você (o fato de você ter ignorado aquelas cartas em particular e depois o seu bilhete final) pertencesse às inevitáveis *lacrimae rerum* (como foi o caso, por exemplo, de minha experiência com Z.), o seu resultado não poderia ter sido (como afinal *foi*) o de destruir a validade *de* mim mesma para mim mesma, porque, nesse caso, nada que estivesse relacionado ao meu sentido de identidade pessoal teria sido mutilado — a causa da frustração de alguém nessas situações não está *em* seu ser nem na outra pessoa, mas tão somente no lamentável esquema das coisas. Mas, como ignorar minhas cartas não era uma atitude "natural" nesse sentido (ou nem isso, já que, ao considerá-la como antinatural, sou forçada, do ponto de vista psicológico, a sentir que aquilo sobre o que lhe escrevi era afinal trivial e desimportante e absurdo o bastante para merecer a sua evasão), era inevitável que todo aquele lado da vida relacionado àquelas cartas assumisse para mim, como consequência, aquele mesmo tipo de irrealidade e inacessibilidade que a vida interior das outras pessoas muitas vezes assume para nós.

— seu pensamento uma pedra vermelha esculpida
para ser voo sem fim.
Amor que é uma pedra em voo interminável,

até quando a pedra durar levando
a marca do cinzel

. . e, perdida e coberta
de cinzas, cair de um monte desmoronado
e — começa a cantar!
E CANTA, a pedra depois da vida!

A pedra vive, a carne morre
— não sabemos nada da morte.

— botas longas
olhos-janela que enchem toda a fachada do rosto,
        Pedra vermelha! como se
uma luz ainda se agarrasse a eles   .

Amor
        combatendo adormecido
        _____
        o sono
aos pedaços

Pouco depois da meia-noite de 20 de agosto de 1878, o agente especial Goodridge, em frente à Casa Franklin, ouviu um estranho guincho estridente vindo da rua Ellison. Ao correr para averiguar de que se tratava, encontrou um gato à espreita, debaixo de uma mesa d'água na loja de ferragens de Clark, bem no canto, confrontando um estranho animal, pequeno demais para ser um gato e absolutamente grande demais para ser um rato. O agente correu ao local, e o animal enfiou-se por baixo da grade da janela do porão, e dali volta e meia botava a cabeça para fora, com a velocidade de um raio. Goodridge tentou acertá-lo diversas vezes com seu cassetete, mas não teve sucesso. Então o agente Keynes juntou-se a ele e assim que viu o animal assegurou que era uma marta, o que apenas confirmava a teoria que Goodridge já havia criado. Ambos tentaram por algum tempo acertá-la com seus cassetetes, mas não conseguiram, quando finalmente Goodridge sacou a pistola e atirou contra o animal. O tiro evidentemente errou o alvo, mas o barulho e a pólvora decerto assustaram o malandrinho, que num salto ganhou a rua, e seguiu rua Ellison abaixo num maravilhoso desfile, seguido de perto pelos dois policiais. A marta finalmente desapareceu por uma janela do porão da mercearia abaixo da cervejaria Spangermacher, e assim foi vista pela última vez. O porão foi vasculhado na manhã seguinte, mas não se descobriu mais nada sobre o pequeno bichinho que tanta diversão havia proporcionado.

    Sem invenção nada fica bem-espaçado,
    a menos que o pensamento mude, a menos
    que as estrelas sejam novamente medidas, de acordo
    com sua posição relativa, o
    verso não mudará, a necessidade
    não se inscreverá: sem que haja
    um novo pensamento não pode haver novo
    verso, o velho vai continuar
    repetindo-se com a recorrente
    morbidez: sem invenção
    nada viceja ao pé da hamamélis
    o amieiro não cresce no meio
    dos montinhos que margeiam o já quase
    esgotado canal do velho pântano,
    as pequenas pegadas
    dos ratos debaixo dos tufos suspensos
    da grama da guiné não
    estarão lá: sem invenção o verso
    nunca mais assumirá suas antigas
    divisões quando a palavra, uma palavra maleável,
    vivia nele, reduzida agora a giz.

    Deitadas sob o arbusto estavam protegidas
    do sol ofensivo —
    onze da manhã
            Parecem falar

— um parque, feito para o prazer : feito para   .   os gafanhotos!

    Três meninas negras maiorzinhas! desfilam
    — sua cor flagrante,
        suas vozes vagantes
    sua risada feroz, cortante, dissociada
    da fixidez da cena   .

    Mas a menina branca, com a cabeça
    apoiada num braço, uma guimba entre os dedos
    está deitada sob o arbusto   .   .

    Seminu, à sua frente, um guarda-sol
    sobre os olhos,
    ele conversa com ela

    — a lata velha meio escondida
    atrás deles entre as árvores —
    Comprei uma nova roupa de banho, só

    shorts e um sutiã   :
    os seios e as partes
    pudendas cobertas — sob

    o sol em franca vulgaridade.
    Mentes puídas
    pelo desperdício — entre

    as classes trabalhadoras ALGUMA forma
    de colapso
    ocorreu. Semiexcitados

sobre o seu cobertor eles se deitam
face a face,
pontilhados pelas sombras das folhas

acima deles, imperturbados,
ao menos aqui incólumes.
Não indignos.   .   .

conversando, audíveis além de toda conversa
em perfeita domesticidade —
E depois de terem nadado

e de terem comido (alguns
sanduíches)
seus pobres pensamentos se encontram de fato

na carne — cercados
por ciciantes amores! Asas alegres
os carregam (em sono)

— seus pensamentos acesos,
longe
 .   .   entre as ervas

Caminhando   —

através do velho pântano — uma onda seca no chão
marcado pela linha dos amieiros que os nativos deixaram

 . .   eles (os nativos) decerto teriam passado
dentro e fora, despercebidos, entre os amieiros pelo rio

   . para saltar gritando entre a casa de
madeira e os homens trabalhando no campo
cercados! e tendo deixado as armas todas na casa
de tijolos — sem defesa — levados embora como
prisioneiros. Um velho .

   Esqueça! pelo amor de Deus, pare
   com essa história .

Caminhando —

  ele volta à trilha e vê, numa colina
desmatada — o caminho vermelho parece enforcá-la —
um muro de pedra, espécie de reduto
circular contra os céus, estéril e
abandonado. Subir. Por que não?

          Um esquilo,
com o rabo alerta, dispara entre as pedras.

(Assim cresce o pensamento, a escarpados cumes)

 . mas quando ele se inclina, em suas passadas,
para ver uma ponta de flecha esculpida na rocha
          (não é)
           — lá
na distância, ao norte, descortinam-se
para ele as Chronic Hills .

    Bem, ali estão elas.

      Ele se detém:

Alguém aí?

                    Num banco de pedra, ao qual ficou amarrada sua coleira, do lado de dentro da parede um sujeito de casaco de lã — cachimbo pendurado à boca — penteia uma recém-banhada cachorra Collie. Os movimentos deliberados dividem o longo pelo — até o rosto dela ele penteia, fazendo as pernas tremerem um pouco — até que ela se deita, do jeito que ele quer, como ondulações na areia branca exalando seu cheiro de cachorro limpo. No chão de placas de pedra ela espera pacientemente suas carícias naquele "espaço de manobra"

         . à direita
de seu ponto de vista, a torre de observação
a meia distância ergue-se proeminente
de seu bosque pubiano.

Caro B.   Por favor, me desculpe por não ter te dito isso quando estive na sua casa. Não tive coragem de responder suas perguntas e por isso escrevo. A sua cadela *vai* ter filhotes, embora eu tenha rezado para ela ficar bem. Não é que tenha sido deixada sozinha, o que nunca aconteceu, mas eu a deixei sair algumas vezes na hora do jantar enquanto estendia as roupas. Naquele dia, foi numa quinta-feira, minha sogra tinha pendurado alguns lençóis e toalhas de mesa na ponta do varal. Imaginei que os cachorros não iriam aparecer enquanto eu estivesse lá e não apareceu nenhum no nosso jardim ou perto do apartamento. Ele deve ter entrado no vão entre sua cerca e a casa. Fui *várias vezes* até a ponta do varal e espiei por baixo dos lençóis para ver se Musty estava bem. E ela estava, até que em uma das vezes cheguei um pouquinho tarde. Joguei paus e pedras no cachorro, mas ele não largava. George me deu uma baita bronca, e comecei a rezar para que eu tivesse conseguido assustar o cachorro a tempo e que nada tivesse acontecido. Eu sei que você vai me xingar feito um desgraçado e não vai mais querer falar comigo por eu não ter te contado. Não pense que eu não me preocupo com Musty. Ela tem estado nos meus pensamentos todos os dias desde o terrível acontecimento. Você já não pensará grande coisa de mim e não terá mais vontade de me proteger. Ao invés aposto que poderia matar...

    E ainda assim os piqueniques se armam, agora
    no começo da tarde, e se espalham entre as
    árvores pelos espaços cercados   .

                          Vozes!
    múltiplas e inarticuladas   .   vozes
    estruginho alto para o sol, para
    as nuvens. Vozes!
    assaltando o ar com alegria em todas as direções.

    — aqui o ouvido se estica para captar
    o movimento de uma voz entre as outras
    — uma voz de caniço
                      com um sotaque peculiar

    E assim ela encontra a paz possível, reclina,
    antes da abordagem, afagada
    pelos pés que vêm subindo — por prazer

              É tudo por
  prazer   .   os pés   .   sem rumo
      vagando

A "grande fera" chega para banhar-se no sol
                          à vontade
 .   .   seus sonhos se misturam,
sonsos

Sejamos razoáveis!

              Domingo no parque,
limitado a leste pelas encostas, a
oeste desembocando na antiga estrada: lazer
com uma bela vista! os binóculos pendurados
em estacas cravadas no muro do lado leste —
          acima do qual, um falcão
                              paira!

— soa um intermitente trompete.

Fique de pé sobre a muralha (use um metrônomo
se não tiver bom ouvido, um feito na Hungria
se você preferir)
e olhe para o norte a partir do leste onde as torres
da igreja ainda gastam seu lume contra
o céu   .   até o campo de beisebol
no vale com seus seres em miniatura correndo
— depois da vala onde o rio
mergulha no desfiladeiro estreito, oculto

— e a imaginação voa, enquanto uma voz
chama, trovejante voz, interminável
— como dormir: a voz
inelutável que os havia chamado —
                    aquele imóvel rugido!

igrejas e fábricas
             (por um preço)
juntas, os convocavam de dentro do fosso   .

— a voz dele, uma entre tantas (inaudita)
movia-se sob todas.

             A montanha estremece.
Tempo!   Contando!   Fatiar e contar o tempo!

E assim no começo da tarde, de um lugar
para o outro ele se move,
sua voz misturando-se a outras vozes
— a voz dentro da sua voz
abrindo sua velha garganta, soprando seus lábios,
acendendo seu pensamento (mais
que seu pensamento se acenderá)

             — no encalço dos alpinistas.

Finalmente alcança o lugar favorito
dos frequentadores, o pitoresco cume, onde
a pedra-azul (ferro-vermelha quando exposta)
acabou rachada em vários patamares
         (samambaias alastram-se entre as pedras)
formando rústicas varandas e recantos
recobertos de erva-doce, o chão em sutil declive.

Caminhantes em grupos deslizam
sobre o tampo de pedra — marcado pelos
pregos nas botas mais do que a geleira os
marcara — cruzando indiferentes
a privacidade uns dos outros   .

                        — de todo modo,
o centro do movimento, o núcleo da graça.

Aqui um jovem, de talvez dezesseis anos,
está sentado de costas para a pedra entre
as samambaias, ao violão, contemplativo   .

Os demais estão comendo e bebendo.

                        O grandão
de chapéu preto mal se mexe de tão cheio   .
                            mas Mary
se levantou!

     Vamos! Que foi mãezinha? Quebrou
a perna?

               É esse ar!
                    O ar do Midi
e as velhas culturas os intoxicam:
presente!

     — ela ergue um braço segurando as castanholas
dos seus pensamentos, empina a velha cabeça
e dança! levantando as saias:

                    La la la la!

Que bando de vadios! Medo de que alguém veja
vocês?
          Blá!
               Excrementi!
                    — ela cospe.

Olha pra mim, Vó! Esse povo é muito
preguiçoso.

Este é o velho, o muito velho, o velho dos velhos
o imorredouro: até nos menores gestos,
a mão segurando a xícara, o vinho
derramando, manchando o braço:

        Lembra

   o serviçal no filme
   perdido de Eisenstein bebendo

   vinho num cantil com a volúpia
   de um cavalo bebendo

   até o líquido escorrer queixo abaixo?
   pelo pescoço, pingando

   sobre a camisa e mais abaixo
   nas calças — rindo, sem dentes?

      Bem-aventurado!

— a perna levantada, verossimilhança .
até nos contornos rudes da perna, o
toque bovino! O olhar carnal, sua cavidade,
sua fêmea diante do macho, o sátiro —
  (Príapo!)
com aquela aura solitária, cabreiro
e cabra, fertilidade, o ataque, bêbado,
purificado .

                Rejeitado. Até o filme
foi banido   :   mas   .   persistente

No piquenique riem sobre as pedras celebrando
o variado domingo de seus amores com
sua luz declinante —

Caminhando —

      olhando de cima (de uma saliência) para aquela toca
      na grama
              (em alguma medida afastada do movimento)
                      e acima de suas sobrancelhas
      uma lua! onde ela transpira deitada ao lado dele:

                Ela se agita, perturbada,
contra ele — ferida (bêbada), se move
contra ele (um inchaço) desejando,
contra ele, entediada   .

flagrantemente entediada e dormindo, uma
garrafa de cerveja ainda feito um dardo
na mão dele   .

enquanto os meninos menores, insones, que
subiram as rochas colunares
debruçados sobre o par (onde eles se deitaram
expostos sobre a grama, sitiados —

descuidados na sua estreita célula sob
os pés da plateia) olham para baixo,
                        do alto da história!

para eles, embasbacados e sob a luz
assexuada (da infância) igualmente entediados,
vão se afastando   .

              Ali onde
o movimento lateja a céu aberto
e é possível ouvir o Evangelista gritando!

                    — chegando mais perto
   ela — arqueada como uma cabra — arqueia
   a barriga arqueada contra as costas do homem
   brincando com as fivelas de seus
   suspensórios   .

   — ao que ele acrescenta sua voz inútil:
até ali move-se em seu sono
uma música que é inteira, inequívoca (em
seu sono, suando em seu sono — trabalhando
contra o sono, sufocando!)
                         — e não acorda.

Vê, vivo (dormindo)
            — o rugido da catarata penetrando
seu sono (a ser consumado)
                              renascido
em seu sono — espalhado sobre a montanha
repetidamente   .

         — com o qual ele a corteja, repetidamente.

E a plateia amnésica (os espalhados),
convocada   —   se esforça
para captar o movimento de uma voz   .

                              ouve,
            Prazer!   Prazer!

                           — sente,
semiconsternada, na tarde de complexas
vozes a sua própria —
               e alivia-se
                          (aviva-se)

            Um policial orienta o tráfego
            no meio da estrada principal
            pequena rampa de madeira que vai dar
            na loja de conveniência:

                        carvalhos, cereja-da-virgínia,
cornisos, brancos e verdes, pau-ferro   :
raízes corcundas emaranhadas no solo raso
— quase todo arruinado: afloramentos de rocha
polida pelos pés dos visitantes:
adocicado sassafrás   .

livre da gordura rançosa:
                        deformidade —
— a ser decifrada (um chifre, um trompete!)
uma elucidação por multiplicidade,
uma corrosão, um coágulo parasita, um clarim
para crença, para que sejamos bons cachorros   :

            PROIBIDOS CACHORROS SOLTOS NESTE PARQUE

II.

Bloqueado.
        (Extraia disso uma canção: concretamente)
Por quem?

No meio daquilo erguia-se uma enorme igreja. . . E ficou claro para mim então — que aquelas pobres almas não tinham mais nada no mundo a não ser aquela igreja, entre eles e a eterna sujeira pedregosa, ingrata e sem perspectivas em que viviam . . . . .

    Dinheiro é a multa que pagam para que outros vivam seguros
    . . e o conhecimento fique nas mãos de poucos.

    Um tédio orquestral recobre seu mundo

Eu sei que eles — no Senado, estão tentando bloquear Lilienthal e jogar a bomba no colo de alguns poucos industriais. Não acho que vão conseguir, mas . . é por isso que não consigo me entusiasmar com os gritos de "Comunista!" que eles usam para nos confundir. É terrível pensar como podemos ser destruídos facilmente, bastam uns poucos votos. Embora o comunismo seja uma ameaça, será que os comunistas são realmente *piores* do que a má consciência desses cretinos, tentando nos subjugar desse jeito?

    Saltamos acordados e o que vemos
    nos abate   .

Que o terror dobre o mundo!

Faitoute, farto de suas distrações mas orgulhoso das
                                       [mulheres,
suas prendas, de costas para
o covil dos leões,
                (onde os bêbados
amantes dormiam agora, ambos)
                            indiferente,
recomeçou a caminhar — passo a passo para fora
para dentro do vazio   . .

    Acima.
        O cume aponta.
            Placa pregada
numa árvore: Mulheres.

            Veem-se alguns vultos
se movendo além da tela das árvores e, perto
ao alcance da mão, uma música irrompe.

Caminhando —
                                    uma
arena estreita fora deixada livre na base
da torre de observação perto dos urinóis. Esse é
o versículo do Senhor: Vários bancos quebrados
formando uma fileira curva contra os arbustos
encaram o chão plano, bancos nos quais
algumas crianças foram escoradas pelas outras
para não fugirem   .

Três homens de meia-idade com sorrisos de ferro
se posicionam atrás dos bancos — acompanham
 [(com os olhos)
as crianças, crianças e várias mulheres — e
seguram,
 corneta, clarinete e trombone,
cada um, em suas mãos, em repouso.
 Há também,
tocado por uma mulher, um órgão portátil . .
 Diante deles um velho,
com uma franja de longos cabelos brancos, a cabeça
 [descoberta,
o contorno do crânio refletindo a luz
do sol e em mangas de camisa, começa a
falar —

 clamando aos pássaros e árvores!

Pulando para cima e para baixo em seu êxtase ele
sorri para o azul vazio, a leste, sobre o parapeito
na direção da cidade . .

 .   .   .   .

Há pessoas — especialmente entre as mulheres — que só conseguem falar a uma pessoa. E eu sou uma dessas mulheres. Não me dou com facilidade a confidências (embora você só consiga pensar o contrário). Eu não poderia de modo algum compartilhar com nenhuma dessas pessoas que cruzaram o meu caminho nos últimos meses essas etapas particulares da minha vida que converti no assunto das minhas cartas a você. Prefiro deixar-me ser mal interpretada por

completo e prejulgada em todos os meus desajustes econômicos e
sociais do que tentar comunicar a qualquer outra pessoa aquilo so-
bre o que lhe escrevi. E assim o fato de eu haver despejado sobre você
essas confidências (por mais cansativas que você as tenha achado e
por mais longe que eu ainda precise ir no meu compromisso com a
completa honestidade comigo mesma, que é difícil para qualquer um)
foi o suficiente para que meu fracasso com você tenha tido um efeito
tão desastroso sobre mim.

      Olha, ali está a cidade!

                  — ele clama de costas
para a mísera congregação, clamando aos ventos;
uma voz clamando, clamando   .

Atrás dele as crianças abatidas a quem sua encenação
de sagrada proclamação tão mal se ajusta,
sem piscar, sob pressão, devem sentir
as nádegas doendo contra as ripas molhadas
dos bancos.

      Mas quando ele para, elas cantam — quando
cutucadas — enquanto ele enxuga da testa os cristais
                                  [de suor.
                        A luz
o acaricia como se quisesse formar um halo —

E então ele ri:

              Primeiro o veem. Poucos ouvem.
Poucos, na verdade, prestam o mínimo

de atenção, andando por ali, a menos quando algum
Polock com a boca aberta tenta adivinhar,
como se ele fosse algum diabo (olha bem na cara
de um jovem casal, que ri entre
si, buscando algum sinal) Que tipo de pastor
é esse? Alarmado, segue seu caminho carrancudo,
olhando para trás.

    Ora, este é um protestante! Protestando — como
se o mundo fosse só seu   .

                              — outro,
uns dez metros adiante, passeia o cachorro absorto
sobre o topo do muro — quanto cuidado com o
                              [cachorro —
na beira da colina sobre uma queda de vinte metros .

. . alternadamente a ladainha, seguida
do grito do trompete sobrepondo-se
a quaisquer outros sons . agora se afastam
enquanto o sujeito em transe retoma a pregação —

Mas suas armadilhas não atraem nenhuma presa — a
                                        [não ser
as crianças com suas cabecinhas empoeiradas
e os melhores *non sequiturs*.

    Nenhuma figura
descida das nuvens parece flutuar por ali

Os detetives encontraram um bilhete na mesa da cozinha endereçado a um soldado de Fort Bragg, N. C. O conteúdo da carta mostrava que ela estava apaixonada pelo soldado, disse o detetive.

Eis o que o pregador disse: Não pensem
em mim. Podem me chamar de velho estúpido, tudo
certo. Sim, podem me chamar de velho chato que fala
até ficar rouco e que ninguém quer escutar. Essa é
a verdade. Sou um velho idiota e sei disso.

                     MAS . !
Vocês não podem ignorar a palavra de Nosso Senhor Jesus
Cristo que morreu na Cruz para que nós
pudéssemos ter Vida Eterna!   Amém.

                        Amém!   Amém!

Bradaram os discípulos atrás dos
bancos.   Amém!

         — é o espírito de nosso Senhor que dá
às palavras de alguém, mesmo de um tolo, ignorante
como eu, um toque da Sua Própria dignidade abençoada e
e espalha sua força entre vocês   . .

Eu vos digo — erguendo os braços — eu trago
as riquezas de todos os tempos a vocês hoje aqui.

        Fazia calor sem vento sob o sol
onde ele se mantinha com a cabeça nua.

Grandes riquezas vos esperam!
Eu não nasci aqui. Sou daquele lugar que aqui chamamos
de Velho País. Mas é o mesmo
povo, o mesmo tipo de gente que tem aqui
e por lá eles gostam das mesmas tramoias
que aqui — apenas não há tanto dinheiro
do lado de lá — e isso faz a diferença.

Minha família era de gente pobre. Então comecei
a trabalhar muito cedo.
    — Ah, precisei de muito tempo! mas
um dia eu disse a mim mesmo, Klaus, esse é o meu nome,
Klaus, eu disse a mim mesmo, você é um sucesso.
    Você trabalhou duro mas teve
sorte.
    Você tá
rico — e agora nós vamos aproveitar.

Hamilton percebeu melhor do que ninguém a urgência com que o novo governo deveria assumir autoridade sobre os Estados se quisesse sobreviver. Ele nunca confiou no povo, que via como "uma grande fera", e não achava que Jefferson fosse muito melhor, senão pior que qualquer um.

Então eu vim pra América!

Sobretudo no quesito das finanças uma situação crítica se apresentava. Os Estados estavam inclinados a desprezar a dívida incorrida durante a guerra — cada estado preferindo arcar com suas próprias obrigações privadas separadamente. Hamilton percebeu que esse arranjo seria fatal para o crédito futuro. Ele então concebeu com vigor e astúcia a ideia da "Assunção", a assunção da dívida nacional pelo Governo Federal, com a correspondente transferência de poderes de taxação sem os quais não poderia arrecadar os fundos necessários para esse propósito. Seguiu-se uma tempestade na qual ele se viu do lado oposto ao de Madison e Jefferson.

> Mas quando cheguei por aqui logo descobri que eu
> era um minúsculo sapo numa enorme lagoa. Então
> retomei o batente outra vez. Imagino
> que nasci com um tino para a coisa.
> Prosperei e achei a glória em meu caminho. E achei assim
> que eu era feliz. E eu era — tanto quanto
> o dinheiro podia me tornar.

> Mas ele me tornava BOM?

> Parou para rir, com naturalidade, e
> seus pálidos assistentes o imitaram,
> forçando o riso — arreganhando os dentes
> contra as pedras com ironia   .

> NÃO! ele gritou, dobrando
> os joelhos e em seguida empertigando-se
> violentamente com a força de sua ênfase — como
> Beethoven extraindo um crescendo de uma
> orquestra — NÃO!

> O dinheiro *não* me fez bom. (Os punhos cerrados
> erguidos acima dos olhos.) Continuei fazendo
> dinheiro, mais e cada vez mais, mas ele não me fez
> bom.

     América, a dourada!
     de truque e grana
      ferrada
    como o Altgeld doente
      e mofado
    nós vos amamos ó terra
      amarga

    Como o Altgeld ali no
      canto
     vendo o esquife
      passar
    nós baixamos a cabeça
     diante de vós
    e tomamos o chapéu
      na mão

          E assim
um dia eu ouvi uma voz . . . uma voz — exatamente
como eu falando a vocês hoje aqui. . .
 . . . .
 . . . . . E a voz dizia,
Klaus, o que há com você? Você não está
feliz. Eu estou feliz! Gritei de volta,
Tenho tudo que eu quero. Não, ela disse.
Klaus, isso é mentira. Você não está feliz.
E tive que admitir que era verdade. Eu não estava
feliz. Aquilo me perturbou um bocado. Mas eu era cabeça-
-dura e quando parei para pensar disse a mim
mesmo, Klaus, você está é ficando velho
para deixar que essas coisas te aborreçam.

. . . . . . então um dia
nosso abençoado Senhor veio a mim e colocou a mão
no meu ombro e disse, Klaus, seu velho tolo,
você tem trabalhado demais. Por isso está
cansado e preocupado. Deixe-me ajudá-lo.

Estou sim preocupado, respondi, mas não sei o que
fazer a respeito. Tenho tudo o que o dinheiro pode
comprar mas não estou feliz, essa é a verdade.

E o Senhor me disse, Klaus, livre-se do seu
dinheiro. Você nunca será feliz até que se livre dele.

Como consequência da famosa batalha pela assunção, constatou-se, entre muitas das principais mentes da jovem república, que, a menos que a indústria se aguentasse de pé, a menos que bens manufaturados pudessem ser produzidos, a renda para os impostos seria um mito.

O novo mundo já havia sido cobiçado como produtor de metais preciosos, peles e matérias-primas a serem enviados à metrópole para lá se converterem em bens manufaturados que os colonos não tinham escolha a não ser comprar a preços elevados. Eram proibidos de produzir lã, algodão ou tecidos para venda. Tampouco era-lhes permitido construir fornalhas para converter o ferro nativo em aço.

Já durante a Revolução, Hamilton havia ficado impressionado com as Grandes Cataratas do Passaic. Sua imaginação fértil vislumbrava um grande centro manufatureiro, uma grande Cidade Federal, para suprir as necessidades do país. Aqui estava a energia hídrica para fazer girar as rodas dos moinhos e o rio navegável para levar as mercadorias manufaturadas aos mercados centrais: uma manufatura nacional.

Livrar-me do meu dinheiro!

 — com monótona insistência
as cataratas da sua ladainha pendiam sem vida
sobre o ouvido, embora com um certo estranhamento
como se congeladas no espaço

 Isso seria sim muito difícil
para mim. O que diriam meus amigos ricos?
Eles diriam, Aquele velho maluco do Klaus Ehrens deve
estar ficando louco, para se livrar assim da sua
grana. O quê? Se livrar daquilo que penei toda
a vida para juntar — para poder dizer que eu era rico?
Não! Aquilo eu não podia fazer. Mas eu estava perturbado
da cabeça.

 Ele pausou para enxugar o suor enquanto
os cantores entoavam um hino mais animado.

 Eu não comia, eu não
dormia de tanto pensar no meu tormento até que
quando o Senhor veio a mim pela terceira vez eu estava
pronto e me ajoelhei diante Dele
e disse, Senhor, faça o que quiser comigo!

Abra mão de todo o seu dinheiro, Ele disse, e Eu
lhe farei o homem mais rico do mundo!

 E eu baixei minha cabeça e disse a Ele, Sim, Senhor.
 E Sua verdade abençoada desceu sobre mim e me
 encheu de alegria, uma tal alegria e uma tal riqueza que

eu nunca tinha experimentado na vida até aquele dia
e eu disse a Ele, Mestre!
                Em Nome do Pai
do Filho e do Espírito Santo.
                          Amém.
Amém! Amém! ecoaram seus devotos assistentes.

    Esta é a única beleza aqui?
    E esta beleza será —
    estraçalhada pelos
    sectários à espreita?

    Onde há beleza no meio
    dessas árvores?
    Serão os cães que os donos
    trazem aqui para secar os pelos?

    Essas mulheres não são
    belas e nelas não
    se vê beleza mas nojo . .
    A menos que seja belo

    estar, em qualquer lugar,
    tão flagrante em desejo .
    A beleza do sagrado,
    se assim o for,

    é a única beleza
    visível neste lugar
    além da vista
    e dos novos ramos brotando.

E assim comecei a me livrar do meu dinheiro. Não levou
muito tempo, devo dizer! Joguei tudo fora com as duas
mãos. E comecei a me sentir melhor   .   .   .   .

— e inclinou-se sobre o parapeito, pensando.

Daqui era possível vê-lo — o homem
amarrado, assassino de sangue
frio   .   Abril! na distância
o enforcavam. Grupos em várias
sacadas ao longo do penhasco   .   haviam
se juntado desde antes da alvorada
para assistir.

                Uns matam
por dinheiro mas nem sempre se dão bem.

Inclina-se sobre o parapeito pensando, enquanto
o pregador, em minoria, se dirige
às folhas nas árvores pacientes   :

    O doce Cristo
    filho de Péricles
    e *femina practa*

    Dividido entre
    Atenas e
    os anfioxos

    O doce Cristo —
    joio e trigo
    tristemente sincero

　　　　Chora e é
　　　　lembrado como aquele
　　　　que deixou o túmulo

　　　— joguei fora com as duas mãos.　.　até
　　não sobrar nada

　　　　　— e fez um largo gesto com as duas
　　mãos como se espalhasse o dinheiro aos ventos —

　　　— mas as riquezas que me foram dadas estão
　　além de qualquer contabilidade. Você pode jogá-las
　　despreocupado ao seu redor por todos os lados — e
　　ainda assim terá mais. Porque Deus Todo-Poderoso
　　tem recursos infinitos e nunca nos abandona. Não há
　　fim para os tesouros de Nosso Senhor que
　　morreu na Cruz por nós para nos salvar.
　　Amém.

O Sistema de Reserva Federal é uma iniciativa privada... um monopólio privado... (com poder)... que lhe foi atribuído por um Congresso subjugado... para emitir e regular toda a nossa moeda.

Eles criam dinheiro do nada e emprestam aos negócios privados (o mesmo dinheiro uma e outra vez a juros cada vez maiores), e também ao governo sempre que este precise, seja na guerra ou na paz; e nós, o povo, representando o governo (neste caso, pelo menos) temos que pagar juros aos bancos na forma de altas taxas.

　　　　　O pássaro, a águia, fez-se
　　　　　pequeno — para se enfiar no ovo rachado
　　　　　até desaparecer ali dentro, a não ser

> por uma perna com uma garra que abria
> e fechava miseravelmente agarrando
> o ar, e não poderia — apesar de todo
> o esforço da luta, permanecer
> dentro   .

Observando as cataratas Hamilton ficou impressionado com o espetáculo do que era naquela época um poder avassalador... como continuação de um projetado boulevard, planejou um aqueduto de pedra pelo caminho mais direto até Newark com saídas a cada milha ou duas ao longo do rio para conjuntos de fábricas: A Sociedade para Úteis Manufaturas: SUM, como eles diziam.

Os jornais da época falavam com entusiasmo das excelentes perspectivas da "Manufatura Nacional" onde calorosamente acreditavam que seria produzida a totalidade de algodão, cachemira, papéis de parede, livros, chapéus de feltro e de palha, sapatos, carruagens, cerâmica, tijolos, vasos, panelas e botões consumidos nos Estados Unidos. Mas os planos de L'Enfant eram mais monumentais do que práticos, e Peter Colt, Secretário de Finanças de Connecticut, foi escolhido em seu lugar.

.   .   .   .   .   O objetivo proeminente da Sociedade era a manufatura de produtos de algodão.

> Washington em sua primeira posse
> .   .   .   .   .   usou
> um paletó de lã preta caseira feita
> em Paterson   .   .   .   .   .

Em outras palavras, os Bancos de Reserva Federal constituem um Sistema Nacional de Usura Legalizada, do qual o Cliente número um é o nosso Governo, o país mais rico do mundo. Cada um de nós tem que pagar tributos aos piratas do dinheiro sobre cada dólar que ganhamos com trabalho duro.

.   .   .   .   Em todas as nossas grandes emissões de títulos o juro é sempre maior que o principal. Todas as grandes obras públicas custam duas vezes mais do que o custo efetivo, por essa razão. Pelo atual sistema nós SIMPLESMENTE ADICIONAMOS de cento e vinte a cento e cinquenta por cento aos custos nominais.

O povo acaba pagando de qualquer jeito; por que devem ser obrigados a pagar o dobro? A TOTALIDADE DA DÍVIDA PÚBLICA NACIONAL É COMPOSTA DE COBRANÇAS DE JUROS. Se o povo um dia começar a pensar sobre títulos e contas ao mesmo tempo, o jogo acaba.

                Se existe sutileza,
você é sutil. Imploro sua indulgência:
nenhuma prece deve provocar-lhe nada além
de lágrimas.   Eu tinha um amigo   .   .   .
deixe passar. Lembro que quando eu era criança
parei de rezar e tremia de medo
até dormir — seu sono me acalmava —

Você também, tenho certeza, já leu
O ramo de ouro, de Frazer. Faz justiça
a você — uma prece que poderia ser proferida
por um amante que
examina cada feição da beleza
da sua noiva, e o terror —
terror como o que se sente, um homem
casado, ante a sua noiva —

Você é a noiva eterna e
o pai — *quid pro quo*,
um simples milagre que conhece

o mar se abrindo, onde o carvalho
é coral, o carvalho de coral.
Os Himalaias e pradarias
das suas feições maravilham e deleitam —

Por que deveria me mudar deste lugar
onde nasci? sabendo
como seria fútil minha busca
por você na multiplicidade
da sua queda. O mundo se espalha
à minha frente como uma flor se abrindo — e
se fechará para mim como poderia uma rosa —

murchar e cair no chão
apodrecer e ser transformada
em uma flor de novo. Mas você
nunca murcha — antes floresce
a toda minha volta. E nisso me esqueço
perpetuamente — na sua
composição e decomposição
encontro meu   .   .
                      desespero!

   .   .   .   .

Quaisquer que tenham sido as suas razões para aquele seu bilhete e para a sua indiferença às minhas cartas imediatamente anteriores a ele — a coisa que eu ainda quero mais do que qualquer outra é poder vê-lo novamente. Isso está relacionado a muito mais do que eu disse aqui. E principalmente, é o *único* impulso meu que perfura aquela película, aquela crosta, que se acumula tão fatalmente entre o meu verdadeiro eu e aquele que se encarrega apenas dos gestos mecânicos de manter-se vivo. Mas mesmo que você me concedesse essa chance, eu não gostaria de vê-lo sem alguma abertura de amabilidade ou amizade de sua parte. . . . Tampouco gostaria de vê-lo em seu escritório, em nenhuma circunstância. Não é isso que eu queria dizer (porque não tenho nenhum assunto específico para tratar com você agora como eu tinha quando o procurei pela primeira vez como uma completa estranha, nem como eu poderia ter tido, logo antes da sua última carta, quando eu queria tanto que você revisasse comigo alguns dos meus piores poemas), eu tenho sentido (um sentimento cada vez mais forte) que nunca hei de conseguir recompor algum sentido de identidade pessoal própria (sem a qual não consigo escrever, claro — mas que em si mesma é tão mais importante do que escrever) até que eu seja capaz de reaver alguma fé na realidade de meus próprios pensamentos e ideias e problemas que foram transformados em areia seca pela sua atitude em relação àquelas cartas e depois pelo seu último bilhete. É por isso que não consigo me livrar do meu desejo de vê-lo — não de forma impessoal, mas do jeito mais pessoal possível, já que nunca seria capaz de escrever a você de maneira completamente impessoal.

III.

Procure pelo nulo
que derrota tudo

o N de todas as
equações   .

aquela rocha, o espaço
que ocupavam

as que foram arrancadas —
a rocha

foi a queda delas. Procure
por aquele nulo

que está além
de toda vista

a morte de tudo
que está além

do que exista   .

Mas a Primavera há de chegar com as flores se abrindo
e o homem vai tagarelar sobre o seu destino   . .

A descida chama
       como a ascensão chamava

          A memória é uma forma
de conquista
       uma espécie de renovação
           ou mesmo
uma iniciação, já que os espaços que ela abre são novos
lugares
       habitados por hordas
            até então irrealizadas,
de novos tipos —
       já que seus movimentos
            apontam novos objetivos
(mesmo que antes tenham sido abandonados)

Nenhuma derrota é feita inteiramente de derrota — se
o mundo que ela abre é sempre um lugar
     antes
            insuspeito. Um
mundo perdido,
     um mundo insuspeito
          chama para novos lugares
e nenhuma brancura (perdida) é tão branca como a
memória da brancura   .

Com a noite, o amor desperta
       embora suas sombras
            que estão vivas em razão
do brilho do sol —
       se cansem sonolentas agora e se desfaçam
                    do desejo .

O amor sem sombras agita-se agora
            começando a despertar
                        com a noite
que avança.

A descida
         feita de desesperos
                e sem conquista
compreende uma nova revelação   :
                              o reverso
do desespero.

         Para o que não conquistamos, o que
é negado ao amor,
         o que perdemos na antecipação —
                  uma descida se abre,
infinita e indestrutível   .

Ouçam! —

         a queda d'água!
                     Os cães e as árvores
conspiram para inventar
um mundo — morto!

Bum, uau! Um
carro acelerando jorra a brita ao
ganhar velocidade!

Superado! *le pauvre petit ministre*
fez o melhor que pôde, eles gritam,

mas apesar de todo o seu melhor esforço
nenhum poeta apareceu   .

Bum, uau! Bum, uau!

Por todo lado os cães latiam, as árvores
metiam os dedos em seu nariz. Nenhum
poeta apareceu, nenhum poeta apareceu.

— Logo ninguém mais no parque senão
amantes culpados e cães de rua   .

                        Sem coleira!

Sozinho, vendo a lua de maio acima das
árvores   .

Às nove da noite o parque fecha. Vocês
já devem ter saído do lago, estão vestidos, em
seus carros e partindo: vestem as roupas
de todo dia nos bancos de trás
e vão embora por entre as árvores   .

A "grande fera" toda recolhida
diante da noite aguda, só as asas negras
dos grilos e as hilas acordadas.

    Faltava aquilo que Jim havia encontrado em Marx e Veblen e Adam
Smith e Darwin — o som altivo e calmo de um grande sino dobrando
à manhã de uma nova época   .   .   no seu lugar, a lenta
queixa de uma porta frouxa nas dobradiças.

            Faitoute, consciente às vezes,
excita-se por vezes, termina por rejeitá-lo
e segue caminho   .

            Que o poema,
à mais perfeita rocha e templo, à mais alta
catarata, em nuvens de cristal translúcidas, fosse
assim elevado   .   que o poeta,
em desgraça, tomasse de empréstimo à erudição (para
emancipar o pensamento) : ralhasse contra o vocabulário
(emprestado dos que ele odeia, para seu próprio
empobrecimento)   .

— descontando seus fracassos   .
tenta fazer com que seus ossos se levantem à cena,
seus ossos secos, sobre a cena, (a contragosto)
iluminando-a desde dentro, fora dela mesma
para formar as cores, nos moldes de algum
beco escuro, para que assim a história possa escapar
dos cafetões

       .   .   conquistar a inevitável
pobre, invisível, surrada, fértil
     .   degradada cidade.

O amor não conforta, antes um prego no
crânio

       .   invertido no espelho de sua
própria imundície, degradado pelo divórcio do aprendizado,
seu lixo sobre o meio-fio, seus legisladores

sob o lixo, sem instrução, incapazes de
autoinstrução   .

   um desarme, uma extração   :

— flores arrancadas, colombinas, amarelas e vermelhas,
largadas pelo caminho; cornisos em plena floração,
as árvores desmembradas; suas mulheres
rasas, seus homens fechados em recusa — no
melhor dos casos   .

   A linguagem   .   palavras
sem estilo! com seus especialistas (nenhum deles)
.   ou penduradas, ao redor das quais
a água tece seus fios encasulando-as
numa espécie de denso laquê, alojado
sob o seu fluxo   .

   Preso (em pensamento)
ao lado das águas ele olha para baixo, ouve!
Mas não discerne, ainda, nenhuma sílaba no confuso
alvoroço: sem ver toda a cena (embora tente)
iletrado, mas atento, vibra com a intensidade
da sua escuta   .

Apenas a ideia da correnteza o conforta,
seu terrível mergulho, exigindo casamento — e
uma guirlanda de peles   .

E Ela   —
  Pedras não inventam nada, só o homem inventa.

       O que responde à cachoeira? encher
       a enseada até chegar às pedras dentadas?

E Ele —

       Claramente, é o novo, ainda não interpretado, que
       remodela o velho, que desce nas águas   .

E Ela —

       Não era assim na nossa época!

                                 Le
pauvre petit ministre, agitando os braços, afoga-se
sob a fragrância indiferente das tílias
americanas   .

Meus sentimentos por você agora são de raiva e indignação; e eles me permitem te dizer um monte de coisas diretamente como um soco, sem minhas hesitações e rodeios habituais.

    Você pode muito bem pegar toda a sua literatura e a de todos os outros e jogá-la em um daqueles grandes caminhões de lixo do Departamento Sanitário, se pessoas com as inteligências mais elevadas e as sensibilidades mais "refinadas" não forem capazes de usar essas inteligências e sensibilidades para se tornarem seres humanos mais humanos do que a média, mas apenas para se esquivarem da responsabilidade de compreender melhor seus companheiros, exceto como um exercício teórico — o que não significa porcaria nenhuma.

      .   e lá se vão os Evangelhos! (seu órgão
      levado na carroceria de uma caminhonete) fugindo
      ladeira abaixo   .   a criançada
      pelo menos se diverte um *bocado*!

A sua raiva cresce. Ele sente um calafrio nos ossos.
Quando então surge um anão, horrendamente
                              [deformado —
ele vê as raízes contorcidas pisoteadas
sob a folhagem do seu pensamento pela multidão
do feriado e pelos pés do esforçado
pastor. De seus olhos pardais nascem e
cantam. Seus ouvidos são cogumelos, os dedos
dão brotos em folhas (sua voz está afogada
sob as cataratas)   .

Poeta, poeta! cante o seu canto, rápido! ou
não insetos, mas grossas ervas daninhas vão apagar
sua espécie.

              Ele quase que cai   .   .

E Ela —

    Case com a gente! Case com a gente!
              Ou! seja então arrastado rio abaixo, pra
    baixo e perdido

    Ela era casada com palavras vazias:
                    melhor
                 tropeçar na
                   beirada
                    e cair
                     cair
                    e se

                          — divorciar
    da insistência do lugar —

             do conhecimento,
do aprendizado — os termos
estranhos, trazendo nenhuma imediatez, na correnteza.

                              — divorciado
do tempo (nenhuma outra invenção), calvo como um
ovo   .

         e saltado (ou caído) sem nenhuma
linguagem, língua-presa
                a linguagem esgotada   .

O anão vivia ali, perto da queda d'água —
posto a salvo por seu colorido protetivo.

Vá pra casa.   Escrever.   Compor   .

Rá!

Se reconcilie, poeta, com seu mundo, é
a única verdade!

Rá!

— a linguagem está esgotada.

E Ela   —
          Você me abandonou!

          — sob o mágico som do rio
          ela se jogou sobre a cama —
          que gesto lamentável! perdida em palavras:

Invente (se puder) descubra ou
nada está claro — vai sobrepor-se
aos tambores na sua cabeça. Nada estará
mais claro, nada mais claro   .

Ele fugiu caçado pelo rumor.

Setenta e cinco dos principais professores, poetas e filósofos do mundo estiveram reunidos em Princeton na última semana   . . .

Faitoute crava seu calcanhar
firme na pedra:

Dia ensolarado hoje, com temperatura máxima perto de vinte e seis graus; ventos do sul moderados. Parcialmente nublado e amanhã segue quente, com ventos do sul moderados.

Sua barriga   .   sua barriga é como
uma nuvem   .   uma nuvem
                      à noite   .

O pensamento dele despertaria de novo:

Ele   Eu com minha calça, paletó e colete ainda no corpo!

Ela   E eu ainda com minhas galochas!

— A descida segue a ascensão — à sabedoria
como ao desespero.
Um homem está sob a necessidade mais crassa
de botar abaixo os cumes de seus humores

sem medo —
às bases; base! às escórias gritantes,
à experiência do ar limpo   .

A partir dessa base, destemida, recobrar
os cumes do amor banhados de sol!

                       — obscuramente
em rabiscos   . e uma guerra vencida!

 — declamando para si uma canção previamente
escrita   .   inclina-se a acreditar
que vê, na estrutura, alguma coisa
                         de interesse:

Nesta mais voluptuosa noite do ano
o período da lua é amarelo sem luz
o ar suave, o pássaro noturno entoa
uma única nota, a cerejeira em flor

produz uma névoa na floresta, seu perfume
não passa de movimentos intuídos no pensamento.
Nenhum inseto está desperto ainda, folhas poucas.
Na arcada das árvores não há nenhum sono.

O sangue está parado e indiferente, a face
não dói nem despeja suor sobre o solo nem a

boca tem sede. Agora o amor pode gozar seu jogo
e nada perturba a oitava perfeita de sua escala.

Sua barriga . sua barriga é como uma nuvem branca . uma
nuvem branca à noite .   antes da trêmula madrugada!

    Minha atitude em relação à posição desafortunada da mulher na sociedade e minhas ideias sobre todas as mudanças que são necessárias a esse respeito acabaram por te interessar, não é mesmo? Ao menos na medida em que se prestam à *literatura*? Que minha orientação emocional particular, ao me desvencilhar dos sentimentos femininos aceitáveis e padronizados, me permitisse produzir alguma coisa passável como *poesia* — tudo isso estava bem, não é mesmo? — alguma coisa que você podia examinar e achar digna de nota! E você viu em uma das minhas primeiras cartas a você (aquela que você quis usar, à época, na Introdução ao seu *Paterson*) uma indicação de que meus pensamentos deveriam ser levados a sério, porque aquilo também poderia ser transformado por você em literatura, como alguma coisa desconectada da vida.

    Mas quando minha verdadeira vida pessoal veio rastejando, estampada por inteiro com aquelas mesmas atitudes que você achou tão admiráveis enquanto literatura — aí já se tratava de um assunto completamente diferente, não é mesmo? Não mais admiráveis, mas, ao contrário, deploráveis, incômodas, estúpidas, ou de algum outro modo imperdoáveis, porque aquelas mesmas ideias e sentimentos que tornam alguém um escritor com alguma visão nova são com frequência *exatamente as mesmas* que, ao serem vividas, nos tornam inadequados, esquisitos, absurdos, ingratos, confidentes onde a maioria das pessoas é reticente, e reticentes quando se espera confiança, e que nos levam quase sempre a pisar nos calos dos egos sensíveis dos outros como resultado de nossa sinceridade desajeitada ou nossa honestidade levada longe demais. E o fato de esses sentimentos *serem* os mesmos — isso é importante, uma coisa de que devemos nos lembrar sempre, especialmente escritores como você que são tão protegidos da crueza da vida pelas condições envidraçadas de suas próprias vidas seguras.

Apenas a minha escrita (quando escrevo) é meu eu: apenas ela é essencialmente meu eu real. Não porque eu traga à literatura e à vida dois conjuntos inconsistentes de valores, como você. Não, *eu* não faço isso; e sinto que, quando alguém o faz, a literatura se transforma apenas em um tipo de excremento intelectual destinado a um fétido buraco igual a qualquer outro.

Mas é na escrita (como em todas as formas de arte) que cada um deriva a unidade de seu ser e a liberdade de ser o que se é, a partir do relacionamento de cada um com aquelas externalidades particulares (linguagem, argila, tintas, et cetera) sobre as quais se tem completo controle e cuja modelagem está inteiramente em nosso poder; enquanto na vida, a modelagem das externalidades envolvidas (das nossas amizades, a estrutura da sociedade, et cetera) não está mais inteiramente sob nosso poder, mas requer a cooperação e o entendimento e a humanidade dos outros para que possa fazer surgir o melhor e o mais real em nós.

É por isso que toda aquela sua bela conversa sobre a necessidade de as mulheres "navegarem livres em seu próprio elemento" como *poetas* torna-se nada mais que retórica vazia à luz de seu comportamento comigo. Nenhuma mulher será capaz disso, completamente, sem *antes* ser capaz de "navegar livre em seu próprio elemento" na própria vida — ou seja, em seus relacionamentos com homens, e até mesmo antes de ser capaz de fazê-lo em suas relações com outras mulheres. Os membros de qualquer classe desfavorecida desconfiam e odeiam o "forasteiro" que *é um deles*, e as mulheres portanto — mulheres em geral — jamais se darão por satisfeitas até que a luz escorra por elas, vinda não de uma delas, mas dos olhos da atitude masculina transformada em relação a elas — de modo que, até lá, os problemas e a consciência de uma mulher como eu serão vistos com mais antipatia ainda por outras mulheres do que pelos homens.

E essa, meu querido doutor, é outra razão pela qual eu precisava de um tipo muito diferente de amizade em relação àquela que você me ofereceu.

Ainda não sei, é claro, o que especificamente causou o esfriamento da sua amizade por mim. Mas o que sei é que, se você se importasse comigo *de verdade*, deveria ter considerado essencialmente duas coisas: (1) que eu era, e ainda sou, uma mulher morrendo de solidão — sim, realmente morrendo, quase como se morre lentamente de câncer ou tísica ou qualquer doença do tipo (e com toda a minha eficiência no mundo prático continuamente minada por essa solidão); e (2) que eu precisava desesperadamente, e ainda preciso, de alguns modos e meios que me permitam viver uma *vida de escritora*, seja conseguindo algum trabalho como escritora (ou qualquer outro trabalho relacionado a meus interesses culturais), seja por meio de algum tipo de jornalismo literário como as resenhas de livros — porque só nos trabalhos e atividades desse tipo posso transformar em habilidades o que para outros tipos de trabalho são limitações.

Esses eram meus dois problemas que você continuamente e quase deliberadamente deixou em segundo plano nas suas tentativas de me ajudar. E ainda assim eles eram, e ainda são, muito mais importantes do que saber se minha poesia será ou não publicada. Eu não precisava que minha poesia fosse publicada, com o seu prestígio emprestado a ela, para continuar a escrever poesia, eu precisava muito mais da sua amizade em outros sentidos (os mesmos que você ignorava) para escrevê-la. Eu não podia, por essa razão, ter oferecido a suscetibilidade e a gratidão que você esperava de mim (não com o mínimo de honestidade) pelo tipo de ajuda sua da qual eu precisava tão menos do que aquela que você deixou de me dar.

Todo o seu relacionamento comigo no fim das contas era exatamente como uma tentativa de ajudar um paciente sofrendo de pneumonia dando-lhe uma caixa de aspirinas ou pílulas para resfriado e um copo de limonada. Eu não podia dizer isso a você de forma direta. Afinal, como poderia você, um homem de letras, ter se dado conta disso quando a imaginação, tão pronta a se afirmar poderosamente na criação de uma peça de literatura, parece ao mesmo tempo tão impotente para habilitar escritores em circunstâncias como as suas a entenderem plenamente o desajuste e as fraquezas de uma mulher na minha posição?

Quando você me escreveu em W. sobre a possibilidade de um trabalho como revisora, tudo lhe pareceu muito simples, não é? Eu levantaria todas as informações necessárias sobre o emprego, prepararia as entrevistas requeridas, começaria a trabalhar (caso fosse contratada) com todas as condições materiais para manter um emprego como esse, e assim toda a minha vida estaria resolvida, ao menos em todos os seus aspectos práticos — como num passe de mágica?

Mas nunca é tão simples assim colocar-se sobre os dois pés mesmo em relação às coisas mais ordinariamente práticas, para alguém que vem do lugar de onde *eu* venho — que não é o seu lugar, nem o lugar da sua grande admiradora, a senhora Fleming, nem tampouco o lugar daquelas pessoas bem-nascidas como S. T. e S. S., que passaram a maior parte da vida com alguma Clara ou alguma Jeanne para cuidar delas mesmo quando estavam totalmente falidas.

Uma pessoa completamente abatida, com meses de dificuldades e agonias atrás de si, precisa de todo tipo de providências só para conseguir se colocar em condições de procurar um emprego decente e importante em algum escritório. E ainda vai precisar de generosos fundos para comer, dormir e manter as aparências (principalmente) enquanto organiza as várias entrevistas envolvidas. E quando e se conseguir um emprego desse tipo, ainda precisará da comida e do sono e do transporte e das aparências e tudo mais, enquanto espera pelo primeiro salário e talvez até mesmo pelo segundo, já que o primeiro terá sido consumido quase todo com aluguéis atrasados ou algo do tipo.

E tudo isso custa um bocado de dinheiro (sobretudo para uma mulher) — muito mais do que dez dólares ou vinte e cinco dólares. Ou então a pessoa tem que arranjar aquele tipo de amigos muito íntimos em cujo apartamento ela é bem-vinda por um ou dois meses, e cuja máquina de escrever ela pode usar para datilografar as cartas com pedidos de entrevistas, e cujo ferro elétrico ela pode usar para deixar as roupas bem passadas, et cetera — o tipo de amigo que eu não tenho e nunca tive, pelas razões que você conhece.

Naturalmente, eu não poderia pedir a *você*, um estranho, nenhuma ajuda prática dessa magnitude; e foi estupidez minha subestimar a extensão da ajuda de que eu precisava quando lhe pedi aquele dinheiro adiantado que me roubaram e depois os outros vinte e cinco dólares — foi estúpido porque foi ilusório. Mas o tipo diferente de ajuda que eu *finalmente* acabei pedindo (e que você deixou em segundo plano) teria sido uma boa alternativa, porque eu poderia ter levado adiante *aqueles* planos que mencionei a você no fim do outono (as resenhas de livros, complementadas por praticamente qualquer tipo de emprego de meio período, e depois alguns artigos, e quem sabe uma temporada em Yaddo neste verão) sem me preocupar com o que teria de fazer para me sustentar caso não desse certo. E então, cedo ou tarde, o fato de meu nome ter aparecido aqui e ali nas seções de resenhas de algumas publicações (prefiro não *usar* a poesia para isso) me abriria portas para certos tipos de emprego (algum no Escritório de Informação da Guerra, quem sabe), sem todas aquelas desconfianças que afetam apenas as pessoas obscuras e desconhecidas.

A raiva e indignação que sinto em relação a você agora serviram para perfurar a dura camada de gelo que começou a se formar em torno das minhas faculdades criativas como resultado daquele seu último bilhete. Eu me vejo pensando e sentindo em termos de poesia de novo. Mas contra e acima disso está o fato de que minha situação é, agora, ainda mais desprovida de qualquer tipo de ancoragem do que quando te conheci. Minha solidão é um milhão de braças mais profunda, e minhas energias físicas são ainda mais seriamente minadas por ela; e minha situação econômica está naturalmente muito pior, com esses custos de vida tão terrivelmente altos de hoje em dia, e depois do fiasco do meu contato com a sua amiga, a senhora X.

Entretanto, talvez ela tenha tido outro motivo para não dar qualquer atenção ao meu bilhete — talvez ela tenha descoberto que sua amizade comigo havia arrefecido — o que poderia ter feito diferença para ela, suponho, já que ela é uma "admiradora" tão ardorosa sua. Mas não sei. Quanto a isso também estou no escuro; e quando eu fui ao "Times" semana passada para tentar por conta própria arranjar algumas resenhas de ficção (o *Times* afinal publica tantas delas), saí igualmente de mãos abanando. E *escrever* é o que quero fazer — não operar máquinas ou um torno, porque, com a literatura cada vez mais ligada aos problemas sociais e ao progresso social (essa é a minha visão, é como eu penso), qualquer contribuição que eu seja capaz de fazer para o bem-estar da humanidade (em tempos de guerra ou em tempos de paz) seria necessariamente como escritora, e não como operária.

Quando eu era muito jovem, ridiculamente jovem (menina em idade escolar) para desempenhar qualquer tarefa importante, com a cabeça longe de estar resolvida e as ideias em um estado equivalente ao de um embrião de poucas semanas, eu conseguia encomendas de resenha de livros para várias revistas sem qualquer dificuldade — e todas de livros de autores bem estabelecidos (como Cummings, Babbette Deutsch, H. D.), enquanto hoje em dia, quando minhas ideias amadureceram e quando finalmente tenho alguma coisa a dizer, não consigo nenhum trabalho desse tipo. E por que isso acontece? Porque durante os anos que se passaram fui forçada, como uma mulher inconformada com o lugar da mulher na sociedade, a ser pioneira em várias situações da vida que escritores do seu sexo e do seu contexto social específico não precisam enfrentar, e que membros do meu próprio sexo desprezam (por razões a que já me referi) — de modo que no exato momento em que eu queria voltar da vida para a escrita (com as ideias mais claras e enriquecidas pelo vivido), ali estava eu (e ainda estou) — por causa do que vivi — em completo exílio social.

Fiz pouco caso e tratei de forma leviana (em nossa primeira conversa) aquelas atividades da minha adolescência, porque o que eu escrevia naquela época não era muito melhor do que qualquer contribuição ao jornal da escola de uma jovem graduanda ou colegial precoce com algum talento. Mas, afinal de contas, aqueles escritos, ao invés de serem publicados em algum jornal de escola como era de se esperar, acabaram sendo levados a sério por editores de publicações reconhecidamente importantes na época, o que chegou a me render, com facilidade, quinze dólares por semana. E eu entro nesse assunto e o enfatizo aqui porque você pode imaginar, sabendo disso, como eu me sinto ao perceber que, por causa de algumas superficialidades (tais como ser possuidora de um atraente *sex-appeal* juvenil e conseguir frequentar as rodinhas certas), eu conseguia manter minha identidade pessoal como escritora em meu relacionamento com o mundo, enquanto agora estou isolada disso porque, para viver, precisei me despir de todas aquelas superficialidades.

Você nunca precisou viver, doutor P. — ao menos não em nenhum dos becos e escuras passagens subterrâneas onde a vida é tão frequentemente testada. As próprias circunstâncias do seu nascimento e do seu contexto social permitiram que você escapasse da vida crua; e você confunde essa proteção contra a vida com uma *inabilidade* para viver — e por isso pode encarar a literatura como nada mais que um desesperado gesto extremo resultante dessa ilusória inabilidade para viver. (Estive olhando alguns de seus escritos autobiográficos, como se percebe.)

Mas viver (a vida insegura, digo) não é uma coisa que você pensa e decide fazer. É uma coisa que acontece, em pequena escala, como o sarampo; ou em grande escala, como um barco furado ou um terremoto.

Ou então não acontece. E quando acontece é inevitável, como no meu caso, trazer sua vida para a literatura; e quando não acontece (como no seu caso), a pessoa leva para a vida simpatias e entendimentos puramente literários, as visões e a humanidade das palavras *apenas* sobre o papel — como também, infelizmente, o ego do homem de letras que muito provavelmente teve uma influência importante na sua mudança de atitude em relação a mim. Aquele ego do homem de letras queria me ajudar de uma tal maneira, eu acho, que minhas próprias conquistas pudessem servir como uma flor na sua lapela, caso essa sua ajuda tivesse sido suficiente para me fazer florir.

Mas eu não tenho floração alguma para oferecer a homem algum, seja na forma de amor ou amizade. Essa é uma das razões pelas quais eu não queria aquela introdução a meus poemas. E não tento ser malvada ou sarcástica nas últimas linhas desta carta. Ao contrário, um sentimento de profunda tristeza substituiu agora a raiva e indignação com que comecei a escrever tudo isso. Eu queria a sua amizade mais do que jamais quis alguma coisa (sim, *mais*, e olha que eu já quis outras coisas intensamente), eu a queria desesperadamente, não porque eu tenha uma única coisa sequer com que possa adornar o orgulho de um homem — mas exatamente porque não tenho.

Sim, a raiva que eu imaginava sentir em todas as páginas anteriores era falsa. Estou muito infeliz e muito sozinha para estar com raiva; e se alguma das coisas para as quais chamei sua atenção aqui for capaz de causar qualquer mudança de sentimento no seu olhar sobre mim, isto seria praticamente a única coisa que consigo conceber ocorrendo na minha vida agora.

La votre
C.

P.S.   Que eu esteja de volta aqui ao número 21 da rua Pine me leva a acrescentar que o mistério quanto a quem terá forjado o "Cress" naquela ordem de pagamento e também levado um dos cheques de Brown (embora o dele nunca tenha sido compensado, e portanto tenha sido substituído depois) nunca foi esclarecido. E o zelador que estava aqui na época já morreu. Não acho que tenha sido ele quem pegou o dinheiro. De toda forma, achei bom o correio não ter levado o tema adiante, porque caso Bob tivesse afinal qualquer coisa a ver com a história, ele teria acabado em maus lençóis — coisa que jamais me deixaria contente, porque ele era um daqueles homens negros com empregos mal pagos e um ser humano terrivelmente decente em vários aspectos. Mas agora eu queria que o assunto *tivesse sim* sido levado adiante *depois* da sua morte (que ocorreu há mais de dois meses), porque os bandidos podiam muito bem ser aqueles dois fazendeiros abjetos lá do norte cuja exploração anual dos peões sem eira nem beira há de ser um dia exposta de algum jeito, e porque, se eles *de fato* tivessem roubado o dinheiro e acabassem presos, isso por si só chamaria a atenção das autoridades competentes para todas as suas outras atividades ilegais: de todo modo, esse tipo de justiça não me interessa muito. O que está na origem desse ou daquele crime ou ato antissocial, tanto psicologicamente como ambientalmente, sempre me interessa mais. Mas ao escrever essa última frase, me ocorre o quanto eu gostaria de fazer um monte de coisas com *pessoas* em algum tipo de prosa — algumas histórias, talvez um romance. Não consigo nem te dizer o quanto desejo a vida de que eu preciso para escrever. E simplesmente não tenho como consegui-la só com meus esforços. Eu sequer tenho uma máquina de escrever agora, nem mesmo uma alugada — e não consigo pensar direito a não ser com uma máquina de escrever. Consigo fazer poesia (embora só o primeiro rascunho) em cursivas, e letras de fôrma. Mas para qualquer coisa em prosa, para além das cartas, não consigo trabalhar sem uma máquina de escrever. Mas esse, claro, é o menor dos meus problemas — a máquina de escrever; ao menos o mais fácil de tentar resolver.

C.

doutor P.:

Esta é a carta mais simples e direta que já te escrevi; e você deve lê-la até o final, e com cuidado, porque ela é sobre você enquanto escritor e sobre as ideias a respeito das mulheres que você expressou em seu artigo sobre A. N., e porque, no que me diz respeito, contém algumas informações que não considerei necessário compartilhar até agora, e que agora creio que você deve saber. E se minha raiva inicial te deixar com raiva demais para continuar a leitura — bem, aquela minha raiva já não está na última parte, agora que acrescento este pós-escrito.

C.

E se você não tiver vontade de lê-la por outras razões, peço que o faça, *por favor*, meramente por uma questão de justiça comigo — já que muito tempo, muito pensamento e muita infelicidade foram colocados nestas páginas.

Livro 3
(1949)

As cidades, para Oliver, não faziam parte da natureza. Ele mal podia sentir, mal podia admitir, mesmo quando lhe mostravam, que as cidades são um segundo corpo para a mente humana, um segundo organismo, mais racional, permanente e decorativo do que o organismo animal de carne e osso: trabalho de uma arte natural e ainda assim moral, onde a alma estabelece seus troféus da ação e instrumentos de prazer.

— *O último puritano*, George Santayana

A biblioteca

I.

        Eu amo a falsa acácia
        a doce branca acácia falsa.
                Quanto?
                Quanto?
        Quanto custa afinal
        amar a falsa acácia
                em seu lustro?

        Uma fortuna maior do
        que Avery poderia juntar
                Tanto
                Tanto
        inclina-se o verde
                arbusto
        cujas brilhantes folhinhas
                em junho
        ajeitam-se entre flores

       doces e brancas a um
            alto custo

                      Uma brisa de livros
leva o pensamento de vez em quando às bibliotecas
numa tarde quente, se é que os livros podem ser
uma brisa no sentido de levar o pensamento para longe.

Porque há um vento ou fantasma de vento
em todos os livros que ecoam a vida
ali, um vento de altitude que enche os tubos
do ouvido até que pensamos escutar um vento
real   .

                para levar o pensamento longe.

Tirados das ruas rompemos
o isolamento de nossas mentes e somos levados
pelos ventos dos livros, buscando, buscando
vento abaixo
até não sabermos mais o que é vento e
o que é o poder do vento sobre nós   .
                para levar o pensamento longe

e cresce assim no pensamento
uma fragrância, talvez, de acácias em flor
cujo perfume é em si mesmo um vento que se move
                para levar o pensamento longe

através do qual, sob a catarata
prestes a secar,
o rio enrosca-se e redemoinha
                    antes recordado.

Exausto de vagar pelas ruas
inúteis nestes meses, rostos virados contra
ele como trevos ao cair da noite, alguma coisa
o trouxe de volta a seu próprio
                                    juízo .

                      no qual uma cachoeira escondida
tomba e se ergue
e recai — e não para de cair, caindo
e recaindo com um rugido, uma reverberação
não da cachoeira mas de seu rumor
                                      inabalável

                             Bonita,
minha pomba, impotente, e todos que são soprados
pelo vento, tocados pelo fogo
               e impotentes,
um rugido que (sem som) afoga o sentido
com sua reiteração
               não quer deitar em sua cama
e dormir e dormir, dormir
               na sua cama escura.

Verão! é verão .
— e o rugido na sua cabeça ainda é
inabalável

O último lobo foi morto perto de Weisse Huis em 1723

      Os livros dão um respiro às vezes contra
      o tumulto das águas caindo
      e reerguendo-se apenas para recair enchendo

      o pensamento com sua reverberação
                    pedra trêmula.

   Sopro! Que seja. Derrube! Que seja. Consuma
e submerja! Que seja. Ciclone, fogo
e enchente. Que seja. Inferno, Nova Jersey, dizia
na carta. Entregue sem comentário.
Que seja!
      Corra, se puder. Que seja.

(Ventos que nos amortalham em suas franjas —
ou vento nenhum). Que seja. Puxão nas portas, de uma
tarde quente, portas que o vento segura, arranca
de nossos braços — e mãos. Que seja. A biblioteca
é santuário dos nossos medos. Que seja. Que seja.
— o vento que nos tropeçou, que nos comprimiu,
lascivo ou apoiado na lascívia de nossos medos
— riso esvaindo-se. Que seja.
                      Sentado sem fôlego
ou parado sem fôlego. Que seja. Depois, calmo
voltar à tarefa. Que seja   :
             Em velhos arquivos de jornal,
encontrar — uma criança queimada num campo,
sem linguagem. Julgada, incendiada, tem que se arrastar por
baixo de uma cerca para ir pra casa. Que seja. Duas outras,
menino e menina, apertados nos braços um do outro
(abraçados também pela água) Que seja. Afogados
mudos no canal. Que seja. O Clube de Cricket
de Paterson, 1896. Uma mulher lobista. Que
seja. Dois milionários locais — se mudaram.
Que seja. Outro abrigo indígena de pedra
encontrado — uma ferramenta de osso. Que seja. A velha

Oficina de Locomotivas de Rogers. Que seja.
Proteja-nos da solidão. Que seja. O pensamento
titubeia, recomeça maravilhado pela leitura   .
Que seja.

    Ele se vira: sobre o seu ombro direito
uma vaga silhueta, que fala   .

    Devagar!   Devagar!
    como em todas as coisas um oposto
        que desperta
    a fúria, concebendo
        o conhecimento

    sob a forma de desespero que não
        tem lugar
    onde deitar sua cabeça lustrosa —

    Apenas salve — nunca sozinho!
        Nunca, se possível
    sozinho!   para escapar do cepo
        que se aceita
    e do chapéu do carrasco!   .

O "Castelo" também vai ser arrasado. Que seja. Pelo
único motivo de estar *ali*, in-
compreensível;   sem USO! Que seja. Que seja.

    Lambert, o pobre menino inglês,
o imigrante, que o construiu
    foi o primeiro
        a se opor aos sindicatos:

Esta é a MINHA fábrica. Eu me reservo o direito (e assim o fez)
de andar pelo corredor (entre seus teares) e
atirar em qualquer filho da puta que eu quiser sem desculpa
ou razão, só porque não vou com a cara dele.

Rose e eu não nos conhecíamos quando fomos à greve de Paterson na época da primeira guerra e trabalhamos no Espetáculo. Ela ia com frequência levar comida a Jack Reed na cadeia e eu ouvia Big Bill Haywood, Gurley Flynn e o resto dos grandes corações e das mãos trabalhadoras em Union Hall. E olha só como está a coisa agora.

Quebraram ele pra valer   .

— o próprio menino velho, um Gringo,
com a cabeça cheia de castelos, e com os peões daquela
dura dialética (enquanto durou), construiu para si um
Balmoral sobre o aluvião, a pedreira que circunda
o afloramento vulcânico da "Montanha"

— algumas das janelas
da casa principal iluminadas pelas lâminas
translúcidas de seixos rolados (sua primeira mulher
admirava-os) de longe o detalhe mais autêntico
do lugar; ao menos o que melhor
se encaixava ali e o melhor artefato   .

A província do poema é o mundo.
Quando o sol se levanta, ele se levanta no poema
e quando ele se põe a escuridão desce e
o poema fica escuro   .

e lâmpadas se acendem, gatos rondam e homens
leem, leem — ou resmungam e fitam
aquilo que suas pequenas luzes distinguem
ou obscurecem ou suas mãos tateiam

no escuro. O poema move-os ou
não os move.   Faitoute, seus ouvidos
zumbindo . nenhum som . nenhuma cidade,
enquanto ele parece ler —

               um rugido de livros
da estofada biblioteca o oprime
                        até
que o seu pensamento começa a vagar   .

        Bonita:

          — uma chama escura,
um vento, uma enchente — contra toda podridão.

Os sonhos de homens mortos, confinados por essas paredes, de pé,
buscam uma saída. O espírito definha,
impotente, impotente não por falta de habilidade inata —
        (evitando sozinho a morte certa)

   mas por aquilo que os empareda aqui apertados
   contra seus companheiros, para descansar   .

   Buscando abrigo antes do frio ou notívagos
   (a luz os atraiu)
        eles procuravam segurança (nos livros)
   mas acabaram espatifados contra o vidro
        nas janelas altas

A Biblioteca é desolação, tinha um cheiro próprio
de estagnação e morte   .

                                            Bonita!

— o custo dos sonhos.
        nos quais procuramos, depois de uma cirurgia
da inteligência, e somos obrigados a traduzir, rápido
em passo a passo, o que pode nos destruir — um feitiço para
continuar a ser um castrado (um véu que desce devagar
encapsulando a mente
                            cortando a mente fora)   .

                                          SILÊNCIO!

        Acordado, ele cochila num calor de febre,
as bochechas ardendo   . .   emprestando sangue
ao passado, maravilhado   .   arriscando a vida.

E enquanto sua mente se esvai, juntando-se aos demais, ele
tenta trazê-la de volta — mas ela se
esquiva dele, esvoaça novamente e alça voo de novo
para longe   .
                          Ó Tálassa, Tálassa!
                 o açoite e o silvo da água

                                        O mar!

                Como era perto para eles!

                        Cedo!

                     Cedo demais   .

— e ainda assim ele a traz de volta, batendo
as outras contra os ventiladores e altas janelas.

(Elas não cedem mas gritam
            como fúrias,
gritam e execram a imaginação, a impotente,
uma mulher contra uma mulher, tentam destruí-la
mas é inútil, a vida não escorre dela)   .

Uma biblioteca — de livros! que despreza todos os livros
que debilitam o propósito do pensamento

                        Bonita!

    Os índios haviam sido acusados de matar um ou dois porcos — o que era falso, como depois se provou, porque os porcos tinham sido mortos pelos próprios homens brancos. O incidente seguinte diz respeito a dois dos índios que haviam sido capturados pelos soldados de Kieft como resultado das acusações: os brutos foram entregues aos soldados, por Kieft, para que fizessem deles o que bem entendessem.

    O primeiro desses selvagens, tendo recebido um terrível golpe, pediu-lhes que permitissem a ele dançar o Kinte Kaye, um costume religioso que praticam antes da morte; foram-lhe infligidas, entretanto, tantas feridas que ele acabou por cair morto. Os soldados então puseram-se a retalhar o corpo do outro. . . . Enquanto isso se passava, o diretor Kieft, com seu conselheiro (o primeiro médico de formação na colônia) Jan de la Montagne, um francês, ria desbragadamente da cena e esfregava o braço direito, de tanto que se divertia naquelas ocasiões. Ele então ordenou que o outro (o bruto) fosse levado pra fora do forte, e os soldados o levaram para a Trilha do Castor, enquanto ele dançava o Kinte Kaye durante todo o tempo; mutilaram-no e finalmente lhe cortaram fora a cabeça.

Enquanto isso estavam ali vinte e quatro ou vinte e cinco mulheres selvagens que haviam sido feitas prisioneiras, no canto a noroeste do forte: elas levantaram os braços e na sua língua exclamaram: "Vergonha! Vergonha! Uma crueldade dessas entre nós nunca se viu, nem nunca se imaginou".

Ganhavam algum dinheiro com conchas do mar. Penas de pássaros. Peles de castor. Quando um sacerdote morria e era enterrado, enchiam o caixão com todos os bens do falecido. Os holandeses desenterravam o corpo, roubavam as peles e deixavam a carcaça para os lobos que viviam nas florestas.

      Doutor, escute — um cinquentão, uma mão encardida
      ajeitava o boné para trás: Em dourado —
          Voluntários da América

                            Eu tenho
uma mulher aí fora com quem quero me casar, será
que você pode fazer um exame de sangue nela?

De 1869 a 1879, muitos cruzaram as cataratas em uma corda esticada (nas velhas fotografias, as pessoas reunidas abaixo, sobre as rochas secas com suas mangas de camisa e vestidos de verão, pareciam antes lírios do campo ou pinguins do que homens e mulheres olhando para cima): De Lave, Harry Leslie e George Dobbs — este último carregando um moleque sobre os ombros. Fleetwood Miles, um semilunático, anunciou que também completaria o feito, mas não foi encontrado quando a multidão se reuniu.

      O lugar transpira ranço e podridão
      um fedor de latrina   .   um
      fedor de biblioteca

    É verão! verão fétido

    Dar um jeito de escapar — mas sem
fugir. Não numa "composição". Abraçar a
imundície
        — o ser esticado, equilibrado entre
eternidades

  Um espectador na Montanha Morris, quando Leslie havia saído com um fogão amarrado nas costas — deu um empurrão em um dos caras que puxavam as cordas, ninguém sabe se por malícia ou tédio, e ele quase caiu. Havendo levado o fogão até o centro da corda, ele acendeu um fogo, cozinhou uma omelete e comeu. Choveu naquela noite, de modo que a performance seguinte teve de ser adiada.

  Mas na segunda-feira ele executou a Dança da Lavadeira, com roupas de mulher, cambaleando como bêbado sobre o abismo, andando para trás, pulando em um pé só e no meio da corda deitou-se de lado. E depois disso, havendo "arrebentado" as calças, retirou-se cabana acima para fazer reparos.

  O curso dos eventos foi transmitido à cidade por meio do novo telefone desde a torre dos trabalhos hidráulicos. O rapaz, Tommy Walker, era o verdadeiro herói dessas aventuras.

    E quando o devaneio te abraça e
      as tuas juntas amolecem
      dá-se um jeitinho!
    O dia está coberto e nós te vemos —
      mas não sozinha!
    bêbada e esfarrapada liberando

a exatidão da beleza
sob um céu estrelado
   Bonita
e uma lua lenta —
                        O carro
   havia parado há muito tempo
   quando os outros
chegaram e arrastaram para fora aqueles
   que te seguraram ali
   indiferente
a qualquer anestésico,
   Bonita,
 que pudesse te baixar as grades —

Que fedor!
   Que importa?
   talvez libertasse
só aquela única coisa —

Menos você!
— em seu vestido de laço branco

       .   .   .

   Assombrado pela sua beleza (eu disse),
exaltada mas nada fácil de alcançar, toda a
cena é assombrada:
                Tira a roupa,
(eu disse)
   Assombrada, a quietude do seu rosto
é uma quietude, real

             tirada de nenhum livro.

A roupa (eu disse) rápido, enquanto
sua beleza é alcançável.

      Coloque-a na cadeira
(eu disse. Agora em fúria, da qual me
envergonho)
      Pelo seu cheiro você precisa
de um banho. Tire a roupa e purifique-
-se   . .
E deixe-me purificar-me
                — para poder te olhar,
            para te olhar (eu disse)

(Agora com a raiva aumentando).   TIRE A SUA
ROUPA! Eu não pedi para você
tirar a pele   .   Eu disse a
roupa, a roupa. Você está com cheiro
de puta. Eu mandei você se lavar nas minhas
opiniões a assombrosa virtude do seu
corpo perdido (eu disse)   .

                — que você poderia
me arremessar para a lua
 . .   deixa eu olhar pra você (eu
disse, em lágrimas)

Vamos dar uma volta, vamos ver como é a cidade   .

      Indiferente, a indiferença da morte certa
      ou incidente sobre a morte certa

propõe um enigma (no modo Joyceano —
                    ou qualquer outro,
tanto faz)
            Um enigma de casamento:

Tanta conversa sobre a linguagem — quando não há
nenhum ouvido.

   .   .   .   .

O que há para dizer? apenas que
a beleza passa despercebida   .   embora à venda
e comprada com tanto desleixo

                    Mas é verdade, eles têm medo
dela mais do que da morte, a beleza é temida
mais que a morte, mais do que eles temem a morte

                            Bonita
— e casam-se só para destruir, em privado, na
sua privacidade, só para destruir, para esconder
            (no casamento)
que são capazes de destruir sem ser flagrados
nisso — a destruição

A morte chegará tarde demais para trazer ajuda   .

Que outro fim senão o amor, que olha a morte nos
                                [olhos?

Uma cidade, um casamento — que olha a morte
nos olhos

O enigma de um homem e uma mulher.

Pois o que existe além do amor, que olha a morte
nos olhos, o amor, que gera o casamento —
não a infâmia, não a morte

                       embora o amor pareça gerar
apenas morte nas peças antigas, apenas morte, é como
se eles preferissem a morte a enfrentar
a infâmia, a infâmia das velhas cidades   .

. . . um mundo de cidades corruptas,
nada mais, que a morte olha nos olhos,
sem amor: sem palácios, sem jardins secretos,
nenhuma água entre as pedras, os parapeitos de pedra
das balaustradas, escavados, por onde a água escorria
límpida, sem paz   .

                   As águas
estão secas. É verão, é   .   findo

Cante-me uma canção para tornar a morte tolerável,
canção de um homem e uma mulher: o enigma
de um homem e uma mulher.

      Que linguagem poderia aliviar nossas sedes,
que ventos nos levantar, que enchentes nos levar
                               além das derrotas
senão a canção, a canção sem morte?

A rocha
casada com o rio
não produz
nenhum som

E o rio
passa — mas eu fico
clamor
gritando sem cuidado
aos pássaros
e nuvens

(ouvindo)

Quem sou eu?

— a voz!

— a voz levanta-se, abandonada
(com sua novidade) a inabalável
linguagem. Não haverá libertação?

Desista. Largue. Pare de escrever.
"Como um santo" você nunca vai
separar aquela mancha de sentido,

um latido
contra o amor, o verme da mente comendo
até o miolo, insaciável

— nunca separe aquela mancha
de sentido da massa inerte. Nunca.

Nunca aquela radiância

                esquartejada,
intocada pelos símbolos   .

Doutor, o senhor acredita
"no povo", na Democracia? O senhor
ainda acredita — neste
esgoto de cidades corruptas?
Ainda acredita, doutor?   Agora?

                Desista
do poema. Largue dessa lenga-
-lenga de arte.

             O que você, o que
VOCÊ espera conquistar —
sobre uma pilha de lençóis sujos?

                  — você
um poeta (libertado) do Paraíso?

É um livro sujo? Aposto
que é um livro sujo, ela disse.

       A morte fica à espreita,
um irmão amoroso —
cheio de palavras esquivas,
as que nunca chegam a ser ditas —
um irmão amoroso dos pobres.
O cerne radiante que
resiste à cristalização final

   .   na mistura de breu
o cerne radiante   .

Havia um tempo antigo, de cores prismáticas : quando a
New Barbadoes vieram os ingleses   .

                                  Assim começou   .

Certamente não há mistério no fato de que
OS CUSTOS AUMENTAM DE ACORDO COM UMA FÓRMULA
— conhecida ou desconhecida, premeditada ou automática.
O fato da pobreza não é assunto de discussão. A linguagem
não é um território vago. Há uma poesia
dos movimentos do custo, conhecida ou desconhecida   .

O custo. O custo

        e confusa de olhos sonolentos
            Bonita
        de algum animal domado
           faz um templo
        de seu lugar de selvagem abate

       .   .   .   .   .   .

        Tente outro livro. Atravesse
        o ar seco do lugar

        Um deus insano
            — noites num bordel   .
           E se eu tivesse   .
        O que, hein?

— feito dos bordéis a minha casa?
          (Toulouse Lautrec
          de novo. .)

Digamos que eu seja o lócus
          onde duas mulheres se encontram

Uma vinda do sertão
          um toque de selvageria
          e de tuberculose
          (cicatriz na coxa)

A outra —   destituída,
          vinda de uma velha cultura .
— oferecer-lhes o mesmo prato
          diferentes preparos

Deixe as cores fluírem   .

Toulouse Lautrec testemunhou-
-o: membros relaxados
— todas as religiões
          o excluíram —
à vontade, os tendões
distendidos   .

E assim ele os registrou

— uma pedra
impulso azul-turquesa
através do arenito
com o qual, quebrado,

                    mas inquebrável,
        construímos nossas estradas   .

        — nós gaguejamos e elegemos   .

Desista. Deixe este lugar. Vá para onde todas
as bocas se lavam : ao rio
buscar resposta

                para ficar livre do "significado"

Um tornado se aproxima (Não temos
tornados nestas latitudes. Como, em
Cherry Hill?)

                                Chove
sobre os telhados de Paterson, arrancando,
torcendo, tortuosa   :

uma telha de madeira enterrada até a metade
num tronco de carvalho
                    (o vento a deve ter firmado
segurando-a dos dois lados)

                                A igreja
moveu-se vinte centímetros num arco, sobre as
próprias fundações —

         Arrã!

            — o vento
onde derramou suas pesadas tranças (o rosto
encoberto) desde a beirada da rocha —

            onde nas vagas de calor,
em dias de verão, o falcão de ombros vermelhos
sobe e brinca
                (na corrente de ar)

                e o pobre pepino-
-do-mar, sobre os telhados, preparando-se para o
                                [mergulho
  . olha para baixo
Buscando entre os livros; a cabeça em outro lugar
olhando para baixo   .

            À procura.

II.

Fogo queima; esta é a primeira lei.
Quando um vento o atiça as chamas

são levadas para longe. A fala
atiça as chamas. Eles o

manipularam de tal modo que escrever
é um incêndio, e não só do sangue.

A escrita não é nada, o estar
em condições de escrever (eis

onde eles te pegam) é nove décimos
da dificuldade: sedução

ou a velha chantagem. A escrita
tinha que ser uma libertação,

libertação das condições
que quando avançamos se tornam — um fogo,

um fogo destruidor. Porque a escrita
é também um ataque e deve-se

encontrar um jeito de travá-la — na raiz
se possível. De forma que

para escrever, nove décimos do problema
é viver. Eles dão

um jeito, não por intelecção mas
por subintelecção (fazerem-se de

cegos como pretexto para
dizer, Estamos tão orgulhosos de você!

Maravilhoso dom! Como você
acha tempo para isso com essa

vida tão ocupada? Deve ser ótimo
ter um passatempo assim.

Mas você sempre foi um menino
estranho. Como vai sua mãe?)

— a fúria ciclônica, o fogo,
a enchente de chumbo e finalmente
o custo —

Seu pai era um homem *tão* bom.
Eu me lembro bem dele   .

Ou, nossa, Doutor, tudo bem então
mas que diabos isso quer dizer?

 Com a devida cerimônia, construía-se uma cabana consistente de doze estacas, cada uma de um tipo diferente de madeira. Essas são fincadas no chão, depois eles as amarram no topo e as cobrem inteiramente com cascas, peles ou cobertores bem juntados.
  . Agora é aí que se senta aquele que vai se dirigir ao Espírito do Fogo, Aquele-Que-Fica-Com-Os-Olhos-Esbugalhados-No-Buraco-Da-Fumaça . Doze *manittos* se aproximam como deidades subordinadas, metade representando animais e a outra metade, vege-

tais. Um grande forno é construído na casa de sacrifício . aquecido com doze grandes pedras em brasa.

Enquanto isso, um velho lança doze baforadas de tabaco sobre as pedras quentes, e em seguida outro o acompanha e despeja água sobre elas, o que produz uma fumaça ou vapor quase potente o bastante para sufocar as pessoas na tenda —

Ex qua re, quia sicubi fumus adscendit in altum; ita sacrificulus, duplicata altiori voce, *Kännakä, kännakä*! vel aliquando *Hoo Hoo*! faciem versus orientem convertit.

Ao que, enquanto a fumaça ascende ao alto, o sacerdote entoa em voz alta, *Kännakä, Kännakä*! ou às vezes *Hoo, Hoo*! E vira o rosto para o Leste.

Enquanto alguns permanecem em silêncio durante o sacrifício, outros fazem um discurso ridículo, além de outros que imitam um galo, esquilo ou outros animais, e fazem todo tipo de barulho. Durante a cantoria dois assados de veado são repartidos.

        (aspirando para dentro os livros)
  os vapores acres,
           até onde podiam decifrar   .
retorcendo o sentido para detectar a norma, para
atravessar o crânio do costume
          até um lugar escondido da
afeição, mulheres e prole — uma afeição
pelo que queima   .

Eu comecei na oficina de vagões da companhia ferroviária, no galpão de pintura. Os homens tinham passado o dia todo trabalhando no acabamento de uns velhos vagões com as portas e janelas fechadas por causa do tempo, já que fazia muito frio. Havia tinta e especialmente verniz sendo usados livremente por todo lado. Pilhas de panos molhados de tinta estavam jogadas pelos cantos. Um dos vagões pegou fogo durante a noite.

    Sem fôlego e com pressa
    a vária noite (dos livros) desperta! desperta
    e começa (uma segunda vez) sua canção, pendente
    o opróbrio da aurora   .
                Não vai durar para sempre
    contra o longo mar, o longo, longo
    mar, varrido pelos ventos, o mar "cor de vinho-tinto"   .

    Um cíclotron, uma filtragem   .

           E ali,
no silêncio do tabaco : numa tenda estão dispostos
amontoados (um amontoado de livros)
                antagonistas,
                      e sonham com
gentileza — sob a malignidade do silêncio
que não podem penetrar ou despertar, para serem
novamente ativos mas permanecerem — livros
            ou seja, homens no inferno,
o seu reino encerrado sobre os vivos

    Óbvio, eles dizem. Ah, óbvio! Óbvio?
    O que é mais óbvio que isso entre todas as coisas
    nada é mais incerto, entre o homem e sua
    escrita, quanto determinar qual é o homem e
    qual é a coisa e dos dois qual
    deve ser o mais valorizado

Quando descoberto era uma pequena labareda, e porquanto fosse quente parecia que os bombeiros podiam enfrentá-la. Mas ao amanhecer um vento veio e as chamas (que eles pensavam estar diminuindo) de repente saíram de controle — varrendo o bloco e indo em direção ao distrito comercial. Antes do meio-dia toda a cidade estava condenada —

    Bonita

        — toda a cidade condenada! E

as chamas imponentes .

    como um rato, como
    um chinelo vermelho, como
    uma estrela, um gerânio
    uma língua de gato ou —
    pensamento, pensamento
    que é uma folha, um
    seixo, um velho
    saído de uma história de

    Púchkin .

        Ah!
feixes podres tro-
peçando,

    . uma velha garrafa
espancada

A noite fez-se dia pelas chamas, chamas
das quais ele se alimentava — arrancando a página
                              (a página acesa)
como um verme — para ilustração

Da qual nós bebemos e ficamos bêbados e no fim
somos destruídos (enquanto comemos). Mas as chamas
são chamas que apresentam uma exigência, um estômago
próprio que destrói — assim como há fogos que
incandescem
        incandescem uma vida inteira sem nunca irromper
em chamas

                              Papéis
(consumidos) espalhados pelos ventos. Negros.
A tinta queimada até o branco, o metal branco. Que seja.
Que venha a beleza inteira. Venha logo. Que seja.
Um pó entre os dedos. Que seja.
Venha a futilidade maltrapilha. Que triunfe afinal.
Que seja. Que seja.

              Um cão de ferro, olhos
em chamas num corredor tomado pelas chamas. Uma
embriaguez de chamas. Que seja. Uma garrafa,
espancada pelas chamas, torso curvado de tanto rir:
amarela, verde. Que seja — da embriaguez
sobrevivente, em gargalhadas de chamas. Todo o fogo
                                        [aceso!
Que seja. Engolindo o fogo. Que
seja. Retorcido de rir pelo fogo,
esse mesmo fogo. Que seja. Rachando de rir das chamas

sugadas, numa multiformidade de risadas, uma
gravidade flamejante ultrapassando a sobriedade das
chamas, uma castidade de aniquilação. Covarde,
chamando-o de bom. Chamando o fogo de bom.
Que seja. A beleza da areia lambida pelo fogo
que era vidro, que era uma garrafa: desengarrafada.
Inabalável. Que seja.

Uma velha garrafa, espancada pelo fogo
adquire um novo esmalte, o vidro dobrado
em uma nova distinção, recobrando o
indefinido. Uma pedra incandescente, alcançada
pela maré, crepitada em nítidas
linhas, o verniz intacto   .
Aniquilação aprimorada: Lábios
mais quentes erguidos até que nenhuma forma senão o
vasto magma das notícias flua. Beba
das notícias, fluidas à respiração.
Grita a sua risada, clamando — por
um investimento da graça na areia
— ou na pedra: água de oásis. O vidro
tisnado de arco-íris concêntricos
de um fogo frio que o fogo conquistou
ali ao esfriar, sua chama
desafiada — a chama que retorceu o vidro
deflorada, reflorada ali pela
chama: uma segunda chama, para além
do calor   .

O inferno é fogo. Fogo. Senta essa bunda
assanhada. Qual é o seu jogo? Ganhar de você

no seu próprio jogo, Fogo. Te queimar mais:
Poeta Ganha do Fogo em seu Próprio Jogo! A garrafa!
a garrafa! a garrafa! a garrafa! Eu
te dou a garrafa! O que está queimando
agora, Fogo?

A Biblioteca?

      Chamas circulares, saltando
de casa em casa, prédio a prédio

     embaladas pelo vento

a Biblioteca está no meio do caminho

Bonita! em chamas   .

        um desafio à autoridade
— poemas de Safo queimados, queimados
com vontade (ou estão ainda escondidos
nas criptas do Vaticano?)   :
         beleza é
um desafio à autoridade   :

        porque foram
desembrulhados, fragmento por fragmento, das
camadas externas das múmias de papel machê, de dentro
dos sarcófagos egípcios   .

        papéis esvoaçantes
de antigas conflagrações, recolhidos
ao acaso pelos agentes funerários para fazer

    moldes, camada após camada
                para os mortos

Bonita

A antologia suprimida, revivida até pelos
mortos, você que não entende nada
disso:

    a *Melancolia* de Dürer, as engrenagens
no chão dissociadas da matemática da
máquina

    Inútil.

    Bonita, a vulgaridade
da sua beleza ultrapassa todas as outras
perfeições!

    Vulgaridade ultrapassa todas as perfeições
— ela salta de um pote de verniz e nós a vemos
passar — em chamas!

        Bonita

— entremeada com o fogo. Uma identidade
transpondo o mundo, seu centro — a partir do qual
encolhemos esguichando pequenas mangueiras de
            objeção — e
eu com os demais, esguichando
contra o fogo

                Poeta.

                        Você está aí?

Como vou encontrar exemplos? Algum garoto
que jogou um trator contra
uma barreira em Iwo Jima e virou-o de volta
e voltou abrindo caminho para os outros —

                        Sem voz, sua
ação gracejando a chama
                        — mas perdido, perdido
porque não há forma de ligar
as sílabas novamente para aprisioná-lo

                        Nenhuma torção da chama
à sua própria imagem : ele prossegue sem nome
até que uma Nice venha a viver em sua honra —

E para isso, falta invenção,
as palavras estão faltando:

                        a queda d'água das
chamas, uma catarata ao contrário, expelindo
para cima (que diferença faz?)

A linguagem,

                Bonita — que
papel de trouxa eu fiz, lamentando a falta
de dedicação

        lamentando as suas perdas,
por você

        Marcado, varrido pelo fogo
(por um fogo sem nome, desconhecido até
para você mesma) sem nome,
              bêbado.

Erguendo-se, num movimento de rodopio, a pessoa
atravessou a chama, torna-se a chama —
a chama assume a pessoa

                — com um rugido, um berro
que ninguém consegue dar (morremos em silêncio,
gozamos envergonhadamente — em silêncio, escondendo
nosso gozo até um do outro
                guardando
uma alegria secreta na chama que não ousamos
reconhecer)

                um guincho de fogo subindo
com a corrente, rodopiando pelo cômodo — para revelar
a maravilhosa imagem de um telhado de zinco (1880)
inteiro, do tamanho de meio quarteirão, levantado como
uma saia, sustentado pelo fogo — para alçar afinal,
quase com um suspiro, alçar e flutuar, flutuar
sobre as chamas como se embalado por uma brisa,
e majestosamente repousar, cavalgando o ar, deslizando
sobre o ar, suavemente muito acima dos
arbustos retorcidos que parecem se curvar embaixo
dele, evitando os trilhos do trem para cair
sobre os telhados além, incandescente

escurecendo os quartos
               (mas não nosso pensamento)

Enquanto ficamos ali com as bocas abertas,
balançando as cabeças e dizendo, Meu Deus, você
já viu alguma coisa parecida? Como se
não coubesse nem nos nossos sonhos, como
de fato não cabia, sem paralelo sequer nos mais
sanguíneos sonhos   .

               A pessoa submersa
em espanto, o fogo se torna a pessoa   .

Mas a patética biblioteca (que não continha,
talvez, sequer um volume digno de nota)
deve também vir abaixo —

        PORQUE É SILENCIOSA. É
SILENCIOSA PELO DEFEITO DE VIRTUDE DE NÃO
CONTER NADA DE VOCÊ

               Aquilo que deveria ser
raro é lixo; porque não contém
nada de você. Eles cospem em você,
literalmente, mas sem você, nada. A
biblioteca fica muda e morta

             Mas você é o sonho
dos homens mortos

                  Bonita!

Deixe que eles te expliquem e você será
o centro da explicação. Sem nome,
você aparecerá
                    Bonita
o amante da chama —

                    O pobre morto
grita de volta para nós de dentro do fogo, com frio
dentro do fogo, gritando — querendo ser zombado
e acolhido
        aqueles que escreveram livros

      Lemos: não as chamas
      mas as ruínas deixadas
      pela conflagração

      Não a enorme queimadura
      mas os mortos (os livros
      restantes). Vamos ler   .

      e digerir: a superfície
      reluz, apenas a superfície.
      Cave — e você encontra

      um nada, cercado por
      uma superfície, um sino
      invertido ressoando, um

      homem calcinado torna-se
      um livro, o vazio de uma
      caverna ressoando

Olá, garota,

Eu sei que você deve estar querendo me dar um tiro. Mas de verdade, querida. Tenho estado mesmo muito ocupada para escrever. Aqui, ali, por todo canto.

Bab eu não escrevo desde outubro então vou voltar ao 31 de outubro (ah, por falar nisso nossa amiga madame B. Harris deu uma festa no dia 31, mas só pros mais claros e *amarelos* então não fui convidada)

Mas não ligo pra isso, porque eu realmente (descolei uma boa jogada) Fui ao show mais cedo aquele dia, e depois pro baile no clube, passei (um tempinho bem interessante) Eu estava me sentindo bem acredite. menina.

Mas, menina, no primeiro de novembro botei pra quebrar como você mesma sabe tenho ido com muita sede ao (pote) né então fomos sair (indo pra Newark) tava chovendo, o carro deu no freio, rodou algumas vezes, balançou um bocado e parou virado pro outro lado, de onde a gente tava vindo. Amiga, acredite no que eu vou contar. Eu não conseguia nem levantar um balde de água quente cheio até a metade com medo de me escaldar.

Agora, não sei se foi a farra ou o carro rodando mas tudo o que eu sei é que eu estava com os nervos à flor da pele. Mas como dizem tá tudo bem quando termina bem. Então no dia 15 de novembro, menina, eu estava tão chapada que não entendia coisa com coisa, juro que eu tava mesmo chapada e desde o dia 15 tenho botado pra quebrar de novo.

Mas agora quanto aos (rapazes)   Como Raymond James People tava saindo com a Sis mas tá na cadeia por ter feito um filho na Joseble Miller.

Robert Blocker tomou de volta o anel da Sally Mitchell

Little Sonny Jones parece que é o pai de uma bebê da rua Liberty.

Sally Mund Barbara H. Jean C. e Mary M. estão todas ao que parece esperando bebês Nelson W. um menino na rua 3 é pai de três filhos que vêm aí.

. . . .

P. S. Menina, você poderia na sua próxima carta me explicar como faço pra chegar aí.

Diga pro Raymond que eu disse   I bubetut hatche isus cashutute Só um jeito novo de falar menina. Chama (Tut) vai ver que você já ouviu. Bem fico aqui esperado que você consiga ler isto

D
J
B

Até logo.

    Mais tarde
                Bonita
                        Eu te vi:

                Sim, disse
a Dona da Casa quando perguntei.
No andar de baixo
        (perto dos canos da lavanderia)
                e ela apontou,
sorrindo, para o porão, ainda sorrindo, e se
foi e me deixou ali com você (sozinhos na casa)
deitada ali, doente
        (não acho nem um pouco que você

estava doente)
                junto à parede na sua cama úmida, seu longo
corpo esticado negligentemente sobre os lençóis sujos   .

Onde dói?
                (Você dá um sorriso de lado feito
para não mostrar)

                — a pequena janela com duas persianas,
meu olho ao nível do chão, o cheiro de fornalha   .

                                        Perséfone
foi pro inferno, e o inferno não conseguiu acompanhar
o avanço da estação da piedade.

                        — pois eu fui tomado
pelo assombro e não consegui senão admirar
e me debruçar para cuidar de você em sua quietude —

que me olhou de volta, sorrindo, e ficamos ali
assim olhando, um para o outro   .   em silêncio   .

Você letárgica, à minha espera, à espera do
fogo e eu
        seu serviçal, abalado pela sua beleza.

Abalado pela sua beleza   .
                        Abalado.

— deitada de costas, numa cama baixa (esperando)
sob as janelas borrifadas de lama em meio à sujeira
escabrosa dos sagrados lençóis   .

Você me mostrou as pernas, marcadas (em criança)
pelo chicote .

Leia. Traga o pensamento de volta (à espreita sobre
a página) para o calor do dia. A página também é
a mesma beleza: a beleza seca da página —
açoitada pelos chicotes

        Na tapeçaria o cão de caça
com seus dentes de fios extraindo o vermelho da
garganta do unicórnio

  . . .   um uivo de cães brancos
— sob um teto como aquele da basílica de são Lorenzo,
os longos raios pintados, atravessados em cruz,
que precediam os domos e arcos
        mais primitivos, as bordas quadradas

  . uma rainha dócil, imperturbada
ao esticar a língua para a lua, indiferente,
atravessando a perda, mas   .

        como uma rainha,
com má sorte, a sorte das estrelas, as estrelas negras

      . a noite de uma mina
Caro coração
        É tudo por você, minha pomba, minha
                bonequinha

      Mas você!
— com seu vestido de lacinho branco

            "a morte do cisne"
e seus tamancos de salto — alta,
o que você já era —
            até que sua cabeça
com algum bem-vindo exagero
acabasse tocando o céu e os
calafrios do seu êxtase
            Bonita!
E os caras de Paterson
            bateram
nos caras de Newark e mandaram
eles darem o fora de uma vez
do seu território e depois
te enfiaram um soco
            no meio do nariz
            Bonita
pra te desejar boa sorte e com tal força
            o quebraram
que acabo acreditando que todas
as mulheres desejadas devem ter cada
            uma no final
            um nariz quebrado
e viverem depois marcadas assim
            Bonita
            para que todos saibam
que não estão de brincadeira

Depois de volta pra festa!
            e eles te fazem
de macho e fêmea com inveja
            Bonita
como se quisessem descobrir de onde

                    e por que milagre
            deveria escapar, o quê?
            algo ainda a ser possuído, a
                    qual parte
                    Bonita
            isso deveria pertencer?
                    ou ser apagado —
            Três dias no mesmo vestido
                    pra cima e pra baixo   .

                    Eu não consigo ser gentil o suficiente,
            suave o suficiente
                            com você, com você,
            inarticulado, nem ser amoroso o suficiente

            ILUMINar
                            o can
                                    to
            onde   você   está!

                            — uma chama,
                    pluma negra, uma chama escura.

III.

É perigoso deixar escrito aquilo que está mal escrito. Uma palavra qualquer, sobre o papel, pode destruir o mundo. Observe com cuidado e apague, enquanto você ainda tem o poder, eu digo a mim mesmo, pois tudo que é registrado, uma vez que escape, pode ir apodrecendo a caminho de milhares de mentes, o milho se torna uma alforra negra e como consequência todas as bibliotecas, inevitavelmente, precisam ser queimadas até virarem pó.

Uma só resposta: escreva irresponsavelmente para que nada que não seja verde sobreviva.

> Há uma batucada de submersas
> engrenagens, uma batida de propulsores.
> As orelhas são água. Os pés
> escutam. Peixes-lanterna perseguem
> os olhos — que flutuam a esmo,
> indiferentes. Um gosto de iodo
> estagnado sobre a lei das porcentagens inúmeras: tábuas espessas perfuradas
> por vermes cujas cascas calcinadas
> nos cortam os dedos, que sangram   .

Caminhamos dentro de um sonho, da certeza para o
                                              [inexplorado,
a tempo de ver   .   vindo do róseo passado   .   uma
listrada cauda vibrando

> Tra la la la la la la la la

       La tra tra tra tra tra tra

            No que então intervém
um fedor azedo de cinzas. Que seja. A chuva
cai e sacia os patamares superiores do rio,
acumulando-se devagar. Que seja. Vai juntando,
afluente por afluente. Que seja. Um remo quebrado
é encontrado pelas águas que vasculham. Solto
começa a se mover. Que seja. Velhos troncos
suspiram — e cedem. O poço que deu boa água
está contaminado. Que seja. E os lírios que flutuavam
quietos nos remansos, ancorados, arrastados como
peixes numa linha. Que seja. E são pelas suas
hastes puxados para baixo, afogados no fluxo lamacento.
A garça branca voa para a mata.
Que seja. Os homens permanecem sobre a ponte, quietos,
observando. Que seja. Que seja.
                       E então se ergue
uma contraparte, de leitura, lentamente, sobrepujando
o pensamento; ancora-o em sua cadeira. Que
seja. Ele se volta   .   Ó Paradiso! O córrego
torna-se pesado dentro dele, seus lírios se arrastam. Que
seja. Os textos se amontoam e se complicam,
levam a outros textos e aqueles
a sinopses, compilações e emendas. Que seja.
Até que as palavras se soltam ou — tristemente
resistem, inabaladas. Inabaladas! Que seja. Pois
a arcada resiste, a água amontoa escombros
a seus pés mas ela segue inabalada. Eles se reúnem
sobre a ponte e olham para baixo, inabalados.
Que seja. Que seja. Que seja.

A intratável, pesada enchente, a enchente sedosa
— aos dentes
            aos próprios olhos
                        (cinza-claros)

Henry é o nome. Apenas Henry,
                        todo mundo
me conhece por aqui: chapéu
bem enfiado no crânio, peito largo,
cinquenta e poucos   .

            Deixa que eu seguro o bebê.

Foi seu cachorrinho que me mordeu ano passado.
Isso, e eu tive que matá-lo por sua causa.
                        (os olhos)
Eu não sabia que ele tinha sido sacrificado.
            Você o denunciou e
eles vieram e o levaram. Ele nunca machucou
ninguém.
      Ele me mordeu três vezes.
                        Eles vieram e
o levaram e o mataram.
            Sinto muito mas eu tive
que denunciá-lo   .   .

Um cão, cabeça caída para trás, debaixo d'água, patas
saindo para fora   :
            uma pele
tensa com o vinho da morte
                        rio abaixo

na correnteza ágil   :
                    Acima do silêncio
um fraco assobio, uma efervescência de início quase
imperceptível

          — de cabeça!

                    Velocidade!

                         — marcada
como por linhas na ardósia, desenhos de pequenos
redemoinhos

          (aos dentes, aos próprios olhos)

                    uma progressão formal

Os restos mortais — um homem de estatura gigantesca — foram transportados nos ombros dos guerreiros mais importantes das terras vizinhas . por muitas horas viajaram sem repouso. Mas na metade da jornada os carregadores tiveram que parar, sobrepujados pelo cansaço — eles tinham caminhado por muitas horas e Pogatticut era pesado. Então de um dos lados da trilha, em um lugar chamado "Vale do Lamento dos Meninos", eles cavaram um buraco raso e repousaram ali o corpo do chefe morto enquanto descansavam. Ao fazê-lo, tornaram aquele lugar sagrado, venerado pelos índios.

Ao chegar ao lugar do enterro a procissão fúnebre foi recebida pelos irmãos e seguidores de Pogatticut. Houve muita ladainha e o Kinte Kaye foi executado com tristeza.

Wyandach, o irmão mais ilustre, oficiou o sacrifício mortuário. Com seu cão favorito, um animal muito estimado, trazido à frente, ele o matou, e deitou-o, depois de pintar o focinho de vermelho, ao lado de seu irmão. Por três dias e três noites as tribos choraram   .

    Perseguido pelos redemoinhos, o cão
    descia para Acheron   .   Le Néant
.   o esgoto
        um cachorro morto
                      virando
    sobre a água:
        Vem cá, Chi Chi!
                      virando
    enquanto ele passa   .

    É um tipo de canto, um tipo de louvor, uma
    paz que vem da destruição:
                      aos dentes,
    aos próprios olhos
        (chumbo cortado)
                me beliscou
    um monte de vezes. Ele nunca fez mal nenhum a
    ninguém   .
        indefeso   .

            Eu tive que matá-lo por sua causa.

Com relação a Merselis Van Giesen, uma história curiosa, ilustrativa da superstição da época, diz o seguinte: Sua esposa ficou doente por bastante tempo, confinada ao leito. Estando ela ali deitada, um gato preto vinha, noite após noite, e a encarava fixamente através da janela, com um olhar malévolo e ardente. Um fato inquietante acerca dessa visitação era que *ninguém mais via o gato*. Que Jane havia sido enfeitiçada era a crença de toda a vizinhança. Além disso, acreditava-se que a bruxa que lhe botara esse feitiço, e que fazia essas estranhas visitas à paciente, sob a forma de um gato invisível a todos menos à sua vítima, fosse a senhora B., que vivia no desfiladeiro da colina adiante.

Felizes essas almas! cujos demônios viviam tão perto.

Conversando sobre o assunto com seus vizinhos, Merselis (a quem chamavam de Sale) ouviu que, se conseguisse atirar contra um gato-fantasma com uma bala de prata, mataria a criatura, e colocaria um fim aos feitiços lançados sobre a esposa. Ele não tinha uma bala de prata, mas sim um par de botões de camisa prateados.

Quem de nós pensa rápido o bastante para trocar a categoria de nossos amores e ódios?

Carregando sua arma com um desses botões, ele se sentou na cama ao lado da sua esposa, e declarou suas intenções de atirar contra o gato maldito. Mas como poderia atirar em uma criatura que ele não podia ver?

Melhorou a nossa situação?

"Quando o gato aparecer", ele disse à esposa, "você aponte bem onde ele está, que eu atiro nesse lugar." E assim esperaram, ela tremendo de esperança e pavor — esperança de que o feitiço que a afligia em breve estivesse terminado; pavor de que algum novo tormento se abatesse sobre ela como resultado dessa ousada tentativa de seu marido; ele, na severa determinação de para sempre acabar com o poder demoníaco exercido sobre sua esposa pela senhora B., sob o disfarce de um felino invisível. Em silêncio e longamente eles esperaram.

— que belo retrato de fidelidade marital! sonhando em
[uníssono.

Finalmente, quando seus nervos já estavam em frangalhos no auge do suspense, Jane exclamou "Lá está o gato preto!" "Onde?" "Na janela, está andando no peitoril, está no canto esquerdo, embaixo!" Rápido como um raio, Sale apontou a arma e atirou a bala de prata contra o gato preto que ele não podia ver. Com um grunhido que mais parecia um grito, a misteriosa criatura desapareceu para sempre da visão da senhora Van Giesen, que a partir daquele instante começou a recuperar a saúde.

No dia seguinte, Sale deu início a uma caçada pelo que hoje em dia se conhece como Parque da Colina do Cedro. No caminho encontrou o marido da suposta bruxa. Deu-se a troca usual de gentilezas entre vizinhos com perguntas sobre a saúde das respectivas famílias. O senhor B. comentou que a esposa se queixava de uma dor na perna havia algum tempo. "Eu poderia dar uma olhada nessa perna dolorida", disse Sale. Depois de alguma hesitação, ele foi levado à casa, e insistindo um pouco finalmente lhe foi permitido examinar a perna. Mas o que lhe chamou a atenção em especial foi uma ferida recente, justo no ponto em que seu botão de camisa de prata teria acertado a infeliz criatura quando ela visitara pela última vez sua esposa sob a forma de um gato preto fantasma! Desnecessário dizer que a senhora B. nunca mais fez uma daquelas estranhas visitas. Talvez por sentir gratidão por sua milagrosa cura, a senhora Van Giesen entrou para a Primeira Igreja Presbiteriana da Confissão em 26 de setembro de 1823. Merselis Van Giesen foi recenseado em 1807 como proprietário de sessenta e dois acres de terra nua, dois cavalos e cinco cabeças de gado.

    — Sessenta e dois acres de terra nua, dois cavalos
e cinco cabeças de gado —

        (isso cura a fantasia)

      O Livro de Chumbo,
ele não pode passar as páginas

        (Por que eu ainda me preocupo com esse
lixo?)

        Pesadas tranças
descendo enormes, amarelas pela fenda,
bramindo

      — dando lugar à ampliação
da enchente enquanto ela se ergue reconhecível
num cérebro raquítico

    (a água batendo sessenta centímetros agora no pedágio
e ainda subindo)

Não tem moleza.
A gente fecha os olhos,
pega o que é preciso
e paga. Ele deve a
quem não pode, o dobro.
Uso. Sem porquês?
Ninguém quer o sim d'ocês.

Mas de alguma forma um homem precisa erguer-se
novamente —
   novamente é a palavra mágica .
      virando do avesso :
Velocidade contra a inundação

Ele sente que deve *fazer* mais. Ele tinha
uma garota lá. A mãe dela disse
Vai pular das cataratas, quem liga? —
Ela tinha só quinze anos. Ele está tão frustrado.
Eu lhe digo, O que você espera, você
só tem duas mãos . ?

Era um lugar que valia a pena ver, ela disse, The White Shutters. Ele disse que eu estaria perfeitamente segura ali com ele. Mas eu nunca fui. Eu queria, eu não tinha medo, mas simplesmente nunca aconteceu. Ele tinha uma pequena orquestra que tocava lá, The Clipper Crew era o nome — assim como em todos os bares clandestinos da época. Mas uma noite eles vieram pulando escada abaixo do salão de jantar arrancando as roupas, as mulheres tirando as saias pela cabeça, e foram dançar, todos nus, com as roupas no chão. Ele deu uma olhada e saiu pela janela de trás logo

antes de a polícia chegar, os sapatos lustrados entrando na lama
da beira do rio.

        Deixa eu ver, Puerto Plata é
        o porto de Santo Domingo.

        Havia um tempo em que
        eles não queriam que nenhum
        branco fosse dono de nada — nem
        tivesse nada — nem dissesse
        isto é meu   .

        Eu vejo coisas,   . .

— a água já não era nenhuma canção de ninar, mas um pistão,
  coetâneo, flagelando as pedras   .

                            a rocha
    flutuando sobre as águas (como em Mt Katmai
    o mar coberto de cinza vulcânica, branco como leite)

        Pode-se imaginar
        os peixes se escondendo ou
        em disparada
        estacionários
        na correnteza que salta

— já está corroendo o aterro do trilho do trem

Oi, pode abrir uma dúzia, manda
logo duas dúzias!   Boa menina!
   Quer perder a cabeça?
Todo tipo de particularizações
   para saudar a lua esburacada   :
            sol de janeiro .

         19⁴⁹
Quarta-feira, 11
         (10 000 000 vezes mais abril)

— uma ampulheta reversível de fundo vermelho
         cheia de
cristais brancos   feito sal
         fluindo
               para ovos perfeitos

Salut à Antonin Artaud pour les
      lignes, très pures   :

      "et d'évocations plas-
      tiques d'éléments de"

                        e
"*Designs* de funeral"
         (uma palavra bonita,
   otimista . .)   e
      "Plantas"
nesse caso "plantas" NÃO se refere a enterro.)
"Bouquets de casamento"
         — a associação
   é indefensável.

S. Liz   13 de Out

(re. C.O.E.   Panda Panda   )

Pelamôr de deus sem esse exagero todo
eu nunca te disse para *lê*-lo
muito oumenos RElê-lo.   Eu não
disse que *éra ! ! ragradável* leitura.
Eu dss que o cara tinha feito um bom
trabalho no dzvolvimento da sua técnica teatral

Isso não necess/te quer dizer que
ler signifique qq coisa.
De qq jeito há de haver
uma centena de livros (*não*
aquele) que você *precisa*
ler pro bem da tua cabeça.

---

re ler *todas* as TGs gregas em
Loeb. — mais Frobenius, mais Gesell.
Mais Brook Adams
se vc ainda n tiver lido tudo dele. —
Depois o Ovídio de Golding na
edição da Everymen lib.

& si você quiser uma lista
de leituras peça pro papi — mas

não vá correndo ler um livro
só porque saiu mencionado
di passagi por aí — é furada.

SUBSTRATUM

POÇO ARTESIANO JUNTO AO MOINHO DE RODA DO PASSAIC,
PATERSON.

Abaixo segue o registro em tabela dos espécimes encontrados nesse poço, com as profundidades em que foram coletados, em metros. A perfuração começou em setembro de 1879, e seguiu até novembro de 1880.

PROFUNDIDADE	DESCRIÇÃO DO MATERIAL
20 metros	Arenito vermelho, fino
33 metros	Arenito vermelho, bruto
55 metros	Arenito vermelho, e um pouco de xisto
121 metros	Arenito vermelho, xistoso
123 metros	Xisto
131 metros	Arenito vermelho, fino granulado
164 metros	Xisto arenoso, argiloso
172 metros	Xisto argiloso
178 metros	Xisto argiloso
182 metros	Arenito duro
184 metros	Xisto argiloso
185 metros	Xisto argiloso
356 metros	Selenita, 2x1 x 1/16 cm
359 metros	Areia movediça fina, avermelhada
359 metros	Piritas
417 metros	Rocha arenosa, sob areia movediça
426 metros	Arenito vermelho-escuro
426 metros	Arenito vermelho-claro
431 metros	Arenito vermelho-escuro
431 metros	Arenito vermelho-claro
431 metros	Fragmentos de arenito vermelho
469 metros	Arenito vermelho, e um seixo de caulim
518 metros	Arenito vermelho-claro

557 metros . . . Arenito vermelho-claro
557 metros . . . Arenito vermelho-claro
557 metros . . . Rocha vermelho-claro
610 metros . . . Xisto vermelho
615 metros . . . Arenito vermelho-claro
624 metros . .
640 metros . . . Arenito xistoso

A esta profundidade a tentativa de perfurar através do arenito vermelho foi abandonada, já que a água é completamente imprópria para o uso ordinário. . . . O fato de que as rochas de sal da Inglaterra e algumas outras minas de sal da Europa sejam encontradas em rochas da mesma idade destas nos faz indagar se elas não poderiam também ser encontradas aqui.

— aos dentes, aos próprios olhos
. uh, uh

PONTO FINAL

— e deixe o mundo
para a escuridão
e para
mim

Quando as águas baixaram quase todas as coisas perderam a forma. Elas ficaram inclinadas na direção da corrente. Cobertas de lama

— lama fértil (?).

Se ao menos fosse fértil. Antes um tipo de sujeira, um detrito,

nesse caso — uma escuma pustulenta, um declínio, uma
                          [asfixiante
ausência de vida — que deixa o solo apinhado em sua passagem,
que coagula o fundo arenoso e escurece as pedras — de
                          [modo que
precisam ser escovadas três vezes quando, devido a uma
atrativa irregularidade, nós as aproveitamos para jardinagem.
Um fedor acre e repulsivo emana delas, quase poderíamos
dizer um fedor granular — engana a mente .

Como começar a encontrar uma forma — começar de novo,
virando do avesso: até achar a frase que vai
deitar-se casada com outra por deleite . ?
— parece inatingível .

*A poesia americana é um assunto muito simples de discutir pela
simples razão de que não existe*

>   Degradado. Folha que se soltou
>   do calendário. Tudo esqueceu. Dê-
>   -a à mulher, deixe-a
>   começar de novo — com insetos
>   e podridão, podridão e então insetos :
>   as folhas — que foram envernizadas
>   com sedimento, caídas, a massa confusa
>   partida em pedaços pelo apodrecimento, uma
>   digestão se instala .
>
>   — disso, que seja *disso*, disso
>   disso, disso, disso, disso .
>
>   Quando a draga esvaziou o lixo,
>   alguma coisa, um trevo-amarelo

    com raízes fibrosas (de ferro) agarrou
    a areia em suas garras — e floresceu
    massivamente, onde a velha fazenda
    ficava e o homem arrebentou a mandíbula
    cancerosa da esposa porque ela
    estava muito fraca, muito doente, isto é, para
    trabalhar no campo para ele como ele
    achava que ela devia   .

Pensando assim, compôs
uma canção para ela:
    para entretê-la
em sua leitura:

    *   *   *

    Os pássaros no inverno
    e no verão as flores
    são as duas alegrias dela
    — escondem secretas dores

    O amor é sua amargura
    pela qual no coração
    ela chora de alegria a cada hora
    — um segredo sem vazão

    Seus ais são uis
    seus uis são ais
    e suas tristes alegrias
    voam com as aves e florescem
            com os rosais

— o edema diminui

    Quem falou de abril? Algum
engenheiro louco. Não há recorrência.
O passado está morto. Mulheres são
legalistas, elas querem resgatar
uma moldura de leis, um esqueleto de
práticas, um retículo calcinado
do passado que, abelhas, encherão
com seu mel   .

    Não deve ser feito. A infiltração
apodreceu as cortinas. A malha
está arruinada. Afrouxe a carne
da máquina, não construa mais
pontes. Em que ar você vai voar
para ligar os continentes? Deixe as palavras
caírem como queiram — que possam
ferir o amor de través. Será uma estranha
visitação. Elas querem salvação demais,
a enchente fez o seu trabalho   .

    Vá lá embaixo, misture-se aos peixes. O que
você espera salvar, conchas de mexilhão?

    Eis o fóssil de um búzio (um peso de papel
bastante singular) lama
e conchas cozidas quase por uma eternidade
até virarem uma mistura, dura como pedra,
cheia de conchinhas

    — cozidas por dessecações sem fim até virarem
uma geada de conchas — que apareceu

num velho pasto cuja história —
mesmo a história parcial, é
a pura morte

          Vercingetórix, o único
herói   .

Vamos dar o canário para aquela
velha senhora surda; quando ele abrir
o bico, para chiar-lhe, ela vai pensar
que ele está cantando   .

A polpa precisa de mais maceração?
ponha abaixo as paredes, convide
à invasão. Afinal, as favelas
a menos que sejam (vivas)
varridas não poderão ser re-
construídas   .

As palavras deverão ser reconcretadas, o
— o quê? Aonde estou querendo chegar   .

                   me derramando?

Quando um homem Ibibio da África é morto na batalha, as mulheres casadas que são suas parentes mais próximas resgatam o corpo. Nenhum homem pode tocá-lo. Chorando e entoando canções, as sentinelas levam o guerreiro morto até uma clareira na floresta chamada Owokafai — o lugar daqueles abatidos pela morte súbita. Deitam-no sobre um leito de folhas verdes. Depois cortam ramos jovens de uma árvore sagrada e abanam os galhos sobre os órgãos genitais do guerreiro para absorver o espírito da fertilidade nas folhas. O conhecimento dos ritos precisa ser escondido dos homens e das mulheres solteiras. Só as mulheres casadas, que já sentiram a fertilidade dos homens dentro de seus corpos, conhecem o segredo da vida. Ele lhes foi confiado por suas grandes deusas "naqueles dias em que as mulheres, e não os homens, eram o sexo dominante. . ; da guarda desse segredo dependia a força da tribo. Fossem os segredos um dia violados — poucos ou nenhum bebê nasceria, celeiros e rebanhos dariam pouco ganho, enquanto os braços das futuras gerações de guerreiros perderiam a força e os corações a coragem". Essa cerimônia é conduzida com acompanhamento de cantos baixos e lamentosos, que só essas esposas de guerreiros têm a autoridade para cantar, e mesmo para conhecer.

>   — em cem anos, talvez —
>   as sílabas
>   (com gênio)
>   ou talvez
>   duas vidas
>
>   Por vezes leva mais tempo   .

E eu fiz mais do que compartilhar a sua culpa, doce menina. A chirimoia é a que tem o sabor mais delicado entre todas as frutas tropicais.   . .   Ou eu te abandono ou desisto de escrever   .

Fiquei pensando nela o dia todo ontem. Você sabia que ela está morta há quatro anos? E aquele filho da puta tem só mais um ano pra cumprir. Depois ele vai ser solto e a gente não pode fazer nada pra impedir. — Suponho que ele a matou. — Você *sabe* que ele a matou, ele foi lá e atirou nela. E você se lembra daquele Clifford que costumava andar atrás dela, pobre sujeito? Ele fazia tudo que ela mandava — a criatura mais inofensiva do mundo; ele andou doente. Teve febre reumática quando era criança e não sai mais de casa. Ele escreveu pedindo umas piadas sujas porque não pode mais sair pra ouvir na rua. E nenhum de nós consegue pensar numa nova pra mandar pra ele.

    O passado acima, o futuro embaixo
    e o presente desabando em queda: o rugido,
    o rugido do presente, um discurso —
    é, por necessidade, meu único interesse .

    Eles mergulharam, caíram de desmaio
    ou de propósito, para dar um fecho — o
    rugido, implacável, assistindo   .
    Nem o passado nem o futuro

    Nem o olhar fixo, amnésico — que esquece.
    A linguagem cai em cascatas no
    invisível, além e acima : as cataratas
    de que ela é a parte visível —

    Só quando eu tiver feito uma réplica
    dela meus pecados serão perdoados
    e minha doença curada — em cera: *la capella di S. Rocco*
    sobre o cume de arenito acima das velhas

    minas de cobre — onde eu costumava ver
    as imagens de braços e joelhos
    pendurados em pregos (de Montpellier) .
    Sem sentido. E ainda assim, a menos que eu ache um lugar

    separado dela, continuarei seu escravo,
    seu sonâmbulo, perplexo — atordoado

pela distância   .   Eu não posso ficar aqui
e passar a vida olhando o passado:

o futuro não responde. Eu preciso
achar meu sentido e deitá-lo, branco,
ao lado da água corrente: eu mesmo —
vasculho a linguagem — ou sucumbo

— qualquer que seja o seu aspecto. Me
deixe sair! (Ora, pode ir!) esta retórica
é real!

Livro 4
(1951)

A corrida para o mar

I.

UM IDÍLIO

Córidon & Fílis
    Duas mulheres bestas!

                (Olha, pai, estou dançando!)

O que foi?

              Eu não disse nada .
só comentei que *você* não está ridícula .

Semântica, minha querida .

         — eu sei que *não estou* .

Ai! mãos fortes que nem de um homem . Um dia desses,
querida, quando nos conhecermos melhor

vou te contar algumas coisas . .
Obrigado. Muito satisfatório. Minha secretária
estará na porta com seu dinheiro   .
Não.   Prefiro desse jeito

     O.K.

       Até logo
Senhorita . como é?

     Fílis

Tiens! Vou telefonar pra agência   .
Até amanhã, então, Fílis, na mesma hora.
Logo logo vou estar andando de novo, você não acha?

    Por que não?

. . . .

Uma carta

Olha só, Bonitão, eu me recuso a voltar pra casa até você largar a bebida. Não adianta esse papo de que Mamãe precisa de mim e toda essa ladainha. Se você tivesse o mínimo de preocupação com ela não continuaria desse jeito. Pode ser que sua família tenha sido dona desse vale inteiro um dia. Quem é o dono agora? O que você precisa é baixar a crista.

Estou me dando muito bem na grande cidade como uma profissional liberal, sim senhor! Pode acreditar que dá pra fazer muito dinheiro aqui — pra quem souber aproveitar. Com sua esperteza e agilidade isso aqui seria sopa pra você. Mas você prefere encher a cara.

Por mim está tudo bem — só não vou mais pelejar com você a noite toda na cama por causa do seu delirium tremens. Eu não aguento, você é muito forte pra mim. Então decida-se — de um jeito ou de outro.

.   .   .   .

Córidon & Fílis
    E como você está hoje, querida?

            (Ela agora me chama de querida!)

    Que tipo de vida se pode levar
naquele lugar horroroso   .   Rach-a-mo, é isso?

        Ramapo

           Seguramente,
que estupidez a minha.

        Certo.

        O que foi?
Realmente você precisa falar mais alto

        Eu disse que   .

        Deixa pra lá.

        Você falou de uma cidade?

                    Paterson, onde me formei

                        Paterson!
Sim, claro. Onde Nicholas Murray Butler
nasceu   . e a irmã dele, aquela manca. Tinha
umas fábricas de seda por lá   .
até que os sindicatos arruinaram tudo. Que pena. Que mãos
divinas! Eu me distraí completamente   .
Algumas mãos são de prata, algumas de ouro e algumas,
muito poucas, de diamante como as suas (Se eu pudesse
te contratar!) Você gosta daqui?   .   Dá uma
olhada lá da janela   .

Esse é o East River. O sol nasce daquele lado.
E do outro lado fica a ilha de Blackwell. Ilha de Welfare,
ilha da City   .   ou não sei que nome que tem agora   .
onde os pivetes e os pobres da cidade
os pensionistas e os malucos arrumam abrigo   .

Olha pra mim quando eu falar com você
                              — e aí
aquelas três pedras afunilando tudo n'água   .
o que restou de elementar, de primitivo
neste ambiente. Eu digo que são minhas ovelhas   .

                    Ovelhas, é?

Elas não são mansinhas?

                    Qual é a ideia?

Solidão talvez. É uma longa história. Você pode ser
Fílis, a pastora delas. E eu
serei Córidon .   Que lindo! Você
aceita umas amêndoas?

                    Não. Eu detesto todo tipo de
castanha. Elas grudam no cabelo   . quer dizer,
nos dentes   .

  .   .   .   .   .   .

Uma carta

Deixa disso. Eu posso cuidar de mim mesmo. E se não puder, e daí?

Isso é moleza, tudo o que eu preciso fazer nela é "massagem" — e que sei eu de massagem? Eu só esfrego, e como esfrego! E ah se ela gosta! E ah se ela paga! Rapaz! Então eu esfrego e leio pra ela. O lugar está cheio de livros — em todas as línguas!

Mas ela é doida, do pior tipo. Hoje ela veio me falar de umas pedras no rio aqui que ela chama de três ovelhas. Se aquilo são ovelhas, então eu sou a Rainha da Inglaterra. Elas até que são brancas, mas é de tanto que as gaivotas cagam nelas o dia inteiro.

Você precisa ver esse lugar.

Tinha um helicóptero (?) voando pelo rio hoje procurando o corpo de um suicida, alguma estudante, uma menina mais ou menos da minha idade (ela diz   .   uma princesa hindu.) Saiu no jornal de manhã, mas eu não tinha reparado. Você tinha que ver como as gaivotas ficaram revoando em volta. Elas ficaram doidas   .

  .   .   .   .   .   .

Córidon & Fílis
    Você deve ter um monte de namorados, Fílis

                  Só um

Incrível!

                  Só um que me interessa
por agora

E como ele é?

                  Quem?

O seu amante

                  Ah, ele. Ele é casado. Eu
não tenho nenhuma chance com ele

Sua vadia! E o que vocês fazem quando estão juntos?

                  A gente só conversa.

   .   .   .   .   .   .

Fílis & Paterson
                Você está feliz
        Feliz que eu tenha vindo?

        Feliz? Não, não estou feliz

              Nunca?

        Bem   .
                    O sofá até que parece
          confortável

   .   .   .   .   .   .

O poeta
          Ó Paterson! Ó homem casado!
          Ele é a cidade dos hotéis baratos e entradas
          dos fundos .   dos táxis na porta, do carro
          esperando na chuva por horas a fio
          na porta do bar de estrada   .

          Adeus, querida. Foi maravilhoso.
          Espera! tinha alguma coisa   .   mas esqueci
          o que era   .   alguma coisa que eu queria
          te dizer. Me fugiu completamente! Completamente.
          Bem, adeus   .

   .   .   .   .   .   .

Fílis & Paterson
                Até quando você pode ficar?

                Seis e meia   .   Tenho que
                encontrar o namorado

                Tire a roupa

          Não. Sou boa em dizer isso.

                Ela ali parada
            em silêncio ao ser despida   .

    a parte dos botões foi difícil   .

                Esse é um dos melhores
            do meu pai. Você tinha que ter ouvido
            ele hoje de manhã quando
            cortei as abas   .

                Ele puxou para trás a camiseta
            branca   .   afastou os suspensórios
            para o lado   .

                        Glória a Deus   .

            — depois tirou a roupa dela

                        e de todos os Seus Santos!

                        .

            Não, só tem os ombros largos

                        .

    — no sofá, beijos e conversas enquanto suas
    mãos exploravam o corpo dela, devagar   .
    corteses   .   persistentes   .

                        .

Cuidado   .
Estou com um resfriado horrível

É o primeiro
este ano. Nós fomos
pescar debaixo
daquela chuva semana passada

Quem? Seu pai?
— e meu namorado

Pesca com mosca?
Não. Anzol. Mas não está

na época. Eu sei disso
mas ninguém viu a gente

fiquei toda ensopada
Você pesca?

Ah eu tenho vara e linha
mas eu só acompanho

Até que pegamos um bocado
 .   .   .   .   .   .

Córidon & Fílis

    Bom dia, Fílis. Você está linda esta manhã (de um jeito meio comum) Me pergunto se você se dá conta de como você é bonita, Fílis, minha pequenina Moça do Leite (Essa é boa! Sujeito sortudo!) Sonhei com você ontem à noite.

    .

Uma carta

Não me importa o que você diz. A menos que Mamãe me escreva, contando que você parou de beber — presta atenção: que você *parou de beber* — eu não volto pra casa.

Córidon & Fílis

De que tipo de gente você descende, Fílis?

Meu pai é um bêbado.

Isso é mais modéstia do que a situação pede. Nunca tenha vergonha das suas origens.

Não tenho. É apenas a verdade.

A verdade! Virtude, meu bem, como se alguém a tivesse! só tem algum interesse no agregado, como você descobrirá ou talvez já tenha descoberto. Essa é a nossa criação cristã: não negar, mas perdoar, a Filha Pródiga. Você já se deitou com um homem?

E você, já?

Boa tentativa! Com este corpo? Estou mais para uma égua do que para uma mulher. Você já viu uma pele como a minha? Mais pintada do que uma galinha-d'angola .

Só que *nelas* as pintas são brancas.

Mais para um sapo, talvez?

Eu não disse isso.

Por que não? É a verdade, minha pequena Oréade. Indômita. Vamos trocar os nomes. Você será Córidon! E eu farei Fílis. Jovem! Inocente! Já se pode ouvir muito bem o barulho das maçãs atiradas e as batidas e a algazarra dos cascos de Pã. O mesmo que nada .

.   .   .   .   .   .

Fílis & Paterson

    Olha só pra nós! Por que
    você se tortura?
    Você acha que sou virgem.

    Suponha que eu dissesse
    que já mantive relações. O que
    você diria então?
    O que você diria? Suponha
    que eu dissesse isso .

    Ela se inclinou para frente
    à meia luz, perto
    do seu rosto. Me
    conta, o que você diria?

    Você já teve muitos amantes?

Nenhum que tenha me massacrado
como você fez. Olha,
estamos completamente suados   .

                    .

Meu pai está tentando me arranjar um cavalo   .

                    .

Eu saí uma vez com um garoto
eu só o conhecia um pouco

Ele me pediu . .
Não, eu falei, claro que não!

Ele ficou tão surpreso.
Por que, ele disse, quase todas as garotas

são loucas por isso. Eu
achei que todas fossem   .

Você tinha que ter visto
meus olhos. Eu nunca tinha
ouvido falar naquilo   .

               .

Não sei por que não consigo me entregar a você. Um
homem como você deveria ter tudo aquilo que quisesse   .
Deve ser porque me importo muito, esse é o problema   .

    .   .   .   .   .   .

Córidon & Fílis

Fílis, bom dia. Você aguenta um drink a essa hora da manhã? Te escrevi um poema . e o pior é que estou prestes a declamá-lo para você . Você não precisa gostar. Mas, o diabo que o carregue, você há de pelo menos ouvi-lo. Veja como estou tremendo! Ou melhor, deixa eu te dar uma amostra, para começar:

>
> Se sou virtuosa
> condene-me
> Se minha vida é rósea
> condene-me
> A terra é
> inóspita

Significa alguma coisa?

Não muito.

Bem, um outro trecho:

>
> Sua comunista
>   sonhadora
> aonde você
>   vai?
>
> O mundo acaba
>   Via?
> Química
>   Ó ó ó ó

        Esse vai ser
            mesmo
    o fim de tudo .
           você

    comunista sonhadora
           não será mesmo?
    Juntas
           juntas

"E então ela desamarrou o cinto." Me dá mais uma chance. Eu sempre quebrei a cara quando quis me mostrar. Mas vamos lá. É isso aqui. Isso é o que eu vinha preparando. Chama-se *Córidon, uma Pastoral*. Vamos pular a primeira parte, sobre rochas e ovelhas, começamos com o helicóptero. Você se lembra?

    . . puxa as gaivotas para cima numa nuvem
Hum . acabaram-se as florestas e os campos. Portanto presentes, para sempre presentes

                    . um pterodátilo giratório
inventado, para lembrar-nos de Da Vinci,
vasculha a corrente de Hellgate atrás de algum cadáver,
para que as gaivotas não o devorem
e assim sua identidade e seu sexo, *assim como* suas
esperanças e seus desesperos e suas pintas e suas marcas e
seus dentes e suas unhas não possam mais ser decifrados
e assim se percam .
        portanto presentes,
            para sempre presentes .

As gaivotas, vórtices de desespero, circundam e dão
voz às suas respostas selvagens até que a coisa
desapareça . então, vorazes, havendo dispersado
para sobreviver, fecham-se novamente num único foco,
as pedras lisas, as três pedras do porto, no mais
inúteis . não
                          profanadas .

Que fedor!

    Se isto fosse uma rima, Querida
           uma rima como as que podem ser feitas
queixos cairiam no chão .

    Mas a medida disto aqui é a coisa . Nada
        pode aspirar a um ornamento
e manter sua mente límpida,
      pronta para a ação .
uma ação como eu planejo

         — erguer a minha mão e deixá-la
aberta, contra a chuva .
      daquelas mortes
que eu tramo . nenhuma se realiza
    a não ser a minha .

Maluca! Depois disso, que tal uma história um pouco .
recherché, um pouco forte? Pra disfarçar a minha vergonha?
O.K.?

Claro.

Pode pular.

              Um anel de prata
              se é forte o bastante
              não ata, mas abraça
              o coração de um amante

                    Fílis, acho que já estou muito melhor agora . . O que você acha de ir pescar comigo num lugar qualquer? Você gosta de pescar .

Posso levar meu pai?

Não, você não pode levar o seu pai. Você é uma moça crescida agora. Um mês comigo, na floresta! Eu tenho uma estância. Não precisa responder agora. Você já foi a Anticosti . ?

Que gosto tem, de pizza?

Fílis, você é uma menina má. Deixa eu continuar com meu poema

.   .   .   .   .   .

Querido Papi,

Como você tá? Tá se comportando bem? porque agora ela quer me levar pra pescar com ela. Um mês! O que você acha? Você ia gostar.

É isso então? Bem, você sabe até onde pode ir. E não vai achando que por isso você pode começar a aparecer por aqui. Se você fizer isso eu *nunca mais* volto pra casa. E *você não parou de beber*! Não tente brincar comigo.

.

Muito bem, se você acha que estou em perigo então aprenda a se comportar. Você é um fracote por acaso? Mas não vou passar por tudo isso de novo. Nunca mais. Não se preocupe, como eu disse, posso tomar conta de mim mesma. E se alguma coisa acontecer comigo, e daí? A culpa é de eu ter um pai que é um bêbado.

Sua filha
F.

.   .   .   .   .   .

Fílis & Paterson

  Este vestido está suado. Vou ter
  que mandar lavar

  Levantou-o pelos ombros.
  Debaixo dele, as meias-calças

  Coxas grossas   .

.

  Passemos à leitura, disse o Rei
  alegremente. Passemos

a outro tópico, disse a Rainha
ainda mais alegremente

e sem pestanejar

.

Ele tomou os bicos dos seios
suavemente em seus lábios. Não,
eu não gosto

.   .   .   .

Córidon & Fílis
    Você lembra por onde nós saímos? Na entrada do túnel
da rua 45   .   Vejamos

                                      .   casas com placas:
Impróprias para habitação humana   etc.   etc.

Ah sim   .

                              Interditado   .
Mas quem foi interditado   .   onde o túnel
que passa debaixo do rio começa? *Voi ch'entrate*
revisitado! Sob o solo, sob as rochas, sob o rio
sob as gaivotas   .   sob os insanos   .

   . o trânsito é engolfado e desaparece
para emergir   .   nunca

Uma voz chama no tumulto (Por que outra razão
os jornais estariam ali, na carrocinha?) retumbando
as notícias que nenhum espírito consegue evadir, ou hino
nenhum encobrir. A necessidade agarrando as palavras .
vigiando a evasão, que o amor é imundo, ascoroso .

Eu queria dizer a verdade, sobre isso.

Por que não diz?

Isto é um POEMA!

                    imundo
mesmo assim ergue a cabeça, depois que a maré virou!
aparados os seus olhos e os cabelos
os dentes arrancados . amarga submersão
no escuro . uma castração, não estar em nenhuma
lista . deixado de prontidão! apto
ao serviço (o verme-truta, que come as ovas do salmão,
olha pra cima através do fascínio . os colares
de vidro . pitoresca tralha caipira
sem valor) . lixo

                          Enquanto nos imensos
edifícios (deslizando para cima e para baixo) é onde
se faz dinheiro
          pra cima e pra baixo
                      mísseis dirigidos
nas hastes oleosas dos imensos edifícios .

As pessoas em transe nas gaiolas, em violento movimento
imóveis

            mas alertas!
                        mentes predatórias, des-
afetadas
            IMPERTURBADAS
                        assexuadas, pra cima
e pra baixo (sem movimento de asa) É assim que
se faz dinheiro   .   usando-se tais pinos.

                            Na saudável
hora do almoço amontoados mulher com
mulher (ou homem com mulher, que diferença faz?)
a carne de seus rostos perdida
em gordura ou cartilagens, sem traço
reconhecível, fixada em rigores, adiposidades ou esclerose
sem expressão, virada uma para a outra, um molde
para todos os rostos (peixe enlatado), é assim   .

Cheguem para trás, por favor, virados para a porta!

é assim que se faz dinheiro,
            o dinheiro é feito
                        amontoados
falando efusivamente   .   sobre o próximo sanduíche   .
o livro, segurado pela mão, de algum estudante, encharcado
sobe à superfície depois
da tempestade de ontem à noite   .   a carne uma
carne de lágrimas e gaivotas famintas   .

                    Ai como eu ia chorar!
chorar nos seus ombros jovens por aquilo que eu sei.
Me sinto tão só   .

    .   .   .   .

Fílis & Paterson

      Estou pensando em subir no palco,
      ela disse, com uma risada de desdém,
      Rá, rá!

      Por que não? ele respondeu
      mas as pernas, tenho a impressão, acabariam
      te traindo   .

.   .   .   .   .   .

Córidon & Fílis

                                  . comigo, Fílis
(não sou nenhuma Simaeta) em toda sua beleza nativa
que esses rumores maldosos não rompam
                    sua carne doce

Fica parecendo que quero te devorar, tenho que mudar isso.

    Venha comigo para Anticosti, onde o salmão
    vai desovar sob o sol nas águas rasas

          Acho que isso é de Yeats   .

— e pescaremos feixes de salmão

          Não, acho que *isso* é que é Yeats   .

      — e a sua prata
será nossa glória e recompensa (o que é uma recompensa?)
conquistada com esforço   .

          Acredite, uma peleja!

             na água gelada   .

Eu queria que você viesse, querida, tenho meu iate todo carregado de suprimentos e pronto. Deixe eu te levar para um passeio   .   no Paraíso!

Isso eu queria ver.

Então por que não vem?

Não estou pronta pra morrer, nem mesmo por isso.

Você não precisa.

   .   .   .   .   .   .

Querido Papi,

Pela última vez!

Hoje o dia inteiro, acredite ou não, passamos margeando o que eles chamam aqui de Orla Norte a caminho do lugar em que vamos pescar. Parece nome de restaurante italiano, Anticosti, mas na realidade é francês.

É selvagem, dizem, mas temos um maravilhoso guia, um índio, eu acho, mas não se tem certeza (quem sabe eu me caso com ele e fico por aqui pelo resto da minha vida) De qualquer modo, ele fala francês e as senhoritas falam com ele nessa língua. Eu não entendo o que eles conversam (e não ligo, posso falar minha própria língua).

Mal consigo manter os olhos abertos. Eu saí quase todas as noites esta semana. E vamos em frente. Temos vinho a bordo, a maioria

Champanhe. Ela me mostrou, vinte e quatro caixas para a festa, mas eu não quero nada disso, muito obrigada. Vou ficar no meu rum com coca. Não se preocupe. Diga a mamãe que está tudo bem. Mas lembre-se: minha paciência já acabou.

.   .   .   .   .   .

Fílis & Paterson
  Você conhece aquela garota
  alta negra de nariz comprido?
  É minha amiga. Ela diz que vai
  pro Oeste no próximo outono.

  Estou guardando cada centavo
  que consigo economizar. Eu vou
  com ela. Mas não contei
  pra minha mãe ainda .

Por que você se tortura assim? Eu não consigo
pensar a menos que você esteja nua. Eu não te culparia

se você me batesse, me socasse,
fizesse qualquer coisa assim . Eu não daria

a você toda essa honra. O quê? O que você disse?
Eu disse que eu não te daria toda essa

honra . Então isso é tudo?
Sinto dizer que sim. É uma coisa que vou sempre

desejar, você fez com que fosse assim. Fala comigo.
Não é a hora pra isso. Por que você me deixou

vir? Sei lá, por que você *veio*? Eu gosto
de vir aqui, eu preciso de você. Eu sei disso   .

achei que eu fosse conseguir isso de você, sem
o seu consentimento. Estou perdida, não estou?

Você está. Tire a minha camisola   .
Ele se deita de costas no sofá.

Ela veio, seminua, e montou nele.
Minhas coxas estão doloridas de tanto cavalgar   .

Ah, me deixa respirar! Depois que eu me casar
você precisa sair comigo um dia. Se é isso

que você quer   .

Córidon & Fílis

E com algum desses homens,
de que você fala, já   .   ?
— E com ele já?

Não.

Que bom.

O que há de bom nisso?

Que você ainda é virgem!

E *você* com isso?

II.

Você não tinha mais que doze anos, meu filho
        catorze talvez, aquela idade de ensino médio
quando fomos, juntos,
            a primeira vez para nós dois,
a uma palestra, no Solarium,
            no topo do hospital, sobre fissão
nuclear. Eu esperava descobrir
            um "interesse" da sua parte.
Você ouviu   .

        Arrebentar o mundo, bem aberto!
        — se eu pudesse, faria isso por você —
        Arrebentar o mundo grande   .
        esse útero fétido, essa fossa!
        Não um rio! não um rio
        mas um brejo, uma   .   vala
        afunda-se na alma ou
        a alma afunda-se nela, uma   ?

Norman Douglas (*Vento sul*) me disse, A melhor coisa que um homem pode fazer por seu filho, quando ele nasce, é morrer   .

    Eu te dou outra, maior que você mesmo, para sua contenda.

    Para retomar:

(O que me falta, disse sua mãe, é a poesia, o puro poema das
                      [primeiras etapas   .)

A lua estava em quarto crescente.
                    Quando nos aproximávamos do hospital
o ar acima dele, havendo assumido
               o brilho vindo do telhado de vidro,
parecia em chamas, competindo com a rainha da noite.

             A sala estava cheia de doutores.
Como parecia pálido e jovem o garoto
             entre os macacos velhos, eu
entre eles! que o superavam apenas
             em experiência, essa droga,
a coluna ereta enquanto falavam:
        valências   .

Anos a fio como enfermeira
             um sol encruado lhe corroía
o pensamento, comendo uma casca
             de impermanências, através dos livros
sem remorso   .

Curie (a rainha do filme) sobre
             o tablado na Sorbonne   .
a meio quilômetro dali! caminhando solitária
             como se numa floresta, o silêncio
de uma grande floresta (de ideias)
             diante da assembleia (a
pequena enfermeira polaca) recebe
             reconhecimento internacional (uma
droga)

        Venha! Venha, irmã, e conheça
     a salvação (partindo o átomo da

amargura)! E Billy Sunday evangelista
e ex-lateral direito se prepara
para pegar uma bola no alto da cerca   .

                         Ele está *em cima*
da base agora! Os dois pés, cantando
(uma canção de pés) os pés canonizados   .

                 . tudo com a grana
da Associação dos Sindicatos Patronais   .

. para "quebrar" a greve
e botar aqueles F.D.P.s nos seus lugares, por
Jesus, com a palavra do Senhor!

— garantindo seus vinte e sete mil no quarto de hotel
depois da última ceia (no Hamilton)
na véspera de deixar a cidade, exausto
em seus esforços para dividir (uma persona-
lidade dividida)   .   o montante

                    Que braço!

Vinde a Jesus!   .   Alguém ajude
aquela senhora a subir as escadas   .   Vinde a
Jesus e sejam   .   Todos juntos agora,
deem tudo de si!

                    Iluminem
.   .   o canto onde vocês
estão!

Caro Doutor,

    Apesar do cinzento segredo do tempo e de minhas próprias dúvidas autossilenciadas nesses dias joviais e chuvosos, eu queria deixar-lhe saber da minha presença em Paterson, na esperança de que você aprecie este gesto de minha parte, um jovem poeta desconhecido, a você, um velho poeta desconhecido, que vive no mesmo canto enferrujado do mundo. Escrevo esta missiva não apenas de certo modo no estilo daqueles velhos sábios da corte de outrora que reconheciam uns aos outros ao longo das gerações como filhos irmanados das musas (cujos nomes eles bem sabem), mas também como o chinês ao concidadão da mesma província, como se os tanques de gasolina, ferros-velhos, becos alagados, moinhos, casas funerárias, visões-do-rio — sim! as próprias cataratas — fossem imagens bordadas nos fios brancos de suas barbas.

    Eu o procurei uma vez há dois anos (quando eu tinha vinte e um), com a intenção de entrevistá-lo para um jornal local. Escrevi a matéria num estilo elegante e simples, mas ela foi deturpada e modificada e saiu na semana seguinte como uma perfeita piada às suas custas, a qual, suponho, você não chegou a ver. Você me convidou educadamente a voltar, mas eu não voltei, já que não tinha nada mais de que falar a não ser de imagens de luz nublada, e não seria capaz de falar a você em seus próprios ou nos meus próprios termos concretos. Falha que ainda me pesa em menor grau, mas ainda assim eu me sinto pronto a abordá-lo uma vez mais.

    Quanto à minha história: frequentei a Universidade de Columbia com idas e vindas desde 1943, trabalhando e viajando pelo país e a bordo de navios quando não estava em escolas, estudando inglês. Ganhei alguns prêmios de poesia e fui editor da *Columbia Review*. Van Doren era o meu preferido lá. Mais tarde trabalhei na Associated Press como revisor, e passei a maior parte do último ano num hospital psiquiátrico; e agora estou de volta a Paterson que é a minha casa pela primeira vez em sete anos. O que farei aqui ainda não sei — minha primeira iniciativa foi tentar arranjar um emprego em algum dos jornais daqui ou de Passaic, mas ainda sem sucesso.

Meu gosto literário é Melville em Pierre e o Homem de Confiança, e na minha própria geração, um certo Jack Kerouac cujo primeiro livro saiu este ano.

Não sei se você gostará ou não da minha poesia — isto é, o quanto a sua própria persistência inventiva exclui tentativas menos independentes ou mais joviais de aperfeiçoar, renovar, transfigurar e tornar contemporaneamente real um velho estilo ou maquinaria literária, que utilizo para registrar a luta com a imaginação das nuvens, com a qual tenho estado envolvido. Envio neste envelope alguns exemplares da minha melhor escrita. Tudo o que tenho feito obedece a um programa, evoluindo de fase em fase, do começo de um colapso emocional até que gotas de chuva momentâneas saídas das nuvens se tornem corpóreas, até a renovação da objetividade humana que considero em última instância idêntica a nenhuma ideia fora das coisas. Mas esse último desdobramento eu preciso ainda transformar em realidade poética. Eu vislumbro para mim um tipo de discurso novo — diferente ao menos do que eu tenho escrito — na medida em que ele seja uma clara descrição factual sobre miséria (e não a miséria em si mesma) e esplendor se houver algum a partir das expedições subjetivas através de Paterson. Este lugar é como eu digo o meu habitat natural da memória, e não estou seguindo o seu trilho para ser poético: embora eu saiba que você se alegrará ao dar-se conta de que pelo menos um cidadão de sua comunidade herdou sua experiência ao lutar para amar e conhecer seu próprio mundo-cidade, através da sua obra, o que é um feito que você quase não terá imaginado ser capaz de alcançar. É a miséria o que vejo (como uma maré saída da minha própria fantasia) mas é sobretudo o esplendor o que carrego dentro de mim e o que carregam todos os homens livres. Mas ouvindo o que eu disse algumas sentenças atrás, eu talvez precise de uma nova métrica eu mesmo, e embora eu tenha uma queda pelo seu estilo, raramente fiz exatamente o que você faz com as cadências, extensão do verso, algumas vezes sintaxe etc., e não consigo lidar com sua obra como um objeto sólido — cujas propriedades suponho que você corretamente reivindique. Eu não entendo a métrica. Tampouco tenho trabalhado muito nisso, contudo, o que deve fazer alguma diferença. Mas eu gostaria de conversar com você concretamente sobre isso.

Envio estes poemas. O primeiro lhe mostrará onde eu estava há dois anos. O segundo, uma espécie de lírica densa que eu instintivamente tento imitar — a partir de Crane, Robinson, Tate, e os velhos Ingleses. Depois, o "Estranho sombrio" (3), menos interessante como poema (ou menos sincero), mas que conecta observações sobre as coisas com um velho sonho sobre o vazio — eu tenho sonhos verdadeiros com uma figura clássica encapuçada. Mas este sonho acabou ficando identificado com meu próprio abismo — e com o abismo do velho Smokies debaixo dos trilhos do Erie R. R. na rua direita — de modo que o estranho sombrio (4) fala de dentro de algum vagabundo arruinado de uma Paterson ou qualquer outro lugar na América. É apenas um poema pela metade (usando alguns versos e uma situação que vivi num sonho). Contemplei a ideia de um poema longo sobre o estranho sombrio, suas andanças. Em seguida (5), um poema mais antigo, "Radio city", longo poema lírico escrito na doença. Depois uma canção louca (para ser cantada por Groucho Marx com um bop ao fundo) (6). O (7) um poema no velho estilo de balada onírica e assombrada. Em seguida, uma "Ode ao sol poente" das ideias (8) abstratas, escrito antes de sair do hospital, e o último uma "Ode ao julgamento", que acabei de escrever, mas que está inacabado. (9) Aonde isso vai dar ainda não sei.

Eu sei que esta carta o encontrará em boa saúde, já que vi sua apresentação no Museu em N. Y. esta semana. Fui ao camarim para abordá-lo, mas mudei de ideia, despois de acenar a você, e fugi de novo.

Respeitosamente,
A. G.

    Paris, um quarto no quinto andar, pão
    leite e chocolate, algumas
    maçãs e carvão pra carregar,
    des briquettes, seu cheiro especial
    na aurora: Paris   .
    o leve odor do carvão, enquanto
    ela se inclinava na janela antes de
    sair, pro trabalho   .

  — uma fornalha, uma cavidade doendo
    rumo à fissão; um oco,
    uma mulher esperando ser preenchida

  — uma luminosidade de elementos, a
    corrente aos saltos!
    Pechblenda da Áustria, a
    valência do urânio inexplicavelmente
    elevada. Curie, o homem, desiste
    do seu trabalho para apoiá-la.

    Mas ela está grávida!
                     Pobre Joseph,

dizem os italianos.

Glória a Deus nas alturas
e na terra, paz, boa vontade aos
homens!

Acredite ou não.

    Uma dissonância
    na valência do Urânio
    levou à descoberta

    Dissonância
    (se você estiver interessado)
    leva à descoberta

    — ao dissecar
    o bloco e deixar
    um metal separado:

    hidrogênio
    a chama, hélio a
    poeira grávida   .

— o elefante leva dois anos

O amor é um gatinho, uma coisa
gostosa, um ronronar e um
bote. Caça um pedaço de
fita, uma coçada e um miado
uma bola abatida pela pata   .
uma garra embainhada   .

Amor, o trenó que estraçalha o átomo? Não, não! a cooperação antagonística é que dá liga, diz Levy   .

Sir Thopas (Os Peregrinos de Canterbury) diz (a Chaucer)
      Chega —
      Dessa rima torta que não vale
      uma porta
— e Chaucer parecia achar o mesmo, pois parou de rimar e seguiu em prosa   .

RELATÓRIO DE CASOS

CASO I. – M. N., uma mulher branca de trinta e cinco anos, enfermeira na ala pediátrica, não tinha histórico de problemas intestinais. Uma irmã que vivia com ela sofria de cólicas e diarreia, que mais tarde descobrimos deverem-se à amebíase. Em 8 de novembro de 1944 uma amostra submetida pela enfermeira para o habitual exame mensal deu positivo para Salmonella Montevideo. A enfermeira foi imediatamente colocada em licença remunerada, medida considerada vantajosa para que os funcionários do hospital não deixassem de informar problemas intestinais por medo de represálias econômicas.

      — com a barriga imensa, cheia
      de pensamento! mexendo os caldeirões
      .   no velho galpão usado
      pelos estudantes de medicina para dissecações.
      Inverno. A neve entrando pelas frestas

              Pauvre étudiant   .
    en l'an trentième de mon âge
    Item   .   com as mãos calejadas

pelas horas, dias, semanas
para conseguir, depois de meses de trabalho   .

uma mancha no fundo do bulbo
sem peso, um fracasso, um
nada. E depois, ao retornar à
noite, encontrá-lo   .

LUMINOSO!

Na sexta-feira, doze de outubro, ancoramos em frente à praia e nos preparamos para desembarcar   .   Ao que enviei emissários atrás de água, alguns com armas, e outros com barris: e, como era pequena a distância, esperei duas horas por eles.

Durante esse tempo caminhei entre árvores que eram a coisa mais bonita que eu já havia conhecido.

   .   conhecimento, o contaminante

Urânio, o átomo complexo, decompondo-
-se, uma cidade em si mesma, o complexo
átomo, sempre se decompondo   .
em chumbo.
   Mas emitindo aquilo que, contra
uma placa exposta, revelará   .

E assim, com as mãos calejadas
                    ela mexe

E o amor, amargamente contestado, espera
que o pensamento anuncie não estar
sozinho em seus sonhos   .

Um homem como você deveria ter tudo o que quer   .

        não esta sonolenta
esperando o sol abrir os lábios
dessas nuvens cansadas . mas um homem (ou
mulher) notável

                                          ilustre!
hábil no pensamento, brincando com palavras
de acordo com uma tabela que é a síntese
do pensamento, um símbolo do que é para ele,

a aurora! um Mendeleiev, os elementos dis-
postos segundo seu peso molecular, a identidade
prevista antes da descoberta! e   .

Ó mais poderoso conector, uma pérola
colocada entre os continentes pela
qual uma corda passa   .

Ah Madame!
eis a ordem, perfeita e controlada
sobre a qual impérios, ai de nós, são erguidos

Mas pode surgir um contaminante,
algum outro metal radioativo
uma dissonância, a menos que a tabela nos engane,
que venha a curar o câncer .   deve
estar naquela poeira   .   Hélio mais, mais
o quê? Não importa, mas algo a mais   .   uma
mulher, pequena enfermeira polaca
cabisbaixa   .

A mulher é o vaso mais frágil, mas
a mente é neutra, a pérola ligando
continentes, cabeça e pés

    e na melhor das hipóteses
aplicará sua fúria à matemática
     em vez de matar

Safo contra Electra!

O jovem maestro reúne sua orquestra
e deixa sua patrona
   com a criança.

  . *les idées Wilsoniennes nous
gâtent* . as vagas irrelevâncias
e os silêncios destrutivos
     inércia

Tendo Carrie Nation
   como Ártemis
    assim é a nossa vida de agora .

Levaram-na para Oeste em uma expedição
fotográfica
   para estudar chiaroscuro
     em Denver, me parece.
Algum lugar ali por perto .
      o casamento
foi anulado. Quando ela voltou

                    com o bebê
                         às claras
          levando-o aos encontros com as amigas, elas
                      ficaram chocadas

          — e a abadessa Hildegard, para cujo próprio
          funeral, em Rupertsberg, 1179
          ordenou que cantassem o coro, só
          de mulheres, que ela havia escrito para a ocasião
          e assim foi feito, os camponeses ajoelhados
          ao fundo .   como se pode ver

                            Anúncio

A Constituição diz: *Tomar empréstimo a crédito dos Estados Unidos*. Não diz: Tomar empréstimo dos bancos privados.

Explicar as falácias e ilusões em que se baseia nosso presente método de financiamento do Orçamento Nacional consumiria muito espaço e tempo. Para vencer a Guerra Fria, precisamos reformar nosso sistema financeiro. Os russos só entendem a força. Precisamos ser mais fortes e fabricar mais aviões do que eles.

FINANCIAMENTO DA CONSTRUÇÃO DE AERONAVES DA SEGUINTE FORMA:

1. Pagar ao fabricante por meio de um CERTIFICADO NACIONAL DE CRÉDITO.
2. O fabricante deposita o Certificado no seu banco como um cheque.

3. O banco retorna o Certificado Nacional de Crédito ao Departamento do Tesouro, que abre um CRÉDITO NACIONAL DOS ESTADOS UNIDOS em favor do banco.
4. O banco por sua vez abre um CRÉDITO BANCÁRIO para o depositário. O fabricante desconta os cheques contra o seu crédito como de costume.
5. O fabricante paga seus trabalhadores com cheques do banco.
6. O Departamento do Tesouro paga ao banco uma taxa de serviço de um por cento por intermediar a transação do Tesouro. Se os aviões custam um milhão de dólares, o lucro do banco seria de dez mil dólares.

O QUE CONSEGUIMOS UTILIZANDO ESSE SISTEMA?

1. O fabricante recebe o pagamento integral.
2. Os trabalhadores recebem o pagamento integral.
3. Os bancos auferem um lucro de dez mil dólares toda vez se que desconta um Certificado Nacional de Crédito de um milhão.
4. Não aumentamos a Dívida Nacional.
5. Não precisamos aumentar os impostos federais.
6. O único custo de um avião de um milhão de dólares são os dez mil dólares, o custo da taxa de serviço do banco.
7. Podemos fabricar cem aviões pelo preço de um.

Eu gostaria de ver algum economista inteligente ou banqueiro dar a cara a tapa e contradizer uma única das afirmações que apresento aqui à nação.

APLIQUEM O QUE A CONSTITUIÇÃO DIZ SOBRE O DINHEIRO

August Walters, Newark, N. J.

DINHEIRO :   PIADA (i. e., crime
       nessas circunstâncias: valor
       erodido em ritmo acelerado.)

— você faz piada de um homem morrendo
                    de um câncer no cérebro?

Assume o infortúnio individual
absorvendo-o na localidade — sem
penalizá-lo com os custos de um cirurgião
e acessórios pagos à vista sobre o
preço de mercado como
                    "renda hospitalar"

Quem ganha isso? Os pobres?
                    Que pobres?
— com 8,50 dólares por dia, pelo quarto?
       sem possibilidade de recuperação

E sem enriquecer tampouco a viúva
       há muito passada a idade fértil

Dinheiro: Urânio (destinado a ser chumbo)
lança longe o fogo   .
— o crédito do rádio — o vento nas
árvores, o furacão nas
palmeiras, o tornado que levanta
oceanos   .
Ventos alísios que adernaram um continente
levam o navio à frente   .

Dinheiro entesourado enriquece a avareza, produz
pobreza: a causa direta do
desastre   .
          enquanto goteja o vazamento

Deixe sair o fogo, deixe o vento soprar!
Libere a radiação Gama que cura o câncer
  . o câncer, usura. Deixe sair o
crédito .   de dentro do espaço entre as grades
na janela dos bancos

         . crédito, paralisado
em dinheiro, esconde o produtor
que divide a arte ou a arremata (sem
entender), do alto da pobreza de
espírito, para ganhar, vicariamente, o prêmio

                 para ganhar
a Medalha do Congresso
por bravura além do dever mas
não terminar como supervisor de pontes
com subsídio do governo   .

          A derrota pode nos preparar
em conhecimento : dinheiro : piada
para sermos varridos cedo ou tarde com uma só
canetada   .

  . só porque não tinham água potável naquele lugar (ou por-
que ela não tinha sido encontrada) não significa que não ha-
via água fresca pra tomar EM LUGAR NENHUM   . .

— e para Tolson e para sua ode
e para a Libéria e para Allen Tate
(Deem-lhe o crédito)
e para o Sul em geral
  Selá!

— e para cem anos disso tudo — arrebenta-se
o rádio, e os raios Gama

vão comer os ossos bastardos daqueles que
se opõem
  Selá!

Pobres bastardos, misquierdos
  Pobrecitos
 Ay! que pobres

— tu quer acabar morto com a tua
cara na lama e um filho da puta
dum *Guardia Civil* pra te dar o
  golpe de (des)graça
bem no meio da fuça . ?

  Selá! Selá!

Crédito! Espero que você tenha um limite alto
 e bem sujo
  Selá!

O que é o crédito? o Partenon

O que é o dinheiro?   o ouro confiado a Fídias para a
                      estátua de Palas Atena, que ele "pôs
                      de lado" para fins privados

   — o ouro, enfim, que Fídias roubou
   Crédito não se rouba : o Partenon.

— vamos evitar qualquer referência, desta vez, aos mármores de Elgin.

   Reuther — baleado através de uma janela, a mando de
   quem?

— e depois temos Bem Shahn   .

   Eis uma lista de prefeitos de
   cento e vinte cidades americanas nos anos seguintes

   à Guerra Civil. . ou à Guerra Entre
   os Estados, se você preferir   .   como
   cubos de gordura na *blutwurst* dos
   tempos   .

Crédito.   Crédito.   Crédito.   Deem-lhes todo o crédito.
Eles foram os pais de muito romancista tardio, não piores
do que os demais.

        Dinheiro : Piada
        poderia desaparecer
        com uma
        canetada
        e assim

                    o ouro e a libra
                    desvalorizaram

            Dinheiro : passatempo
                            relíquia de ação recíproca
            anterior à última turbina
                    a jato: crédito

        Urânio: pensamento básico — ao chumbo
                            Fraturado : rádio : crédito

        Curie : mulher (sem importância) gênio : rádio

                    O CERNE

                    crédito : o cerne

IN
    venssaum.
O.QUEI
    In venssaum

    e vendo as sim como vc come.çou. Será que consideraria
    um tal remédio :
                i. e. controle LOCAL do poder de
                                compra .
                                    ? ?

Diferença entre miséria das favelas espalhando-se
e esplendor das cidades renascentistas.

O crédito produz o sólido
está diretamente relacionado ao esforço,
trabalho: valor criado e recebido,
"o cerne radiante" contra tudo o que
escasseia nossa vida.

III.

Será que você não esqueceu o seu propósito original,
a linguagem?

Que linguagem? "O passado é para aqueles que
vivem no passado", é tudo o que ela me disse.

Shh!   o velho está dormindo

— a não ser pelas marés, não há rio nenhum,
silencioso agora, torce e revolteia
em seus sonhos   .

                                 O oceano boceja!
Está quase na hora

— e você alguma vez soube de uma mulher de sessenta
anos grávida   .   ?

                                 Escute!
alguém vem vindo pelo caminho,   .   talvez
não seja ainda tarde demais? Tarde demais   .

Jonathan, batizado em 29 de out., 1752; s. Gritie (Haring?). Nascido e criado em Hoppertown (Hohokus), mas em 1779 era dono de um moinho e serraria em Wagaraw, hoje de propriedade dos Alyeas. Na noite de 21 de abril de 1779 sua esposa foi despertada pelo barulho de alguém tentando entrar no andar de baixo do moinho, onde, por ser mais seguro, guardavam os cavalos. "Yawntan", disse ela em holandês, "alguém está roubando seus cavalos." Acendendo um lampião, ele abriu a parte de cima da porta e confrontou os invasores. Instantaneamente, um tiro foi-lhe desferido pela parte inferior da porta, ferindo-o no abdômen. Ele cambaleou de volta à casa e desabou na cama, cobrindo-se com cobertores. Um bando de Tories, com máscaras e disfarces, irrompeu casa adentro e, compelindo sua jovem esposa a agarrar-se a um candelabro, selvagemente atacaram a forma prostrada. Havendo tomado uma das baionetas e agarrando-se a ela por um instante, ele gritou a seu agressor: "Andries, isso é uma desavença velha". Com redobrada fúria, os selvagens desumanos avançaram com as baionetas contra ele, até que com um gemido ele expirou. Seus dois filhos pequenos, que estavam acordados numa esteira sob a cama, foram espectadores aterrorizados do massacre do pai. Depois que os assassinos haviam partido, sua mulher e um vizinho limparam o sangue da cama com as próprias mãos. O homem assassinado levara dezenove ou vinte cruéis estocadas de baionetas. Diz-se que algum vizinho conduziu os Tories ao ataque, menos por razões políticas ou pecuniárias do que por motivos de vingança privada. Hopper era capitão na milícia do condado de Bergen. Um de seus filhos era Albert, batizado em 6 de out. de 1776. Conta-se que os filhos de Jonathan se mudaram para Cincinnati, e ali alcançaram alguma proeminência.

      Vamos, vamos andando. A maré subiu

      Leise, leise! Lentement! Chi va piano,
      va lontano! Virtude,
      minha gatinha, é um prêmio complicado em todas
      as línguas, que só aos poucos se obtém.

            .   o que me lembra
      de um velho amigo, que já se foi   .

— enquanto ele ainda estava no ramo da hotelaria, uma jovem mulher alta e consideravelmente bonita veio à sua mesa um dia e perguntou-lhe se havia algum livro interessante disponível nas instalações. Ele, interessado em literatura, como ela já sabia, respondeu que seu próprio apartamento estava repleto deles e que, embora não pudesse sair naquele momento — Toma a minha chave, suba e sirva-se à vontade.

      Ela agradeceu e foi embora. Ele nem se lembrou mais dela.

      Depois do almoço ele também se dirigiu aos seus aposentos sem lembrar até chegar à porta de que não tinha a chave. Mas a porta estava destrancada e, ao entrar, uma garota estava deitada nua em sua cama. A cena espantou-o um pouco. Tudo o que pôde fazer foi remover suas próprias roupas e deitar-se ao lado dela. Sentindo-se muito confortável, ele logo mergulhou num sono profundo. Ela também deve ter dormido.

      Despertaram mais tarde, simultaneamente, muito revigorados.

    — outra, uma vez me deu
um velho cinzeiro, um pedaço
    de porcelana no qual estava
inscrita a legenda, *La Vertue*
  est toute dans l'effort
talhada no material,
    marrom sobre o branco, uma vieira
venusiana, esmeraldada . onde caem
   as cinzas, adequado repositório
da lenda, um pensamento apaziguado:
    A virtude está toda
no esforço para ser virtuoso .

        Isso exige conivência,
exige formas retorcidas, exige
           tempo!   Uma concha do mar .
Não nos demoremos nas primas
         lascivas da infância. Por que
deveríamos? Ou tampouco
         em alguma coisa igualmente simples
como o compósito
         dente-de-leão que
muda de rosto durante a noite   .   Virtude,
        uma máscara: a máscara,
virtuosa .

Melhor tirar a sentença explícita, você não acha? e expandir o que queremos dizer — por meio de sequências verbais. Sentenças, mas não sentenças gramaticais: essas armadilhas preparadas por estudiosos. Você acha que há alguma virtude nisso? melhor que dormir? para nos reavivar?

Ela costumava me chamar
        de seu caipira do campo
Agora ela se foi eu penso
        que ela deve estar no Paraíso
Ela me fez acreditar
        um pouco . nisso
Pra onde mais ela poderia ir?
        Tinha alguma
Coisa grandiosa
        nela .
Isso de homem e mulher não é
        tão enfatizado como
naquela época: os dois

            querem a mesma
coisa   .   se divertir.
            Imagine *eu*
no funeral dela. Fiquei sentado
            bem no fundo. Estúpido,
talvez mas não mais do que
            qualquer funeral.
Você pode achar que ela tinha
            uma graça exclusiva.
Eu acho que ela tinha; algumas
            pessoas, não muitas,
dão essa impressão.
            Está nelas.

Virtude, ela diria   .
            (na visão dela)
é um pássaro antigo,
            imprevisível. E
assim me lembro dela,
            dizendo,
como ela fazia, desajeitada,
            sem o costume
desse tipo de conversa, que —
            Nada serve, nada
do jeito que era
            era era! Eu a amava.

   Todas as profissões, todas as artes,
   idiotas, criminosos de maior
   desdém e deformidade, as partes fixas
   compondo a mente de um homem — voam
   atrás dele atacando os olhos e orelhas:

pequenos pássaros atrás dos corvos
saqueadores, num êxtase   .   de medo
e coragem

O cérebro é fraco. Peca no controle,
nunca realizado.

      Para conseguir se convencer,
segurar todas as esposas em uma e
ao mesmo tempo espalhá-la,
a única em todas elas   .
                   Fraqueza,
a fraqueza o persegue, satisfação só
um sonho ou num sonho. Nenhuma mente só
consegue fazer tudo, percorrer suavemente
o esforço: *toute dans l'effort*

      O Presidente grisalho
(do Haiti), suas mulheres e filhos,
              à beira d'água,
suando, vai embora finalmente, depois
de atrasos, saudações, canções de celebração
sobre a água azul   .
num avião privado
         com sua secretária loira.

Espalhada, a ferocidade
do conhecimento volta a se arregimentar —

          lembrança de infância,
o crânio de pedra branca   .

Tinha a Margaret de peitos grandes
e olhos acesos que equilibravam
a cabeça, onde o pequeno cérebro cambaleava,
já que os pensamentos só poderiam esperar,
quando muito, ser carregados. Tinha também
a Lucille, cabelos dourados e olhos azuis, muito
correta, e que
para surpresa de muitos, casou-se com
o segurança da gafieira e perdeu a modéstia.
Tinha a doce Alma, que escrevia com mão
firme, e cuja boca nunca queria
descanso. E a fria Nancy, de peitos
pequenos e duros   .

               Você se lembra?

                    . uma testa
alta, ela nunca sorria mais do
que o suficiente mas tinha uma boca
que gelava de prazer surpreendida
nos flancos e nas pernas! que falava
pouco mas nunca dizia bobagem. Tinha
outras — hesitantes, as oferecidas,
as sem-graça, piedade para todas, olhando
das velhas janelas, abandonadas, indiferentes,
as que chegaram tarde e umas poucas, muito
bêbadas — ou algo assim — para serem acordadas
e recebê-lo. Todas essas
e mais — iluminadas, com moscas

enroscadas nas mexas do cabelo Dela, de quem
ninguém pode reclamar, rasante
na rede invisível — lá do interior,
meio acordada — toda desejo. Nenhuma
vai escapar, nenhuma . uma fragrância
de feno cortado, olhando para o predador,
o "grande" .

O paradeiro do túmulo de Peter, o Anão, permaneceu desconhecido até o final do século passado, quando, em 1885, P. Doremus, agente funerário, ao remover cadáveres do porão da velha igreja para dar lugar a uma nova caldeira, desenterrou um pequeno caixão com um grande baú ao lado. No caixão estava o esqueleto sem cabeça do que ele presumiu ser uma criança, até que abriu o grande baú e encontrou ali um enorme crânio. Ao percorrer os registros de enterros descobriu que Peter, o Anão, havia sido enterrado daquela forma.

Amarelo, pelo gênio, disse o japa. Amarelo
é a sua cor. O sol. Todo mundo olhou.
E você, violeta, ele disse, vento sobre a água.

Minha serpente, meu rio! gênio dos campos,
Kra, minha adorada, intocada pelo pensamento,
observadora dos pombos, testemunha das
cataratas, libertina das gaivotas! Guia
das marés, relógio das horas, minguantes e
crescentes, enumeradora de flocos de neve, olhos
sob o gelo fino, cujos glóbulos são
peixinhos, cuja bebida, areia .

      Vivas ao bebê,
      que seja forte!

Vivas aos lábios
que abrem o corte

por onde ele passa
para uma terra tapada.
E vivas ao pico
de onde a semente foi jorrada!

Num vale encravado entre colinas, quase escondida
pela densa folhagem fica a pequena cidade.
Dominada pelas Cataratas a região em volta
era uma linda mata nativa onde as rosas da montanha
e as violetas cresciam: um lugar habitado apenas
por caçadores solitários e indígenas errantes.

Uma gravura colorida de Paul Sandby, um conhecido
pintor de aquarelas do século XVIII,
uma rara gravura na Biblioteca Pública
mostra as velhas Cataratas revisitadas a partir de um
desenho feito pelo Governador Geral Pownall (excelente
trabalho) tal como ele as observou em 1700.

A cabana e o machado, o povo Totowa   .
Em cada margem descansavam as casas ribeirinhas
no silêncio daqueles dias coloniais: o velho caloroso
cepo holandês, com uma firmeza para agarrar forte
e rápido, embora sem muita rapidez nas benfeitorias.

As roupas caseiras. As pessoas criavam seu próprio
gado. Móveis rudes, chão de areia, cadeiras
forradas de palha, uma prateleira com a louça

de estanho. As mulheres fiavam e costuravam — muitas
coisas que hoje podem parecer vergonhosas ou
[repulsivas
As fazendas Benson e Doremus por anos
foram as únicas na margem norte do rio.

Caro Dr.: Desde a última vez que escrevi, me sinto mais adaptado, estou trabalhando num jornal trabalhista (N. J. Labor Herald, AFL) em Newark. O dono é um deputado, e assim consigo observar muitas das intimidades periféricas da vida política que se vive nessa vizinhança e que sempre teve para mim o mesmo apelo do resto da paisagem, e um pouco mais, já que a paisagem é viva e agitada.

Você sabia que o lado oeste da Prefeitura, aquela rua, tem o apelido de Pregão, por causa da contínua barganha política e financeira que acontece ali?

Além disso tenho andado pelas ruas e descoberto os bares — especialmente no entorno das ruas Mill e River. Você conhece essa parte de Paterson? Tenho visto tantas coisas — negros, ciganos, um *bartender* incoerente de uma taverna sobre o rio, um lugar cheio de gás, pronto pra explodir, as janelas que dão pro rio todas pintadas para ninguém poder ver nada dentro. Me pergunto se você já viu a rua River principalmente, porque aquilo é mesmo o coração do que há para ser visto.

Eu fico querendo escrever ainda uma longa carta sobre coisas profundas que posso te mostrar, e que vou mostrar algum dia — o jeito das ruas e das pessoas, coisas que aconteceram aqui e ali.

A. G.

Havia escravos negros. Em 1791, apenas dez
casas, todas casas de fazenda, exceto uma, A Taverna
Godwin, a casa mais histórica de Paterson,
na rua River: uma placa solta no alto de um
poste com uma imagem de corpo inteiro de Washington
pintada, produzindo um rangido agudo quando
tocada pelo vento.

Árvores frondosas e amplos jardins davam
às ruas do vilarejo um charme encantador e
as paredes de antigos tijolinhos adicionavam
uma dignidade às árvores sobranceiras. Era um
pouso agradável para os veranistas a caminho
das Cataratas, o principal objeto de interesse.

O sol se põe além do Monte Garret
enquanto a noite desce, o verde dos seus
pinheiros se esvai debaixo de um céu carmesim
até perder toda cor. Na cidade a luz das velas
aparece. Nenhuma rua iluminada. É escuro
como o Egito.

Tem a história da epidemia de cólera
o sujeito bem conhecido que se recusou a trazer
seus ajudantes para a cidade com medo de infectá-los
mas arreou além do rio e carregou seus
produtos ele mesmo num carrinho de mão — até
o velho mercado, conforme o hábito holandês da época.

Paterson. N. J., 17 de setembro — Fred Goodell Jr., vinte e dois anos, foi preso hoje de manhã, acusado do assassinato de sua filha de seis meses,

Nancy, que estava sendo procurada pela polícia desde terça-feira, quando Goodell comunicara seu desaparecimento.

O contínuo interrogatório desde ontem à noite até uma da manhã pela polícia, conduzido pelo delegado James Walker, resultou, segundo os policiais, na confissão da morte pelo operário de fábrica, que recebia quarenta dólares por semana, depois de ele se recusar a se submeter, com sua esposa Maria, de dezoito anos, a um teste com detector de mentiras.

Às duas da manhã Goodell levou os policiais da delegacia, a poucos quarteirões de sua casa, a um local no Monte Garret onde havia enterrado Nancy, sob uma pesada rocha, vestida apenas com uma fralda e envolvida em uma sacola de compras.

Goodell disse à polícia que matou a criança desferindo dois golpes em sua cabeça com a bandeja de madeira de uma cadeira de bebês, na segunda-feira de manhã, incomodado pelo choro da criança enquanto a alimentava. O doutor George Surgent, médico do condado, disse que ela morreu de uma fratura no crânio.

> Havia uma velha ponte de madeira para Manchester, como
> Totowa era chamada naquela época, que fora
> cruzada por Lafayette em 1824, enquanto crianças
> jogavam flores em seu caminho. Logo
> do outro lado do rio, no que hoje é chamado de Velho
> Terreiro da Fábrica, havia uma oficina de pregos onde
> eles faziam pregos à mão.

> Eu me lembro de ir até a velha fábrica
> de algodão um dia de manhã em que o termômetro tinha
> baixado a treze graus negativos no velho poste
> do sino. Naquela época havia poucos apitos
> a vapor. A maioria das fábricas tinha um sino pendurado
> no poste, para dar os avisos, "Hora do trabalho!"

Sair da cama pisando num monte de neve
que se infiltrou pelo telhado; em seguida,
depois do mingau no café da manhã, caminhar
oito quilômetros até o trabalho. Quando cheguei
fui bater na bigorna pra começar, pra manter
a circulação.

Nos primeiros tempos de Paterson, o respiro
da cidade era a praça do triângulo
delimitada pela rua Park (hoje parte baixa da rua Main)
e rua Bank. Com exceção das Cataratas, era
o lugar mais bonito da cidade. Bem sombreada
por árvores com um pátio no centro onde
o circo do interior armava suas tendas.

No lado que dava para a rua Park ela ia até
o rio. No lado da rua Bank ela dava
numa estrada que levava ao curral da
casa de Goodwin, o curral que ocupava
uma parte do lado norte do parque.

O circo era um negócio antiquado, só
uma pequena tenda, um único espetáculo. Não
permitiam que houvesse apresentações à tarde
porque acabariam paralisando as fábricas. O tempo
naqueles dias era uma coisa preciosa. Só
de noite. Mas eles davam um jeito de desfilar seus
cavalos pela cidade ali pela hora em que
as fábricas paravam o trabalho. O resultado
desse expediente era que a cidade acorria ao circo
à noite. Era iluminado

naquela época por velas especialmente
feitas para o espetáculo. Eram gigantes amarradas
a placas penduradas por fios acima da tenda,
um peculiar artifício. As velas gigantes
ficavam nas placas de baixo, e duas
fileiras de velas menores, uma acima da outra,
convergiam em um ponto, formando uma linda
cena e provendo bastante luz.

As velas ardiam durante a apresentação
compondo um estranho mas radiante espetáculo
em contraste com os artistas empertigados —

Muitos dos velhos nomes e alguns dos
lugares já não são lembrados hoje: açude
de McCurdy, avenida Goffle, rua Boudinot. O
Prédio do Relógio. A antiga
Igreja Holandesa que pegou fogo em dezembro de 1871
no dia 14 quando o relógio marcava meia-noite.

Collet, Carrick, Roswell Colt,
Dickerson, Ogden, Pennington . .
A parte da cidade chamada de Dublin
povoada pelos primeiros imigrantes irlandeses. Se
você escolhesse morar na cidade velha você
beberia a água do córrego Dublin. A
água mais pura que já provara, dizia Lafayette.

Logo acima do pátio da fábrica, no barranco
havia uma longa escada rústica e sinuosa que dava
numa encosta do outro lado do rio.

No topo ficava a taverna do Fyfield — de onde se viam
os pássaros banharem-se agitados nas pequenas
poças formadas nas pedras pela névoa
que caía — das Cataratas   . .

Paterson, N. J., 9 de janeiro de 1850: — O assassinato ontem à noite de duas pessoas que moravam na mansão Goffle, situada a três ou quatro quilômetros desta localidade, lançou nossa comunidade em um estado de intensa excitação. As vítimas são John S. Van Winkle e sua esposa, um casal de idosos, antigos moradores deste condado. A atrocidade foi cometida, e quanto a isso parece não haver dúvidas, por um tal John Johnson, trabalhador da lavoura, que era então empregado por algum de seus vizinhos nessa mesma função. Pelo que conseguimos apurar até o momento, parece que Johnson teria entrado na casa por uma janela superior, valendo-se de uma escada, teria descido até o quarto das vítimas, abaixo, e ultimado seu intento assassino ao atacar primeiro a esposa, que dormia à frente, em seguida o marido, e de novo a esposa.

O segundo ataque parece ter tirado imediatamente a vida da esposa; o marido ainda vive, mas sua morte é esperada a qualquer momento. O principal instrumento utilizado parece ter sido uma faca, embora o marido tenha uma ou mais marcas de machadinha. A machadinha foi encontrada na manhã seguinte, sobre a cama ou no chão, e a faca ainda na janela, onde fora deixada pelo assassino antes de descer de volta ao solo.

Apenas um menino dormia na casa. . . . . . A neve fresca, entretanto, permitiu às autoridades encontrar e prender o suspeito. . . . . Seu objetivo era certamente dinheiro (o qual, entretanto, não parece ter obtido).

Johnson perguntou por que o haviam amarrado, "o que eu fiz?" . . . . Ele foi levado à cena do crime e confrontado com os objetos de sua crueldade bárbara, mas a visão não provocou outro efeito perceptível além de extrair do sujeito uma expressão de piedade, tendo negado qualquer conhecimento de participação naquele massacre desumano.

>   Trip a trap o'troontjes
>   De vaarkens in de boontjes —
>   De koeien in de klaver —
>   De paarden in de haver —
>   De eenden in de waterplas,
>   Plis! Plas!
>   Zoo groot mijn kleine Derrick was!

Hoje você vem ver os mortos
                    mortos, mortos
como se fosse uma conclusão
              — uma conclusão!
uma bagunça convincente de cadáveres
— para mover o pensamento

                      como se o pensamento
pudesse ser movido, o pensamento, eu disse
por um monte de cadáveres destroçados:

                  Guerra!
uma pobreza de recursos   . .

                Seis metros de
tripas na praia de areias escuras de Iwo

              "O que eu fiz?"

— para convencer quem? os vermes marinhos?
Estão acostumados à morte e
encontram júbilo nela   .   .

Assassinato.

    — não dá para acreditar
que possa começar de novo, de novo, aqui
de novo   .   aqui

Desperto de um sonho, esse sonho do
poema inteiro   .   marítimo,
    ergue-se, um mar de sangue

— o mar que suga todos os rios,
               zonzo, levado
pelo salmão e a sardinha   .

Volte atrás eu estou avisando
      (10 de outubro, 1950)
do tubarão, que morde
as próprias tripas soltas, produz um pôr do sol
nas águas verdes   .

Mas cantarole, dizem, o mar manso é
nada mais que o sono   .   flutuando
com as algas e as sementes grávidas .

                Ah!

flutuam destroços, flutuam palavras, agarrando
as sementes   .

Estou avisando, o mar *não é* nossa morada
                    o mar não é nossa morada

O mar *é* a nossa morada para onde todos os rios
(murchos) correm   .

                    o mar nostálgico
encharcado de nossos gritos
                    Tálassa! Tálassa!
nos chamando para casa   .

Eu te digo, Ponha cera o bastante no
ouvido contra o mar faminto
               não é nossa morada!

.   nos atrai ao afogamento, nas perdas
e arrependimentos   .

Ah, se as rochas do Areópago houvessem
guardado os seus sons, as vozes da lei!
Ou se o grande teatro de Dioniso
pudesse ser despertado por alguma magia moderna
                         para liberar
o que está atado a ele, nas pedras!
se a música pudesse soltar-se delas e
derreter nossos ouvidos   .

O mar não é nossa morada   .

— embora as sementes flutuem com o sargaço
e os destroços .   entre folhas secas
e mancas estrelas .

Ainda assim você virá até ele, virá! A
canção bate no seu ouvido, até Oceanus
onde o dia se afoga   .

          Não! não é nossa morada

Você virá até ele, o mar escuro-sangue
do louvor. Você precisa vir até ele. Semente
de Vênus, você irá voltar   .   até
a menina de pé sobre a concha entreaberta, cor
de rosa   .

          Ouça!

  Tálassa!   Tálassa!
        Beba dele, embriague-se!
        Tálassa
imaculada: nossa morada, nossa mãe
saudosa dentro de quem os mortos, de volta ao útero,
nos invocam a renascer   .
        o mar escuro-sangue!
entalhado apenas pela luz, diamantado
pela luz .   de onde o sol
sozinho levanta impermeáveis suas asas
                  de fogo!

. .   não nossa morada! NÃO é
nossa morada.

                    Que foi isso?
— um pato, um mergulhão-caçador? Um cão nadando?
O quê?, um cachorro-marinho? Olha ele lá de novo.
Um boto, é claro, perseguindo
a cavalinha   .   Não. Deve ser a ponta
de alguma coisa afundada. Mas está se movendo!
Talvez não. Destroços de alguma coisa.

Uma cadela negra, compacta, levanta-se
do lugar onde estava deitada
debaixo do banco, boceja e espreguiça soltando
um meio suspiro, meio grito   .
Ela olha o mar, virando as orelhas e,
inquieta, vai até a beira d'água onde
se senta, metade do corpo na água   .

Quando ele sai, erguendo os joelhos
através das ondas ela vai até ele abanando
o rabo desengonçadamente   .

Secando o rosto dela com a mão ele se vira
para olhar as ondas atrás, e então
estapeando as orelhas vai
esticar-se de costas deitado
na areia quente   .   havia algumas
garotas, bem longe na praia, jogando bola.

— deve ter dormido. Levanta-se de novo, sacode
a areia do corpo e caminhando
alguns passos enfia-se num macacão
puído, veste a camisa pela cabeça (as
mangas ainda dobradas) sapatos,

        o chapéu que estava ali onde ela ficou observando
                                       [debaixo
        do banco e vira-se de novo
        para o constante rugido da água, como uma distante
        cachoeira . Subindo no
        banco, depois de algumas tentativas, apanha
        umas ameixas da praia em um ramo baixo e
        prova uma delas, cuspindo as sementes fora,
        e assim avança continente adentro, seguido pelo cão

John Johnson, nascido em Liverpool, na Inglaterra, foi condenado após o júri reunir-se por vinte minutos. Em 30 de abril de 1850, foi enforcado à plena vista de milhares de pessoas que se aglomeraram no Monte Garret e sobre os telhados das casas adjacentes para testemunhar o espetáculo.

        Este é o sopro
        o eterno fecho
        a espiral
        o último salto mortal
            o fim.

Livro 5
(1958)

À memória

de

Henri Toulouse-Lautrec,

Pintor

I.

    Em idade avançada
            a mente
                  solta-se
            com rebeldia
            uma águia
de seu rochedo

                — o ângulo de uma testa
                    ou muito menos
           o faz lembrar de quando ele achava
                    que tinha esquecido

                            — lembrar

          confiante
apenas um instante, apenas por um fugaz instante —
          com um sorriso de reconhecimento . .

        É cedo . . .
        o canto do pardal-raposa
desperta o mundo
            de Paterson
                — suas rochas e riachos
            frágeis todavia
de seu longo sono de inverno

            Em março —
                as rochas

     as rochas nuas
   falam!

— faz uma manhã nublada.
   Ele olha janela afora
     vê os pássaros ainda ali —

Não a profecia! NÃO a profecia!
   Mas a coisa em si!

     — a primeira fase,
O Amor de Dom Perlimplim de Lorca,
   a jovem garota
     ainda uma criança
conduz o seu já idoso noivo
   com notável inocência
     à sua derrocada —

     — no fim da peça, (ela era uma cachorra gostosinha, mas nada demais — hoje em dia a gente se casa com mulheres que já passaram do seu auge, Julieta tinha treze e Beatriz nove quando Dante a viu pela primeira vez).

Todo o leque do amor, a promiscuidade da noite de núpcias na cabeça da menina, sua determinação em não ficar de fora da festa, como gesto moral, caso tivesse alguma.

  A moral
    proclamada no puteiro
      não poderia ser mais bem proclamada
 pela virgem, com um preço na testa,
    sua virgindade!
      muito esperto

agarrar-se a isso
        para baixar o preço:
                Jogue fora! (como ela fez)

O Unicórnio
        a branca fera de um chifre só
                pasta por ali
claque bum bum!
        sem rosto entre as estrelas
                clamando
por seu próprio assassinato

Paterson, olhando do ar
        acima da linha baixa das suas colinas
                do outro lado do rio
no alto de uma pedra
        volta às antigas paragens
                para testemunhar

O que aconteceu
        desde que Soupault lhe deu o romance
                o romance dadaísta

para traduzir —
        As últimas noites de Paris.
                "O que aconteceu com Paris
desde aquela época?
        e comigo?"

        UM MUNDO DE ARTE
QUE ATRAVÉS DOS ANOS

        SOBREVIVEU!

— o museu tornou-se real
The Cloisters —
incrustado na pedra
lançando sua sombra —
"la réalité! la réalité!
la réa, la réa, la réalité!"

Querido Bill:

Queria que você e F. pudessem ter vindo. Foi um lindo dia e sentimos a falta de vocês dois, todo mundo sentiu. Bem-me-quer, hibisco selvagem, violetas roxas e brancas, narcisos brancos, anêmonas selvagens e jardas e jardas de delicadas flores silvestres ao longo do riacho deram o ar da graça. Não tivemos sidra ou suco de maçã desta vez, mas vinho, vodca e muita comida. As construções da fazenda não estão "largadas", mas continuam exatamente como você as viu. O antigo galpão dos frangos foi há anos transformado em um estúdio, D. E. morreu de inveja quando o viu, e o lugar fica ocupado por uma ou outra pessoa que vem escrever durante o verão quando estou por aqui, o que tem sido bastante recorrente já há algum tempo. O celeiro também tem um piso espaçoso que acolhe qualquer um que ache graça numa mesa e numa cadeira. Os E's chegaram a entreter a ideia de "fazer alguma coisa" com o celeiro e espero que eles façam. As crianças foram se banhar no riacho, fizeram algumas pinturas e saíram para explorar. Se te der alguma vez vontade de vir e se você conseguir algum transporte, por favor, venha. Os E's devem aparecer mais uma vez antes de deixar Princeton em junho. Eles vão para H. no ano que vem. J.G. está ocupando atualmente a "Casa de Hóspedes".

Que maravilha ler suas memórias do lugar; um lugar é feito de memórias tanto quanto o mundo à sua volta. Muitas das flores foram plantadas há anos e vicejam a cada primavera, as silvestres dão em alguns lugares novos que são encantadores. Hepáticas e margaridas estão por toda parte, e as árvores que eram crianças tornaram-se criaturas altas, este ano repletas de corrupiões, alguns raros rouxinóis como o rouxinol-da-murta e o rouxinol-magnólia, e uma carriça fez o ninho mais bonito na garagem (não confundir com nenhum desses abrigos modernos), onde deixei pendurado meu casaco de couro de carneiro que a carriça simplesmente usou como apoio para o ninho onde ela se afunda quentinha e bonitinha em cima de cinco ovos.

Tudo de bom e todo o carinho de todo mundo que esteve aqui,

Josie

    A puta e a virgem, uma identidade:
— através dos disfarces

    estraçalham — mas não vão conseguir se libertar   .
        uma identidade

Audubon (Au-du-bom), (o Golfinho perdido)
    deixou o barco
        rio abaixo
depois das cataratas do Ohio em Louisville
    para seguir
um rastro através da mata
    cruzando três estados
        pro norte de Kentucky . .

Ele viu búfalos
    e mais

                a criatura e seu chifre entre as árvores
sob o luar
            perseguindo pequenos pássaros
o chapim-real
            num campo coroado de pequenas flores
. .   seu pescoço
            adornado por uma coroa!
                        numa suntuosa tapeçaria de estrelas!
caída ferida, ferida bem no ventre
            as pernas dobradas sob o corpo
a cabeça barbada suspendida
            regiamente no ar   .
                        O que poderá, salvo
o engodo, nos levar ao fim da esfera?
            Aqui
não é ali,
            e nunca será.
                        O Unicórnio
não tem parelha
            ou parceiro   .   o artista
                        não tem par   .
A morte
            não tem par:
vagando nas matas,
            um campo coroado de pequenas flores
onde a criatura ferida se deita para descansar

            Nunca havemos de chegar ao fundo:
            a morte é um buraco
            no qual estamos todos enterrados
            gentios e judeus

A flor cai morta
e logo apodrece   .
Mas há um buraco
no fundo da sacola.

É a imaginação
que não pode ser desvendada.
É por esse buraco
que escapamos   .   .

Então é pela arte somente, macho e fêmea, um campo
de flores, uma tapeçaria, flores silvestres de beleza
inigualável,

por esse buraco
no fundo da caverna
da morte, a imaginação
escapa intacta

.   ele leva um colar no pescoço
escondido na crina eriçada.

Caro Dr. Williams:

Obrigado pela introdução. O livro já foi para a Inglaterra, onde será impresso, e deve sair em algum momento de julho. O seu prefácio é pessoal e compassivo e você compreendeu de fato o que se passou. Gostaria que você pudesse ver a força e alegria que estão para além disso, no entanto. O livro conterá . . . Eu nunca me interessei por escrever senão pelo esplendor da experiência real etc.

bobagem, na verdade eu nunca fui realmente louco, quando muito confuso às vezes.

. . . .

Estou partindo para o polo Norte em algumas semanas, desta vez num barco. . . . Vou ver icebergs e escrever grandes e brancas rapsódias polares. Meu carinho para você, volto em outubro e vou passar em Paterson para ver a família na minha primeira viagem à Europa. Eu NÃO me esquivei de Paterson. Tenho uma mania e uma nostalgia whitmanescas pelas cidades e pelo detalhe & panorama e isolamento na floresta e no polo, de acordo com a imagem que você escolher. Quando eu tiver visto o suficiente, volto para mergulhar no Passaic de novo, mas com um corpo tão nu e feliz que a Prefeitura vai ter que chamar a Tropa de Choque. Quando eu voltar vou fazer grandes discursos nas campanhas municipais como fiz quando eu tinha dezesseis anos, só que desta vez eu vou ter W. C. Fields à minha esquerda e Jeová à minha direita. Por que não? Paterson é apenas um papaizinho triste que precisa de compaixão. . Em todo caso é na Beleza que aposto. E na realidade. E na América.

Não é difícil falar à cidade, de cima das pedras etc. Não é difícil achar a verdade . . . Não estou sendo claro, então é melhor calar a boca . . . O que queria dizer é que Paterson não é uma tarefa como Milton descendo ao inferno, é uma flor para o pensamento etc. etc.

Uma revista vai ser publicada . . . etc.

. . . .

Adios.   A.G.

SE VOCÊ NÃO TIVER NENHUM TEMPO PARA MAIS NADA
POR FAVOR LEIA EM ANEXO ESTE
GIRASSOL SUTRA

— a virgem e a puta, qual
delas perdura? o mundo
da imaginação é o que mais perdura:

As gotas de tinta de Pollock jorradas
com um propósito!
saltam puras do tubo. Nada mais
é real . .

CAMINHE no mundo
            (você não consegue ver nada
da janela de um carro, menos ainda
de um avião, ou da lua!? Desce
daí.)
        — um presente, um mundo
"presente", através de três estados (Ben Shahn o viu
entre seus trilhos e fios,
e tomou nota) caminhou através de três estados
por ele . .
        um mundo secreto,
uma esfera, uma cobra com a cauda
na boca
        rola de trás pra frente para o passado

. . . As vadias ávidas pelos seus genitais, as caras quase suplicando — "dois conto, dois conto" até que você quase cede ao puro desejo bruto comprimindo suas ancas, o uísque e o espumante e o conhaque na cabeça até que um amigo te puxa . . . "Não . . . bora pruma casa de verdade, isso aqui é uma merda." Uma casa de verdade, de verdade? *Casa real*? *Casa de putas*? E depois saímos andando pelas ruas escuras, alegria de viver, ficar bêbado e caminhar com outros bêbados, caminhando pelas ruas cheias de poeira num ano empoeirado de um século empoeirado onde tudo é poeira mas você é jovem e você está bêbado e há mulheres prontas para te amar em troca de uns papéis que você tem no bolso. Pelas ruas dúzias de bandos de outros soldados (eles são soldados mesmo com roupas civis, soldados como você mas diferentes e esse bando é diferente porque você é você — e é um bêbado e Baudelaire e Rimbaud e uma alma com um livro dentro e bêbada) Uma mulher entra pela porta aberta de um café e mete a mão no meio das pernas e sorri pra você . . . pra você a puta sorri! E você grita de volta e todo mundo grita de volta e ela grita e gargalha e a gargalhada dela enche . . . o . . . ar da noite encharcado de guitarra.

E aí a casa, . . . e vê a menina de traços suaves contra a porta, toda branquinha . . . de neve, a virgem, Ó noiva . . . engancha o dedo e a vestal ausência de cor dele, o cabelo limpo e a beleza de seu corpo no fedor de orquídeas, no fedor vulgar tomando de assalto a fragilidade e você caminha e balança pelo cômodo, e resvala nos dançarinos e empurra a voz que enlaça seu ouvido e encontra ela, ainda de pé contra a porta, e ela tem os traços suaves e pede quatro dólares mas você insiste em três mas quatro ela diz você propõe e a mão dela na sua barriga e ela a movimenta e quatro e você pode ouvir a música rodopiando sua vermelhidão tropical você toma um gole de cerveja e encosta no peito, a firmeza QUATRO não três e sorri a garota é levada do quarto por um soldado (noiva eterna) sorri QUATRO não três a mão! o peito, seu toque agarra segura ardor sente a curva de uma bunda deslizando suave-silêncio na sua palma, o vestido, a mão!

    salto alto claque claque gargalha barulho e seus olhos são negros e quatro? por favor você me paga quatro? não . três . e aí sim quatro cuatro . . . cuatro dólares mas duas vezes, eu vou duas vezes, bonitão, vamo, bonitão. Uma criança você a segue, a luz rodopia nos seus olhos o barulho as outras garotas naquela babel a voz do amigo ininteligível, ríspida com a risada sua cara para a qual você sorri embora não haja nada do que sorrir mas sorri absurdamente porque transar com uma puta é engraçado mas não é engraçado como o sangue dela dentro da carne, seus dedos frágeis tocam os seus no ritmo não é engraçado mas o calor e paixão brilhante e branca, mais brilho-branca que as luzes dos puteiros, do que o gim espumante branco, branco e profundo como nascimento, mais fundo que a morte.

G. S.

      Uma dama com a cauda do vestido
      sobre o braço   . o cabelo
      amarrado atrás mostra a cabeça
      redonda, como a de seu primo, o Rei,
      consorte real, jovem como ela   .
      num barrete de veludo, arroxeado,
      atravessado acima dos olhos, as pernas
      em meias listradas, verde e marrom.

      A fronte da dama é serena
      ao som de uma corneta de caça

— os pássaros e flores, o castelo entrevisto através das folhas das árvores, um faisão bebe na fonte, sua sombra também

          . cíclame, colombina, se a arte
      com que essas flores foram
      dispostas for confiável — e
      novamente folhas de carvalho e galhos
      que esfolheiam os chifres do cervo   . .
            os embrutecidos olhos do cervo
            que não devem ser confundidos
            com os olhos da Rainha

             estão untados de morte   .
        .   as ancas de um coelho escapam
      através do matagal   .

Num dia quente de abril, G. B. teve a inspiração de ir nadar nua com os garotos, entre os quais naturalmente estava seu irmão, um sátiro se alguma vez houve algum, pronto para espancar qualquer um que ele presumisse molestá-la. Foi em Sandy Bottom, perto de Willow Point onde nos últimos anos fazíamos piqueniques. Isso foi antes de ela se tornar uma vadia e pegar sífilis. L. M., naquele tempo ainda um jovem marinheiro, foi para o Rio sem medo da "doença das crianças", como a chamavam os franceses (e outros) — mas não foi moleza quando Gauguin descobriu que seu cérebro tinha começado a apodrecer

       .   os tempos hoje
               são mais seguros para os fornicadores
                         a moral
       à sua escolha mas o cérebro
               já não precisa apodrecer
                         ou petrificar
      de medo de doença venérea
               a menos que você queira

"Deixe seu amor fluir"
          enquanto ainda é jovem
                    macho e fêmea
      (se valer a pena pra você)
                num chá chá chá
                         você diria que o cérebro
      bem que poderia implantar-se
                num tronco melhor

II.

" . Não sou nenhuma autoridade em Safo e não leio sua poesia particularmente bem. Ela escreveu para uma voz clara, gentil e sonante. Ela evitava toda aspereza. 'O silêncio que habita o céu estrelado', traduz algo do seu tom, . "

A. P.

Primo dos deuses é o homem que
face a face apenas ouve
o seu doce discurso e deliciosa
    risada.

Eis o que ergue em meu peito
um tumulto. Ante a visão do seu vulto
falha-me a voz, a língua
    quebrada.

Rápido, um fogo delicado percorre-me
os membros; meus olhos
ficam cegos e meus ouvidos
    rebentam.

Suor brota aos jorros: um tremor me
assombra. Fico mais pálido
que a grama seca e por pouco
    não morro.

13 nv   Oke Hay   meu BilBill   O Touro Touro, tôaqui.

Tem alguma coisa no Ac Bul 2/ veja anx que pareça nebuloso pra você, ou INCompreensível/

      ou que em havendo compreendido você discorda?

O mais difícil de descobrir é POR QUE alguém que aparentemente não é um símio nem um Roosevelt não consegue entender uma coisa tão simples como 2 mais 2 são quatro.

O McNair Wilson acaba de me escrevê, que o Soddy se interessou e começou a estudar "economia" e descobriu que o que estavam oferecendo a ele não era economia mas banditismo

Guerras são travadas para fazer dívida, e a última que foi feita por aquele monturo ambulante do FDR foi amplamente bem-sucedida.

      e o fedor que o elevou
ainda emite mau cheiro.

E também os dez vol/ relatórios do tesouro que me mandaram pra Rapallo mostram que nos anos entre a saída de Wigging até o fim da correspondência vocês idiotas tinham pago dez bilhões pelo ouro que pdia/ ter sido comprado por SEIS bilhões.

      Fica claro ou você ainda quer mais DEtalhes?

O que a soberania implica é o PODER de emitir dinheiro, quer você tenha o direito de fazê-lo, quer não.

      não me deixe te sufocar.

Se houver algo aqui que seja OBscuru ,   diga.

não se preocupe ref Beum,

Ele não disse que você pediu a ele que me mandasse o livro, disse meramente que havia Tiencontrado. deixa que os novos   educ os novos.

 O único comentário naïve que achei em Voltaire foi quando ele achou dois bons livros sobre econ/   e escreveu : "Agora as pessoas vão entender." fim de citação.

Mas se os urubus na sua (e de Del M) lista   tivessem sido mais CLAROS eu ñ tinha que perder tanto tempo esclarecendo a sua indiscernibilidade.

Você concorda que oferecer prakele imbessil umtouro ao invés de história é indesejável né   ??????

        Há uma mulher na nossa cidade
        anda rápido, barriga lisa

        em calças rasgadas pela rua
        onde eu a vi.

                Nem baixa
      nem alta, nem velha nem jovem
      seu
          rosto não atrairia nenhum

adolescente. Olhos cinzas olhavam
retos na frente dela.
     O cabelo
      dela
estava enrolado simplesmente para trás
das orelhas sob um chapéu qualquer.

Seus
  quadris eram estreitos suas
       pernas
magras e retas. Ela me paralisou

no meio da rua — até que a
vi
  desaparecer na multidão.

Um adorno inconspícuo
feito de tecido sóbrio, imitando
suponho uma flor, estava
espetado em cima do
     peito

esquerdo — qualquer mulher poderia
ter feito o mesmo para
deixar claro que é uma mulher e qual
o seu humor. Fora isso

estava em trajes masculinos,
como quem diz dane-se

você. Sua

                    expressão era
    séria, seus
                pés, pequenos.

    E depois sumiu!

    . se um dia eu te vir novamente
    como te tenho procurado
    todos os dias sem sucesso

    vou falar com você, dane-se,
    tarde demais! vou perguntar
    O que você faz nas

    ruas de Paterson? um
    milhão de perguntas:
    Você é casada? Você tem

    filhos? E, mais importante,
    qual o seu NOME! que
    naturalmente ela bem pode

    nunca dizer — o que
    não consigo imaginar
    numa mulher tão sozinha

    e inteligente

    . você já leu alguma coisa do que eu escrevi?
    É tudo pra você

                    ou para os pássaros   .

ou para o Mezz Mezzrow

que escreveu   .

Andar por aí com Rapp e os Reis do Ritmo me deu os toques finais e me aprumou. Acompanhar aqueles caras me fez perceber que qualquer sujeito branco, se pensar direito e estudar muito, pode cantar e dançar e tocar com os Pretos. Você não estava condenado a pegar a melhor e mais original e mais honesta música da América e estragar tudo só porque você era branco; você podia mergulhar fundo na mensagem real do homem negro e nadar ali com ele, como Rapp. Eu me senti incrivelmente bem depois de uma sessão com os Reis do Ritmo, e comecei a sentir saudades daquele sax tenor.

Cara, eu embarquei naquilo — mamãe inspiração me botou no colo. E pra completar, eu estava andando pela rua Madison um dia e o que escutei me fez pensar que eu estava ouvindo coisas. Bessie Smith estava cantando o "Downhearted Blues" numa gravação em uma loja de discos. Corri pra dentro dali e comprei todos os discos que eles tinham da mãe do blues — *Cemetery Blues*, *Bleeding' Hearted* e *Midnight Blues* — e depois corri pra casa e escutei aquilo por horas na vitrola. Fui colocado num transe pelos lamentos de Bessie e pelos padrões de verdadeira harmonia no piano ao fundo, cheio de pequenos improvisos que subiam e desciam pela minha espinha feito camundongos. Cada nota que aquela mulher rasgava fazia vibrar as cordas esticadas do meu sistema nervoso; cada palavra que ela cantava respondia a uma pergunta que eu estava fazendo. Eu não conseguia sair de perto daquela vitrola, nem para comer.

.   .   ou pros Sátiros, uma peça pré-trágica,

					uma peça satírica!
							Todas as peças
eram satíricas quando eram mais devotas.
			Indecente como um Sátiro!

Os Sátiros dançam!
				todas as deformidades criam asas
						Centauros
indicam a rota dos vocábulos
				nos escritos
de Gertrude
			Stein — mas
						não se pode ser
um artista
			por mera inaptidão
Há que perseguir
			o sonho!
As limpas figuras de
			Paul Klee
						enchem as telas
mas isso
			não é a obra
						de uma criança .
a cura começou, talvez
			com a abstração
						da arte árabe
Dürer
			com sua *Melancolia*
						sabia disso —
a carpintaria despedaçada. Leonardo
			também viu,
						a obsessão,

  e ridicularizou-a
    em *La Gioconda*.
      Bosch
em seus amontoados de almas torturadas e demônios
    que se alimentam delas
       peixes
engolindo
    as próprias entranhas
Freud
    Picasso
       Juan Gris.
A carta de um amigo
    dizendo:
        Nas últimas
três noites
    eu dormi como um bebê
      sem
bebida ou remédio de nenhum tipo!
    sabemos
       que a estase
de uma crisálida
    esticou suas asas .
       como um touro
ou um Minotauro
    ou como Beethoven
       no scherzo
da Quinta Sinfonia
    pisoteia
       com seus pés pesados
eu vi o amor
    montado nu sobre um cavalo
       ou um cisne

           num rabo de peixe
                   o sanguinário congro rosa
                           e deu risada
           lembrando do judeu
                   dentro do poço
                           entre seus companheiros
           enquanto o sujeito indiferente
                   com a metralhadora
                           pulverizava os corpos   .
           ele não tinha sido atingido ainda
                   mas sorria
           confortando seus companheiros   .
                   confortando
                           seus companheiros
           Sonhos se apossam de mim
                   e da dança
                           dos meus pensamentos
           envolvendo animais
                   as feras sem culpa

(P.   sr. Williams, o senhor poderia me dizer, de forma simples, o que é a poesia?

R.   Bem . . . eu diria que a poesia é a linguagem carregada de emoção. São palavras, organizadas conforme um ritmo . . . Um poema é um pequeno universo completo. Existe separadamente. Qualquer poema de valor expressa toda a vida do poeta. Ele oferece uma visão do que o poeta é.

P.   Muito bem, veja esta parte de um poema de E. E. Cummings, outro grande poeta americano:

(sou)g-a-t(mó)
b,ɪ;l:e

CaissaL
ta!fl
Utuatomb

ado? des
LizagiraSe
(vi) (RA)
&&&

Isso é poesia?

R. Eu o rejeitaria como um poema. Pode ser, para ele, um poema. Mas eu rejeitaria. Não consigo entendê-lo. Ele é um homem sério. Então faço um grande esforço — e não consigo extrair nenhum significado disso.

P. Você não consegue extrair nenhum significado? Mas eis aqui parte de um poema que você mesmo escreveu: ". . . dois perdizes/ dois marrecos/ um caranguejo-real/ pescado há menos/ de vinte e quatro horas no Pacífico/ e duas trutas congeladas/ frescas/ da Dinamarca . . ." Convenhamos, parece uma lista de compras elegante!

R. Mas é uma lista de compras elegante.

P. E então — é poesia?

R. Nós poetas temos que falar numa língua que não é o inglês. É o idioma americano. Do ponto de vista rítmico, está organizada como uma amostra do idioma americano. Tem tanta originalidade quanto o jazz. Se você diz "dois perdizes, dois marrecos, um caranguejo-real" —, se você tratar isso de forma rítmica, ignorando o sentido prático, forma-se um padrão denticulado. Isso é, a meu ver, poesia.

P.   Mas se você não "ignorar o sentido prático" . . . você concorda que é apenas uma lista de compras elegante.

R.   Sim. Qualquer coisa pode dar boa matéria para a poesia. Qualquer coisa. Eu já disse e repeti isso muitas vezes.

P.   Não devemos ser capazes de entender o poema?

R.   Há uma diferença entre poesia e sentido. Algumas vezes os poetas modernos ignoram completamente o sentido. É isso que produz parte da dificuldade . . . O público se confunde por causa da forma das palavras.

P.   Mas a palavra não deveria significar alguma coisa quando a vemos?

R.   Em prosa, uma palavra em inglês significa aquilo que ela diz. Em poesia, você ouve duas coisas . . . você ouve o sentido, o sentido comum do que ela diz. Mas ela diz mais. Essa é a dificuldade.

.   .   .   .   )

III.

       Peter Brueghel, o velho, pintou
       uma Natividade, pintou um Bebê
       recém-nascido!
       entre as palavras.
                    Homens armados,
       homens selvagemente armados
                    armados com lanças,
       alabardas e espadas
       homens sussurrando com as faces cobertas
       foram direto
                    ao ponto
       cochichando ao ouvido do barrigudo
       de barba branca (ao centro)
       o alvo de seus comentários,
       olhando de soslaio, mostrando seu
       espanto diante da cena,
       expressões como as dos mais estúpidos
       soldados alemães da última
       guerra

       — mas o Bebê (como se saído
       de um catálogo ilustrado
       em cores) está deitado sobre os joelhos
       de sua Mãe

       — é uma cena, suficientemente
       autêntica, que se vê frequentemente
       entre os pobres (saúdo
       o homem Brueghel que pintou

o que viu —
        muitas vezes sem dúvida
entre suas próprias crianças mas não evidentemente
nesse mesmo cenário

As cabeças com coroas e mitras
dos três homens, um dos quais negro,
que vieram, obviamente de longe
(bandoleiros?)
a julgar pelos ricos mantos
que vestiam — fizeram oferendas
para agradar aos seus deuses

Suas mãos vinham cheias de presentes
— eles vinham tendo visões
naqueles dias — e viram,
viram com seus próprios olhos,
essas coisas
para inveja da soldadesca vulgar

Ele pintou
o alvoroço da cena,
os cabelos escorridos
desgrenhados do velho no
meio, os lábios caídos

— — incrédulo
diante de toda aquela agitação
por causa de algo tão simples como um bebê
filho de um homem idoso
com uma garota e uma bela garota
aliás

Mas os presentes! (obras de arte,
de onde eles poderiam tê-los
tirado ou mais propriamente
roubado?)
— de que outra maneira honrar
um velho, ou uma mulher?

— as roupas esfarrapadas dos soldados
bocas abertas,
os joelhos e pés
arrebentados em trinta anos de
guerra, duras campanhas, as bocas
salivando pelo banquete que
foi servido

Peter Brueghel o artista viu tudo
isso dos dois lados: a
imaginação deve ser servida —
e ele a serviu
    desapaixonadamente

Não é pecado mortal ser pobre — tudo menos pertencer a essa tribo incaracterística que conquistou agora o dinheiro — capaz de ver dentro do átomo, e completamente cega — sem graça ou piedade, como se fossem só um bando de egoístas. Brueghel, o artista, viu-os . : o tecido dos trajes de seus camponeses era melhor, cosido à mão, do que aqueles de que nos vangloriamos.

— nos nossos dias chegamos à era do fajuto, os homens são fajutos, dirigidos por seus chefes, dentro e fora do trabalho, para o lucro. Pra quem? Com exceção do pedreiro português, chefe de si próprio "no novo país" que está construindo um muro para mim, movido pelo conhecimento antigo daquilo que é "virtuoso" . "essa porcaria que eles vendem nas lojas hoje em dia não presta, quebra nas suas mãos . essa porcaria manufaturada, da fábrica, quebra nas mãos, eles não ligam pro que acontece"

O Evangelho de são Matheus, Capítulo I, versículo 18, — Ora, o nascimento de Jesus Cristo foi desta maneira: quando sua mãe Miriam foi desposada por José, antes que vivessem juntos ela achou-se grávida com o filho do Espírito Santo.

19 Então José, seu esposo, sendo um homem justo, e não querendo expô-la publicamente, estava convencido a afastá-la privadamente.

20 Mas enquanto meditava sobre essas coisas, eis que o anjo do Senhor apareceu-lhe num sonho, dizendo-lhe, José, filho de Davi, não tenhas medo de receber Miriam como sua mulher: pois aquilo que foi nela concebido é do Espírito Santo.

Lucas . . E Maria guardava todas essas palavras, acalentando-as em seu coração.

> . não é mulher virtuosa
> a que não se entregar a seu amante
> — imediatamente

Caro Bill:

. . . .

Me disse um querido amigo em Paris, G. D., casado com a filha de Henri Matisse, e que é a cabeça mais vibrante que conheci na Europa, que a França hoje é governada pelo guarda e pelo porteiro. Na Dinamarca socialista conheci uma autora muito inteligente que tinha ido para a América e lá tivera um filho com um escritor arruinado. Pobre e abandonada, ela voltou a Copenhagen, onde custeava uma existência mesquinha fazendo resenhas para o *Politiken* e dando aulas ocasionais de inglês intermediário e dinamarquês básico. Ela vivia na parte degradada daquela linda cidade, tentando sustentar um rapaz maravilhoso, forte, amoroso, e muito másculo. Era uma alegria poder levar laranjas, chocolates e aqueles quitutes preciosos que sua mãe não podia comprar para ele. Ela me disse que a polícia socialista a abordou uma noite perguntando por que ela não havia pagado seus impostos ao governo. Pobreza foi a sua resposta. Você se lembra do epitáfio no túmulo de Thomas Churchyard? 'Pobreza e Obscuridade esta tumba selaram.' Uma semana depois eles voltaram, ameaçando remover os móveis dela e penhorá-los em favor do governo. Quando ela mais uma vez suplicou dizendo que, se lhes desse todos os Kroners que tinha, seu garotinho passaria fome, a polícia disse: 'Nós fomos a Vin Handel ontem à noite, e soubemos pelo proprietário que você havia comprado uma garrafa de vinho; se você pode gastar com vinho certamente pode pagar seus impostos'. Ela então disse 'eu sou tão pobre, e isso me leva tanto ao desespero, que tive que comprar uma garrafa de vinho para aliviar minha melancolia'.

Também tenho bastante certeza de que as pessoas têm o tipo de governo que seus estômagos anseiam. Além do mais, eu não tenho o poder de curar uma alma na terra. Platão empreendeu três jornadas até Dioniso, o Tirano de Siracusa, uma vez quase foi morto e numa outra ocasião por pouco não foi vendido como escravo porque imaginara que poderia influenciar um demônio a modelar sua tirania conforme A República. Sêneca foi o grande professor de Nero, e Aristóteles tutor de Alexandre da Macedônia. O que ensinaram?

Estamos contentes aqui porque tudo é barato; minha mulher pode comer um chateaubriand por sete pesetas, algo como quinze ou dezesseis centavos. Ir às compras pela manhã é um ritual; há os cumprimentos da moça da *panaderia*, e a saudação (a cortesia sempre desarma o espírito e alivia o sistema nervoso) do dono ou da sua mulher na *lecheria* (onde você compra o leite), e um sorriso largo da mulher humilde que te vende três pesetas de *helio*, gelo. . . .

                                                           Edward

Paterson envelheceu

        o cão de seus pensamentos
encolheu
até virar não mais que "uma carta apaixonada"
para uma mulher, uma mulher que ele não quis
levar para a cama no passado   .
                      E prosseguiu
vivendo e escrevendo
                respondendo
cartas
    e cuidando de seu jardim
de flores, cortando sua grama e tentando
levar os jovens
       a abreviarem
seus erros no uso das palavras o que
ele achou tão difícil, os erros
que ele cometeu no exercício
do verso:

"   . o unicórnio contra um fundo de mil-flores,   . "

Não há nada de sentimental quanto à técnica da escrita. Não pode aprendê-la, você dirá, um tolo. Mas qualquer jovem com uma mente

desesperada para sair, para que consiga colocar sobre a página até
mesmo uma frase exata — precisa ganhar coragem de um homem
mais velho que esteja pronto a ajudá-lo — a falar com ele.

    Uma revoada de pássaros, ajuntados,
procurando seus ninhos na temporada
um bando antes da aurora, passarinhos
"Que drumiru toda noite coz óio aberto,"
movidos pelo desejo, apaixonadamente,
uma longa jornada, como de costume.
Agora se separam e vão em pares
cada um para seu parceiro certo. As
cores de sua plumagem são indecifráveis
no clarão do sol contra o fundo do céu
mas na mente do homem velho agitam-se
o branco, o amarelo, o preto
como se conseguisse vê-los.

    Sua presença no ar novamente
o acalma. Embora se aproxime
da morte ele é tomado por muitos poemas.
As flores sempre foram suas amigas,
mesmo em pinturas e tapeçarias
que foram penduradas através do passado
em museus invejosamente vigiados, dedetizadas
contra mariposas. Elas o atraem imperiosamente
a observá-las, o fazem pensar
em horários de ônibus e em como evitar
o irreverente — refazer-se
ante uma visão vinda do século
XII de mulheres velhas ou jovens
ou homens ou meninos empunhando agulhas
para passar corretamente a linha verde

ao lado da roxa, mirtilo ao lado
do azevinho e o fio marrom em volta:
juntos como o desenho havia planejado
que ficassem. Todos juntos, trabalhando juntos —
todos os pássaros ajuntados. Os pássaros
e as folhas foram feitos para serem bordados
na sua mente se alimentando e   .   .
todos juntos em seus propósitos

— o corpo envelhecendo
      com a unha deformada do polegar
faz-se notar
    vindo
            à minha procura — com um
            sorriso raro
entre as apinhadas flores daquele campo
      onde jaz o Unicórnio
            preso num pequeno cercado
de madeira
    em abril!
            o mesmo mês
em que aos pés da cerca
    ele vira o homem desenterrar
a cobra vermelha e matá-la com uma espada.
    Godwin me disse
        que o rabo
não parou de se contorcer até
    depois do sol
           se pôr —
ela sabia de tudo
    ou nada
          e morreu louco
quando era ainda jovem

A (própria) direção foi alterada
        a serpente
                com o rabo na boca
"o rio retornou à sua nascente"
        e para trás
                (e para frente)
tortura-se a si mesma dentro de mim até
        que o tempo tenha sido afinal varrido:
                e "eu sabia de tudo (ou o bastante)
isso que se transformou em mim   . "
        — os tempos não são heroicos
desde então
        mas são mais limpos
                e mais livres de doença
a mente apodrecida dentro deles   .
        diremos
                que a serpente
está com o rabo na boca
        NOVAMENTE!
                a sabichona serpente

Agora chego às flores pequenas
        ao ramalhete aos pés
                do meu amado
— a caça ao
        Unicórnio e
                ao deus do amor
do nascimento virginal

        O pensamento é o demônio
        impele-nos . ora,
        seria melhor se ela virasse

   um legume e

   raspasse a barba?

— será que devemos falar do amor
    que se vê só num espelho
      — sem réplica?
refletindo apenas o impalpável espírito dela?
    que é aquela a quem vejo
      sem tocar-lhe a pele?

    O Unicórnio vagueia pela floresta dos pensamentos de todo verdadeiro amante. Eles caçam-no. Vamos, arre! cantam: viva o verde do azevinho!

  — todo homem casado leva na cabeça
    a imagem amada e sacra
      de uma virgem
  que ele prostituiu .
    exceto a ficção viva
      uma tapeçaria
seda e lã atravessadas de fios de prata
    a criatura de um chifre branca como leite
      Eu, Paterson, o Ego-Rei .
vi a dama
   entre a áspera folhagem além
     das muralhas do palácio
em meio ao fedor dos cavalos arfantes
    e cães feridos pelo chifre
      uivando de dor
a matilha arfante
    indo ver a criatura abatida

                    finalmente capturada
trazida sobre a sela
            entre os carvalhos.
                    Paterson,
mantenha a cabeça erguida
            não importa o que aconteça!
                        Qualquer lugar é todo lugar:
Você pode aprender com poemas
            que uma cabeça avoada tamborilou
                    sons vazios
em qualquer língua! As figuras
            são em escala heroica.
                    A floresta
está fria embora seja verão
            o vestido da dama é pesado
                    e arrasta-se na grama.

Por todo lado, as pequenas flores enchem a cena.
            Uma segunda criatura é trazida
                    machucada.
E uma terceira, sobrevivente da caçada,
            deita-se para repousar um instante,
                    o pescoço régio
adornado de um colar de joias.
            Um dos cães cai de costas
                    eviscerado
pelo único chifre da criatura.
            Pegar ou largar,
                        se a carapuça serve —
é só vestir. Pequenas flores
            parecem amontoar-se para presenciar o ato:
                    a doce e branca juliana,

de seus galhos em ramos, quatro pétalas
    uma colada à outra, vão
        enchendo os detalhes
de quadro a quadro sem perspectiva
    tocando uma à outra no tecido
        formam a imagem:
a excêntrica violeta
    como um cavalo no xadrez,
        a potentilha,
de rosto amarelo —
    é uma tapeçaria
        francesa ou flamenga —
a prímula de perfume doce
    crescendo rente ao chão, que poetas
    celebraram na Inglaterra,
        impossível enumerá-las:
sapatinhos-de-vênus
    carmesins e brancas
        equilibrando-se pendidas
nas sépalas delicadas, as corolas bem arranjadas num
    ramo, dedaleiras, a madressilva
        ou a rosa selvagem,
rosa como o lóbulo de uma dama quando à mostra
    debaixo dos cabelos,
        campânulas, tufos azuis e roxos
pequenos como malmequeres entre as folhas.
    Miolos amarelos, pétalas carmesins
        e o contrário,
dente-de-leão, dama-entre-verdes,
    centáureas,
        cardos e outras

cujos nomes e perfumes não conheço.
    A floresta está cheia de azevinho
        (já te disse, o que temos
aqui é uma ficção, fique atento),
    o lírio amarelo dos campos franceses está aqui
        e um monte de outras flores
também: narcisos
    e gencianas, a margarida, columbina
        pétalas
mirtilo, escuro e claro
    e calêndulas

A figueira na brisa da manhã
    do lado de fora da sua janela
        onde um ramo balança
levemente
    ondulando
        pra cima e para o lado e
uma e outra vez
    não me lembra outra coisa
        que o sorriso de uma velha
— um fragmento da tapeçaria
    preservado numa parede
        mostra uma jovem
        de fronte abaulada
perdida na floresta (ou escondida)
    anunciada . .
        (isso é, a apresentação)
pelo toque da trombeta de um caçador que vemos
    quase completamente coberto
        pelas folhas. Ela

me interessa por sua singularidade,
      seu vestido cortês
            entre as folhas, escutando!

A expressão de seu rosto,
      ali onde ela se acha afastada dos outros
— a virgem e a puta,
      uma identidade,
            ambas à venda
a quem pagar mais!
      e quem pagará mais
            do que um amante? Caia
fora, se você se achar uma mulher digna do nome.

Eu te apresento, ao invés, um jovem rapaz
      tomando parte no mundo feminino
            no desdém infernal, graciosamente
— houve uma vez   .
      uma vez:

      Crás!   Crás!   Crás!
          gritam os corvos!

Em fevereiro! Em fevereiro eles começam.
Ela não queria viver para se tornar uma

velha e usar uma maçaneta de porcelana
na vagina para segurar o útero — mas

ela deu um jeito, esperta, não é?
Ele foi o primeiro a ficar com ela

             e nunca a deixou até largá-la
             com filho, como faria qualquer soldado

             até levantar acampamento.

             Vai ver ela foi "escolhida" como Osamu
             Dazai e sua santa irmã

             teriam sido

Ela era velha quando viu seu neto:
             Vocês jovens
                         acham que sabem tudo.
Ela falou com seu sotaque londrino
             e pausou
                         me encarando dura:
O passado é para aqueles que viveram no passado. Céssá!

— aprender com a idade a gastar a vida dormindo:
dizendo   .

             A medida intervém, medir é tudo o que sabemos,

                         uma escolha entre as medidas   . .

                                     a dança medida
             "a menos que o perfume de uma rosa
                         nos espante de novo"

             Igualmente risível
                         é presumir que não se sabe nada, um
                                     jogo de xadrez

pesadamente, "materialmente", fraudado!

Aê ô! Vê só!

Não sabemos nada e nada podemos saber
                      senão
dançar, dançar para uma medida
em contraponto,
         Satiricamente, o pé trágico.

APÊNDICE

Livro 6
(c. 1961)

4 jan./61   Paterson 6   O nome íntimo pelo qual você era
    conhecido pelos seus íntimos naquele reino era O Gênio,
antes de seus inimigos te pegarem
    você conheceu as Cataratas e lia grego fluentemente
    Isso não parou a bala que te matou — pouco depois do
    amanhecer em Weehawken naquela aurora de setembro

— você quis organizar o país para que ficássemos todos
juntos e pudéssemos fazer um dinheirinho

      um homem de posses

John Jay, James Madison   .   precisamos ler sobre isso!

      Palavras são o fardo dos poemas, poemas são
                            [feitos de palavras

1/8/61   o dente-de-leão — alface-de-cão — em efígie
de faiança, típica do velho rio Hudson, pode
muito bem ter sido de Paterson

um jarro rústico barato feito para guardar
pêssegos em calda ou outras frutas

casualmente com toda arte da administração
doméstica ou a prateleira da cozinha
uma régia pluma azul
dobrada para compor um simples desenho de flor

para decorar a parede do meu quarto

sai de si mesma para tornar-se um desenho abstrato sem
desenho para tornar-se qualquer coisa menos ela mesma
para um poeta chinês que se afogou ao abraçar
o reflexo da lua no rio

— ou a imagem de um olmo coberto de gelo esboçada na
mais alegre de todas as pantomimas

Dancem, dancem! libertem os membros dessa arte que prende
vocês mais rápido que as drogas que vos deixam mais rápidos
                [— dentes-de-leão na parede do meu quarto

7/1/61   Assim como é Weehawken para Hamilton
também é Provence, diríamos, ele a odiava
sem saber nada dela e sem dar a mínima
e usava-a em seus esquemas — fundando
assim o país que iria
crescer para se tornar a maravilha do mundo
em seus dias

que excederia a sua Londres sobre a qual o modelara

(Uma figura-chave no desenvolvimento)

        Se alguém é importante mais importante
que a ponta de uma adaga um poema é: ou uma irrelevância
na vida de um povo: vide Dada ou os assassinatos de um
Stálin

    ou um Li Po

        ou um obscuro Montezuma

ou um esquecido Sócrates ou Aristóteles antes da destruição
da biblioteca de Alexandria (como notou ironicamente Bernard Shaw) pelo fogo no qual os poemas de Safo se perderam

   e nos traz (Alex nasceu fora do matrimônio)

  ilegitimamente a perversão corrigida embora isso apenas
não faça um poeta ou estadista

— Washington era um homem de 1,95m de altura, de voz fraca e mente lenta, o que fazia com que tivesse dificuldade de mover-se rapidamente — e assim ele ficava. Tinha uma determinação forjada na floresta da lentidão de modo que quando ele se movia o mundo se movia para abrir-lhe caminho.

Lucy tinha um útero
                como qualquer outra mulher
                            seu pai a vendeu
assim ela me contou
                a Charlie
                            por trezentos dólares
não sabia ler nem escrever
                recém-saída
                            do antigo país
ela não tinha tido as regras ainda
                eu fiz nela
                            treze filhos
antes de arrumar-se
                ela era vulgar
mas ferozmente fiel a mim
                ela tinha uma amiga
                            senhora Blackinger
uma irlandesa
                que sabia contar uma história
                            quando estava um pouco tonta

NOTAS DO TRADUTOR

LIVRO 1 [PP. 15-65]

O delineamento dos gigantes

"Quanto aos poemas que deixei com você [...] contra todos os assistentes sociais, benfeitores profissionais e equivalentes." [pp. 23-4]
Excerto adaptado de carta da poeta Marcia Nardi (1901-1990) a William Carlos Williams, datada de 9 de abril de 1942. Conforme anota Christopher MacGowan na edição de *Paterson*,[1] a poeta visitou Williams em 1942 em seu consultório médico, possivelmente por indicação do poeta e dramaturgo Harvey Breit, em busca de aconselhamento sobre a situação de seu filho. Na ocasião, entregou a Williams poemas de sua autoria. O encontro deu início a uma correspondência que durou cerca de um

---

1. MACGOWAN, Christopher. "Annotations and Textual notes". *Paterson*. Nova York: New Directions, 1995, p. 254.

ano.[2] A carta, parcialmente reproduzida neste trecho, segundo MacGowan, foi respondida por Williams no dia seguinte, com uma sugestão de que a poeta lhe enviasse uma cópia "limpa" dos poemas. O poeta encorajou a publicação de alguns poemas de Nardi na revista *New Direction*, em 1942, havendo escrito ele mesmo uma pequena introdução ao conjunto.

"PISS-AI!" [p. 27]
Em inglês, "PISS-AGH", onomatopeia que reproduz o som das águas na pronúncia do nome do rio Passaic, figurado como xingamento e como a própria urina ("piss") do "gigante" adormecido (a montanha), de onde o rio parece extrair seu ímpeto e seu discurso, assim como do pensamento de "Mr. Paterson" derivam as vidas das pessoas da cidade.

"O gigante solta o mijo! a boa *Muncie* também" [p. 27]
Charles Doyle aponta, em estudo sobre Williams,[3] as razões para a referência nesse trecho à cidade de Muncie, no estado de Indiana. Segundo o autor, a referência revela a "afinidade" entre o interesse de Williams em Paterson e os "Middletown studies" dos sociólogos Robert Staughton Lynd e Helen Merrell Lynd,[4] estu-

---

2. Correspondência parcialmente recolhida em *The Last Word: Letters between Marcia Nardi and William Carlos Williams*, org. de Elizabeth Murrie O'Neil, University of Iowa Press, 1994.

3. DOYLE, Charles. *William Carlos Williams and the American Poem.* Londres: The Macmillan Press, 1982, pp. 93-94.

4. LYND, Robert Staughton, e LYND, Helen Merrell. *Middletown: a Study in American Culture*, Harvest Book, 1959.

dos de campo sobre a vida típica da pequena cidade norte-americana conduzidos em Muncie nos anos 1920. Doyle informa que Robert Lynd correspondeu-se com Williams sobre o tema. Para ele, é evidente o paralelo metodológico entre a escolha de Paterson como lócus do épico moderno de Williams e a busca dos Lynds por uma cidade que também concentrasse, em um espaço abarcável em um estudo de campo, as características essenciais da sociedade urbana que nascia nos EUA no primeiro pós-guerra.

"**Patch saltou mas a sra. Cumming gritou/ e caiu — sem ser vista (embora/ ela tenha ficado ali de pé ao lado do marido meia/ hora ou mais a seis metros da beirada).// [...] ambos silenciosos, taciturnos**" [p. 41]

Para Fredric Jameson, ambos os "acidentes", as quedas de Sarah Cumming e de Sam Patch, recordados contra o pano de fundo das cataratas — signo do "infinito murmúrio da linguagem e da expressão" —, estão ligados figurativamente pela imagem da queda do corpo de Sam Patch como "uma forma de expressão, ou antes um titubeio, uma hesitação, o fracasso da própria linguagem efetiva".[5] Para o crítico, tais episódios, no funcionamento geral do poema, não devem ser lidos como "símbolos", "nem mesmo tematicamente", mas antes talvez a partir de uma função sintática, como preparação para "erupções mais abertamente temáticas" sobre o fracasso da linguagem.

---

5. JAMESON, Fredric. *The Modernist Papers*, Londres/Nova York: Verso, 2007, p. 9.

"Assim Carlos havia fugido nos anos 1870." [p. 47]
Tio do poeta, segundo Christopher MacGowan.[6]

"Fui visitar minha mãe hoje. [...] As crianças sempre disseram, por anos, que ela pensa mais em mim do que em qualquer filho seu." [pp. 48-9]
De acordo com MacGowan,[7] trecho adaptado de carta do poeta Alva N. Turner a William Carlos Williams. A correspondência entre ambos teve início em 1919.

"Afirmo que não sinto nenhum rancor em relação a você [...] E.D." [pp. 50-1]
Excerto de carta do escritor Edward Dahlberg a Williams, possivelmente de 1943.[8]

"Cornelius Doremus, que foi batizado em Acquackanonk em 1714, e morreu perto de Montville em 1803, possuía propriedades e bens estimados em 419,58½ dólares [...] cinquenta centavos" [pp. 56-7]
Trecho do livro *History of Paterson and its environs (The Silk City)*, de Willie Nelson e Charles A. Shriner.[9] A passagem seguinte, que Williams não aproveita, anota que o velho Cornelius, quando completamente vestido para ir à igreja, "estava mais bem vestido do que a maioria de seus vizinhos", embora todo o seu

---

6. MACGOWAN, Christopher. "Annotations and Textual notes". *Paterson*. Nova York: New Directions, 1995, p. 260.

7. Idem, ibidem.

8. Idem, p. 262.

9. NELSON, Willie e SHRINER, Charles. *History of Paterson and its environs (The Silk City)*. Nova York: Lewis Historical Publishing Company, 1920, vol. 1, p. 139.

paramento valesse apenas "cinco dólares e sessenta e sete centavos e meio".

"Eu. Liderança leva a império; império produz insolência; insolência provoca ruína" [p. 62]
Referência a diálogo entre William Carlos Williams e Ezra Pound — "A história de Pound sobre eu estar interessado no empréstimo enquanto ele queria o produto acabado", conforme as anotações de Williams para a sua autobiografia.[10]

LIVRO 2 [PP. 67-129]

Domingo no Parque

"O cenário é o Parque" [p. 69]
Garret Mountain Park, em Paterson.

"as pernas feias das meninas,/ [...] a jogar longe pedaços de carne e" [p. 70]
Citação do poema "The Wanderer", do próprio Williams, publicado em 1914.[11]

"Embora eu tenha dito que nunca mais voltaria a te escrever [...] você entenderá perfeitamente o tipo de dano psicológico que ele produz quando se torna uma condição permanente, diária." [pp. 71-2]
Trecho de carta de Marcia Nardi a Williams.[12]

---

10. Cf. MACGOWAN, Christopher. "Annotations and Textual notes". *Paterson*. Nova York: New Directions, 1995, p. 267.

11. Idem, p. 268.

12. Idem, ibidem.

"Essas asas não se desdobram para o voo —/ não precisa!/ o peso (à mão) encontra/ o contrapeso ou contraempuxo/ nas asas do pensamento" [p. 75]
Referência ao gafanhoto de pedra no Museu Chapultepec. A passagem ilustra, para Fredric Jameson, o processo de "produção da ideia" em Williams — "ideia" sendo o conceito do poema, entendido como ideia-plano que mantém sempre uma distância eminentemente moderna em relação à sua realização concreta. Para Jameson, o "tombo" do gafanhoto de pedra brotando no pensamento a partir da experiência refere-se ao modo pelo qual Williams institui o particular a partir da experiência empírica como princípio geral: "[o gafanhoto] é uma especificidade no presente que se unifica breve, mas supremamente com o universal, ou com a própria ideia da obra".[13]

"Se essa situação com você [...] aquele mesmo tipo de irrealidade e inacessibilidade que a vida interior das outras pessoas muitas vezes assume para nós" [p. 76]
Continuação da carta anterior de Marcia Nardi a Williams.[14]

"Sem invenção nada fica bem espaçado,/ a menos que o pensamento mude, a menos/ que as estrelas sejam novamente medidas, de acordo/ com sua posição relativa" [p. 78]
Williams ocupou-se em diversas ocasiões da ideia de uma "nova medida" ou do "pé variável" para o verso,

---

13. JAMESON, Fredric. *The Modernist Papers*, Londres/ Nova York: Verso, 2007, p. 20.

14. Cf. MACGOWAN, Christopher. "Annotations and Textual notes". *Paterson*. Nova York: New Directions, 1995, p. 268.

uma teoria da prosódia integral à sua busca por um "idioma americano". Daniella Jancsó recorda que o poeta alude, nesta passagem, ao impacto que a teoria da relatividade de Einstein teve sobre suas concepções a esse respeito.[15] Para Williams, a nova medida do verso devia ser adequada ao tempo presente e deveria, portanto, incorporar a relatividade.[16] Não seria possível ao poeta aceitar a teoria da relatividade de Einstein, que afeta a própria concepção dos céus acima de nossas cabeças sobre os quais os poetas tanto escreveram, sem incorporar o seu fato essencial — a relatividade das medidas — na própria categoria da nossa atividade: o poema.[17]

A "nova medida" do verso guardaria relação direta com o "mundo social e econômico em que vivemos", em contraste com o passado.[18] Nos versos aqui anotados, a referência mais direta parece ser, como indica Carol Donley, o famoso eclipse de 29 de maio de 1919, observado por uma comitiva de astrônomos na cidade de Sobral, no Ceará, que comprovou a teoria de Einstein ao permitir a observação de como o campo gravitacional do Sol alterava a trajetória da luz das estrelas, "reposicionando-as" para os observadores.[19] Para Donley, a relatividade permite a Williams superar não apenas a rigidez da pro-

---

15. JANCSÓ, Daniella. *Twentieth-Century Metapoetry and the Lyric Tradition*, Berlim/Boston, De Gruyter, 2019, pp. 65-6.

16. WILLIAMS, William Carlos. *Selected Essays*. Nova York: Random House, 1954, p. 339.

17. Idem, p. 283.

18. Idem, ibidem.

19. DONLEY, Carol. "Relativity and Radioactivity in William Carlos Williams' *Paterson*", in: *William Carlos Williams Newsletter*, V. 5, N. 1, p. 6.

sódia tradicional em favor de um ritmo variável, mas também a fixidez euclidiana de um único "ponto de vista" em favor de uma multiplicidade de miradas e de um tratamento relativístico do tempo e do espaço no poema. A análise de Donley está na mesma linha dos comentários de Fredric Jameson sobre a "neutralização" do ponto de vista em Paterson, por meio de uma evocação do poema como espaço ("a whole enveloping space", diz Jameson) que torna desnecessárias ou "redundantes" as categorias de sujeito e objeto. Em outro plano (como se vê nos versos que seguem), a "solução" de Williams para o problema do ponto de vista reflete as condições novas e "modernas" que o confrontam, diante da própria variedade da vida social e da experiência das classes sociais. Para Jameson, a solução formal de Williams é a própria figura do médico, do "dr. Paterson", que transita — ou se reposiciona — com legitimidade entre as diferentes esferas da vida social.[20]

"Lembra/ o serviçal no filme/ perdido de Eisenstein" [p. 87]
Provável referência a ¡Qué viva México![21]

"Eu sei que eles — no Senado, estão tentando bloquear Lilienthal e jogar a bomba no colo de alguns poucos industriais." [p. 91]
Joel O. Conarroe recorda que a crítica norte-americana reagiu negativamente à dimensão do motivo econômi-

---

20. JAMESON, Fredric. *The Modernist Papers*, Londres/ Nova York: Verso, 2007, pp. 10-11.

21. Cf. MACGOWAN, Christopher. "Annotations and Textual notes". *Paterson*. Nova York: New Directions, 1995, p. 271.

co em *Paterson*, muito influenciado por Ezra Pound.[22] Para Vivienne Koch, "Uma das principais fraquezas do 'Livro 4', adquirida por contágio dos *Cantos* de Pound, é a introdução de um diagnóstico explicitamente pseudocientífico de nossos presentes males econômicos".[23] Para Conarroe, entretanto, o tema econômico em *Paterson* (resultado de elaborações anteriores de Williams sobre economia) e suas anedotas sociais e políticas estão ligados, "por mais digressivas e presunçosas que possam parecer", a outros grandes temas do poema. Os protestos de Williams contra a usura e contra as "imbecilidades econômicas do nosso tempo" possuem, para Conarroe, uma consequencialidade propriamente cultural tanto quanto social, já que essas "imbecilidades" desembocam em uma "cultura da efígie" e da "encomenda" e na ocasional "guerra para gerar lucros". Com efeito, o motivo econômico não deixa de estar presente na própria escolha de Paterson como "personagem" a um tempo espacial e histórico do poema, na evocação de Alexander Hamilton como o "Virgílio" da busca desse personagem pelo seu próprio inferno, e na própria tessitura de violências que atestam o percurso brutal da industrialização como critério que termina por organizar, no poema, a forma como os temas sociais e a história social e econômica do lugar se encadeiam.

---

22. CONARROE, Joel O. "You can't steal credit: the economic motif in Paterson", in: *Journal of American Studies*, Cambridge University Press, v. 2, n. 1, 1968, pp. 105-106.

23. Idem, ibidem.

"Há pessoas — especialmente entre as mulheres [...] foi o suficiente para que meu fracasso com você tenha tido um efeito tão desastroso sobre mim" [pp. 93-4]
Excerto de carta de Marcia Nardi de abril de 1943.[24]

"Como o Altgeld ali no/ canto/ vendo o esquife/ passar/ nós baixamos a cabeça/ diante de vós/ e tomamos o chapéu/ na mão" [p. 99]
MacGowan remete a Weaver[25] para a informação de que o trecho é uma paródia para a melodia da canção "America the beautiful", baseada em poema da escritora, poeta e ativista Katharine Lee Bates (gravada, entre outros, por Ray Charles e executada parcialmente por Jennifer Lopez na posse de Joseph Biden como presidente dos Estados Unidos, em 2021). Williams alude, no trecho, a John Peter Altgeld (1847-1902), governador progressista de Illinois entre 1893 e 1897, que perdoou três de oito anarquistas acusados pela morte de um policial, no que ficou conhecido como a "revolta de Haymarket", em Chicago, em 4 de maio de 1886 — protesto inicialmente pacífico pela jornada de trabalho de oito horas, que resultou em conflito entre manifestantes e a polícia após o uso de explosivo por pessoas desconhecidas contra a polícia. Além de evidenciar a notória ausência de provas contra os acusados, sem contar as vagas referências a suas posições anarquistas, o perdão de Altgeld atendeu a apelos de figuras proeminentes, entre as quais Oscar

---

24. Cf. MACGOWAN, Christopher. "Annotations and Textual notes". *Paterson*. Nova York: New Directions, 1995, p. 272.
25. WEAVER, Mike. *William Carlos Williams: The American Background*, Cambridge University Press, 1977, p. 207.

Wilde e Bernard Shaw. O gesto rendeu ao governador a alcunha de "John Pardon Altgeld" e provavelmente custou-lhe a reeleição.[26] Para Brian Bremen, a forma como Williams utiliza referências a certas figuras históricas como Altgeld constitui uma maneira de "usar a história contra ela mesma", ao exigir que o leitor promova "escavações" para encontrar nomes ligados a posições de "resistência" e enterrados pela história oficial.[27]

"Daqui era possível vê-lo — o homem / amarrado, assassino de sangue / frio" [p. 103]
Referência ao enforcamento de John Johnson, acusado de assassinato (supostamente o primeiro cometido no Condado de Passaic), em 30 de abril de 1850, que foi assistido por milhares de pessoas reunidas no Monte Garret e nos telhados das casas adjacentes à cadeia.[28] O episódio é retomado de forma mais significativa no final do "Livro 4".

"Quaisquer que tenham sido as suas razões para aquele seu bilhete [...] já que nunca seria capaz de escrever a você de maneira completamente impessoal." [pp. 107-8]
Carta de Marcia Nardi.[29]

---

26. O texto do perdão de Altgeld está disponível em: https://famous-trials.com/haymarket/1182-pardon. Acesso em: 10 nov. 2022.

27. BREMEN, Brian. *William Carlos Williams and the Diagnostic of Culture*, Nova York: Oxford University Press, 1993, p. 169.

28. Cf. MACGOWAN, Christopher. "Annotations and Textual notes". *Paterson.* Nova York: New Directions, 1995, pp. 273 e 295.

29. Cf. MACGOWAN, Christopher. "Annotations and Textual notes". *Paterson.* Nova York: New Directions, 1995, p. 274.

"Faltava aquilo que Jim havia encontrado em Marx e Veblen e Adam Smith e Darwin — [...] a lenta queixa de uma porta frouxa nas dobradiças" [p. 112]
Trecho do romance *The company she keeps* (1942), de Mary MacCarthy.[30]

"Meus sentimentos por você agora são de raiva e indignação; [...] o que não significa porcaria nenhuma." [p. 115]
Trecho do início de outra carta de Marcia Nardi, de 1943.[31]

"Minha atitude em relação à posição desafortunada da mulher na sociedade [...] muito pensamento e muita infelicidade foram colocados nestas páginas." [pp. 120-9]
A utilização dos excertos de cartas de Marcia Nardi, culminando na longa transcrição que fecha o "Livro 2", dando a "ela" a "última palavra" (como o próprio Williams enfatizara em um dos rascunhos do poema), é objeto de extensa fortuna crítica. Em uma das cartas à própria poeta, Williams alude à intenção de utilizá-las no que então planejava como uma introdução em prosa ao seu *Paterson*.[32] A importância de Nardi para a composição do poema ultrapassa seu significado textual. Em distintos momentos de sua correspondência com diferentes interlocutores, Williams se refere ao conjunto das cartas tanto como elemento principalmente literário, relacionado

---

30. Idem, p. 275.
31. Idem, 274.
32. Carta de 13 de julho de 1942, in *The Last Word: Letters between Marcia Nardi and William Carlos Williams*, org. de Elizabeth Murrie O'Neil, University of Iowa Press, 1994, p. 36.

à sua ideia de escrita como identidade para além do "divórcio" entre poesia e prosa, como também elemento existencial, que estabelece uma relação "psicológica" com o poema. Essa segunda dimensão parece corresponder ao real impacto que o encontro com Nardi teve para Williams. De acordo com seu principal biógrafo, Paul Mariani, o encontro em 1942 "dinamitou" o bloqueio que Williams então enfrentava após uma etapa de acúmulo de fontes primárias e elaboração teórica do seu plano para *Paterson*.[33] A crítica feminista apontou na utilização dos trechos diferentes formas de apropriação ou mesmo usurpação da voz de Nardi, quando não a manipulação de estratégias editoriais para enfatizar os aspectos de hesitação, fraqueza e dependência que elas continham, restabelecendo, às expensas de Nardi como escritora, a hierarquia e o controle patriarcal que estruturam a dominação do personagem masculino e da voz autoral/ editorial no poema.[34] Outras abordagens sublinham a inclusão consciente e programática, no corpo do poema, de um dispositivo autocrítico como forma de evidenciar a centralidade da desigualdade de gênero como "assunto" e expor os preconceitos e limitações não apenas do protagonista masculino, encarnado em "dr. Paterson", como do próprio autor, dando assim lugar a uma

---

33. MARIANI, Paul. *William Carlos Williams: A New World Naked*, Michigan, McGraw-Hill, 1981, p. 461.

34. Sobre o assunto, cf. GRAHAM, Theodora, "'Her Heigh Compleynte': The Cress Letters of William Carlos Williams's Paterson", in *Ezra Pound and William Carlos Williams: The University of Pennsylvania Conference Papers*, org. Daniel Hoffman, University of Pennsylvania Press, 1983; e GILBERT, Sandra M., "Purloined Letters: William Carlos Williams and 'Cress,'" in: *William Carlos Williams Review*, v. 9: 2, 1985, pp. 5-15.

exploração da tensão entre homem e mulher, vida e arte, literatura e experiência como tensões criadoras e "força generativa" no poema.³⁵ Em carta a Robert D. Pepper em 1951, Williams justifica a utilização das cartas no poema por conterem "um ataque pessoal contra mim por uma mulher. E que me pareceu legítimo. Tinha além disso uma certa qualidade literária que era autêntica. [...] Em primeiro lugar, foi uma resposta do lado feminino a muitas das minhas pretensões masculinas. Foi uma resposta forte, uma resposta que quis me destruir. Era justo que tivesse a oportunidade de destruir".³⁶ Em outro ponto de sua correspondência, em carta de 1949 a James Laughlin, Williams alude ao fato de que tinha o consentimento "verbal" de Nardi para utilizar qualquer material dela em *Paterson* da forma como preferisse.³⁷ Nesta carta, Williams relata que procurara Nardi para consultá-la sobre a utilização das cartas no formato final do "Livro 2" e que, não tendo conseguido contato com ela, tomara o cuidado de suprimir qualquer elemento que pudesse identificá-la. O ano de 1949 também é o da retomada da correspondência entre Williams e Nardi, que ele havia interrompido em 1943. A retomada ocorre por iniciativa de Nardi, justamente após descobrir suas cartas no "Li-

---

35. Cf. BREMEN, Brian. *William Carlos Williams and the Diagnostics of Culture*, Oxford University Press, 1993, p. 170; e TEMPLETON, Erin E. "'The Eternal Bride and Father — Quid Pro Quo': William, Marcia Nardi and Paterson", in: *The Legacy of William Carlos Williams*, org., de Ian Copestake, Newcastle, 2007, pp. 80-97.

36. Citado em WEAVER, Mike, *William Carlos Williams: The American Background*, Cambridge University Press, 1977, pp. 208-209.

37. Cf. *The Last Word: Letters between Marcia Nardi and William Carlos Williams*, org. de Elizabeth Murrie O'Neil, University of Iowa Press, 1994, p. 138.

vro 2" de *Paterson*. Os dois se corresponderam até 1956. A última carta do lado de Williams, de outubro daquele ano, parabeniza Nardi pela publicação de seu livro, *Poemas*, pela editora de Alan Swallow, e conclui: "Você é uma das mulheres mais firmes e uma das mais talentosas e generosas mulheres que eu conheço. Estou feliz com o seu sucesso".[38] Jameson refere-se ao último excerto de Nardi no "Livro 2" como um dos elementos de uma composição conclusiva, que indica o movimento da queda e do descenso, marcado por outros tópicos da "Parte III", subsumido ao arco mais geral do "fracasso" da linguagem e da representação:

"Aqui algo como o 'descenso' ele mesmo é o objeto da representação, em todos os seus sentidos, espacial e físico tanto quanto figurativo, emocional, histórico, formando não tanto uma ideia ou conceito, mas uma forma mais pura de movimento que toma todos esses materiais diversos como sua encarnação compósita."[39]

LIVRO 3 [PP. 131-95]

A contracapa da primeira edição do "Livro 3" trazia a seguinte nota:

"Paterson é um homem (já que eu sou um homem) que salta de colinas e desfiladeiros de cachoeiras para a morte — finalmente. Mas a despeito disso, ele é uma mulher

---

38. Cf. MACGOWAN, Christopher. "Annotations and Textual notes". *Paterson*. Nova York: New Directions, 1995, p. 279.

39. JAMESON, Fredric. *The Modernist Papers*, Londres/ Nova York: Verso, 2007, p. 24.

(já que não sou uma mulher) que *é* a colina e a cachoeira. Ela abre os dedos protetores em volta dele enquanto ele mergulha para o seu desfecho de modo a impedir que os ventos o desviem de sua trajetória. Mas ele escapa, no fim, como eu disse.

Com sua morte, as rochas se partem gradualmente em flores selvagens para melhor cantarem sua dor, uma linguagem que teria liberado ambos de sua angústia, fossem eles sabedores dela a tempo de evitarem a catástrofe.

O ímpeto dos quatro livros de Paterson (dos quais este é o terceiro, 'A Biblioteca') é uma busca pela linguagem redentora pela qual a morte prematura de um homem, como a morte da sra. Cumming no Livro 1, e o fracasso da mulher (do homem) em segurá-lo (a ela) poderiam ter sido evitados.

O Livro 4 mostrará as perversas confusões que advêm de um fracasso em destrinchar a linguagem e torná-la nossa enquanto homem e mulher são levados impotentes em direção ao mar (de sangue) que, pelo seu fracasso de discurso, os aguarda. Apenas o poeta nesse mundo tem a chave para o seu resgate final."[40]

"Uma fortuna maior do / que Avery" [p. 135]
Referência a Samuel Putnam Avery (1822-1904), marchand, gravurista, colecionador e consultor, um dos fundadores do Metropolitan Museum of Art.

"Bonita, minha pomba, impotente, e todos que são soprados pelo vento" [p. 137]

---

40. Cf. MACGOWAN, Christopher. "Annotations and Textual notes". *Paterson*. Nova York: New Directions, 1995, p. 279.

No original, "Beautiful thing", em tradução literal "coisa bonita", personagem que ocupa papel central no "Livro 3" de *Paterson*. Como observa MacGowan, a personagem foi introduzida inicialmente em publicação de 1937 do poema "Paterson: Episode 17" — do qual 78 versos foram, afinal, incorporados ao "Livro 3" de *Paterson*.[41] Na publicação de 1937, versos que depois foram suprimidos apresentavam "Beautiful thing" como uma jovem mulher negra vista espanando tapeçarias no átrio de uma igreja. No "Livro 3", são reproduzidos ainda os versos que descrevem a violência sexual cometida contra ela e a visita médica que lhe faz dr. Paterson. Erin E. Templeton informa que a personagem foi baseada parcialmente em uma paciente negra que Williams tratou, vítima de dois estupros coletivos. A autora alude à parte da crítica que viu no uso do termo "thing" um índice de objetificação e na atitude de simpatia e solidariedade mostrada pelo olhar médico pela vítima uma certa "absorção voyeurística".[42] A tradução adotada aqui — "Bonita" — leva em conta esses aspectos, mas não é uma tentativa de responder a eles. Trata-se antes de um vocativo, de inspiração *jobiniana*, que procura atender ao tom geral desse trecho do poema e à condescendência do olhar do dr. Paterson. A supressão do substantivo "coisa" por si só não altera, afinal, as demais escolhas inscritas na composição do poema, no tom e nas atitudes dos personagens. Cabe apontar, entretanto, que a conjunção "Beautiful thing"

---

41. Idem, pp. 280-1.

42. TEMPLETON, Erin E. "Paterson: an epic in four or five or six parts", in: *The Cambridge Companion to William Carlos Williams*, Cambridge University Press, 2016, p. 107.

está articulada a uma rede de referências fundamentais da obra. De um lado, a advertência que abre o "Prefácio" do "Livro 1": "Rigor of Beauty is the quest" [O rigor da beleza é o que se deve buscar]; de outro, o mote programático que busca aproximar esta poética da experiência concreta: "no ideas but in *things*" [nenhuma ideia fora das *coisas*]. Esses dois parâmetros que situam a busca de uma descoberta da beleza no plano da concretude e do imediato podem lançar outra luz sobre o uso de "thing". Mais significativo, talvez, seja o eco que a expressão guarda com o trecho dos diários de Cristóvão Colombo que Williams utiliza na "Parte II" do "Livro 4" ("During that time I walked among the trees which was the most *beautiful thing* which I had ever known" [Durante esse tempo caminhei entre árvores que eram a *coisa mais bonita* que eu já havia conhecido]). Finalmente, é o próprio Williams que, em sua autobiografia, dá uma pista importante de que a beleza concreta deve ser encontrada no próprio corpo, despojado de qualquer sacralidade, sujeito às vicissitudes da doença e da violência:

"A minha licença médica me permitia acompanhar o pobre corpo derrotado até os seus últimos golfos e grotões. E a coisa mais espantosa é que nessas horas e nesses lugares — por mais imundos que sejam com os fedorentos abcessos das nossas incisões de entradas e saídas — apenas ali, a coisa, em toda sua maior beleza, podia por um momento ser liberta para voar por um momento com sua culpa pela sala."[43]

---

43. *The Autobiography of William Carlos Williams*. Nova York: New Directions, 1967, pp. 288-289.

"O último lobo foi morto perto de Weisse Huis em 1723."
[p. 137]
MacGowan não indica a fonte desse trecho. Entretanto, em ensaio de sua autoria dedicado ao tema da história dos povos originários na obra de Williams, ele observa que a frase antecipa a proeminência do tema no "Livro 3".[44] O autor ainda observa que o "último lobo" pode referir-se tanto aos membros da tribo dos lobos ("the Wolf Tribe") como aos cães, que povoam tão obstinadamente o poema. Fredric Jameson, embora sem aludir a essa ambiguidade bastante importante, também destaca essa passagem como marca da forma como a história se inscreve no poema a partir de elementos contingentes, "é a marca do radicalmente singular, tal como relevado pelo eixo da própria história passando e atravessando inumeráveis vidas privadas e enormes quantidades de documentos ainda não avaliados".[45]

"Ciclone, fogo / e enchente" [p. 138]
Em 1902, um grande incêndio iniciado num galpão de bondes e alimentado por potentes ventos destruiu parte do centro de Paterson, além de casas, lojas, igrejas, bancos, prédios públicos e a biblioteca municipal, com seus 37 mil volumes. Embora apenas duas mortes tenham sido registradas, mais de quinhentas famílias perderam suas casas, e os danos chegaram a seis milhões de dólares

---

44. MACGOWAN, Christopher. "The Indian Emerging: Native American History in Later Williams", in: *Rigor of Beauty: Essays in Commemoration of William Carlos Williams*, org. de Ian D. Copestake. Oxford: Peter Lang, 2004, p. 329.

45. JAMESON, Fredric. *The Modernist Papers*, Londres/ Nova York: Verso, 2007, p. 41.

à época. Testemunhas relataram "redemoinhos de fogo". Em 2002, a cidade de Paterson observou o centenário do incêndio com uma série de exposições.[46] MacGowan informa que, no mês seguinte, o rio Passaic transbordou, provocando uma grande enchente, e ainda no final daquele ano a cidade foi atingida por um raro tornado. A biblioteca foi reconstruída e reaberta em outro endereço em 1905.[47]

"Entregue sem comentário./ Que seja!" [p. 138]
Em carta a Ezra Pound, em 1949, Williams diz haver copiado o refrão "So be it" ("Que seja") da tradução de uma pregação de um sacerdote indígena: "O 'que seja' copiei verbatim da tradução de uma reza de um índio das Planícies [...] Significa isso mesmo: se as coisas são assim, então que seja. Em outras palavras, dane-se".[48]

"O 'Castelo' também vai ser arrasado" [p. 139]
Referência à mansão "Belle Vista", de Catholina Lambert (1834-1923, uma das mais ricas industriais da cidade), que teve uma das alas demolidas em 1936, em razão do estado de conservação e apesar de seu valor histórico e da oposição da imprensa local.[49] O edifício foi tombado em 1976 e hoje funciona como museu.

---

46. Cf. "Remembering Paterson in 1902: 'A Whirlwind of Flames'". *The New York Times*, 3 fev. 2002. Disponível em: https://www.nytimes.com/2002/02/03/nyregion/remembering-paterson-in-1902-a-whirlwind-of-flames.html. Acesso em: 22 jun. 2023.

47. MACGOWAN, Christopher. "Annotations and Textual notes". *Paterson*. Nova York: New Directions, 1995, p. 280.

48. Idem, ibidem.

49. Idem, p. 281.

"Havia um tempo antigo, de cores prismáticas: quando a New Barbadoes vieram os ingleses." [p. 152]
Referência ao pai do poeta, nascido na Inglaterra, mas criado desde os cinco anos de idade na República Dominicana.

"um uivo de cães brancos" [p. 172]
Williams alude extensamente a partir deste ponto à tapeçaria "A Caça do Unicórnio", série de sete tapeçarias holandesas produzidas entre 1495 e 1505, mostrando as cenas da caçada à criatura mágica: desde a partida dos cães; o cerco à criatura em torno de uma fonte; uma tentativa de fuga; o momento em que um dos unicórnios fere um dos cães de caça; a presença de uma figura feminina virginal que acaricia uma das criaturas; até a cena da chegada dos unicórnios mortos ou aprisionados ao castelo e o fragmento que mostra um dos unicórnios ferido em um pequeno cercado de madeira. O conjunto está atualmente em exibição no museu The Cloisters, parte do acervo do Metropolitan Museum of Art, em Nova York.[50]

"'Bouquets de casamento'/ — a associação/ é indefensável. // S. Liz   13 de Out / (re. C.O.E.   Panda Panda)" [pp. 185-6]
Carta de Ezra Pound a William Carlos Willians, de 13 de outubro de 1948. De acordo com MacGowan, o verso "(re. C.O.E. Panda Panda)" é de Williams. A adição, segundo carta de Dorothy Pound a Williams, intrigara Pound, em

---

50. Imagens estão disponíveis no site do museu (www.metmuseum.org).

especial a menção a "Panda". Em resposta, Williams esclareceu: "O Panda Panda, sinto dizer, não tem significado — meramente um valor de nonsense para não revelar nada que pudesse identificar a obra em questão. Não sei o que colocou Panda na minha cabeça".[51]

"Quem falou de abril? Algum / engenheiro louco." [p. 191]
Referência a T. S. Eliot a partir do verso "Abril é o mais cruel dos meses (...)" que abre seu longo poema *A terra devastada* (1922).

LIVRO 4 [PP. 197-263]

"Caro Doutor, apesar do cinzento segredo do tempo e de minhas próprias dúvidas autossilenciadas nesses dias joviais e chuvosos [...] Respeitosamente, A. G." [pp. 226-9]
Carta de Allen Ginsberg de 30 de março de 1950, a primeira de três que Williams utiliza no poema.[52]

"Na sexta-feira, doze de outubro, ancoramos em frente à praia [...] Durante esse tempo caminhei entre árvores que eram a coisa mais bonita que eu já havia conhecido." [p. 232]
Trecho dos *Diários*, de Cristóvão Colombo.[53]

---

51. MACGOWAN, Christopher. "Annotations and Textual notes". *Paterson*. Nova York: New Directions, 1995, p. 285.
52. Idem, p. 288.
53. Idem, p. 290.

"crédito : o cerne / IN" [p. 241]
Trecho com elementos de carta de Ezra Pound a Williams em 1950.[54]

"Caro Dr.: Desde a última vez que escrevi, me sinto mais adaptado [...] vou mostrar algum dia — o jeito das ruas e das pessoas, coisas que aconteceram aqui e ali. A. G." [p. 252]
Carta de Allen Ginsberg a Williams, de 1950.[55]

"Trip a trap o'troontjes/ De vaarkens in de boontjes —/ De koeien in de klaver —/ De paarden in de haver —/ De eenden in de waterplas,/ Plis! Plas!/ Zoo groot mijn kleine Derrick was!" [p. 258]
William Carlos Williams reproduz aqui uma tradicional canção de ninar dos antigos colonos holandeses, utilizando ipsis litteris a versão transcrita em uma das fontes mais utilizadas por ele para referências à história colonial de Paterson, *History of Paterson and its environs*, de William Nelson, que descreve assim a típica cena em que a cantiga era entoada:

"Antes mesmo que pudesse compreender as palavras, a criança compreendia o significado do movimento enquanto era embalada por braços amorosos, subindo uma e outra vez os degraus até o alto trono de um coração amoroso de mãe, e ela adorava a fingida surpresa com que lhe informavam que os porcos nasciam dos feijões, as vacas de dentro dos trevos e os cavalos da aveia, e os patinhos batiam as asas na água da poça, a

54. Idem, p. 292.
55. Idem, p. 293.

coisa toda inteligentemente encenada em uma pantomima, até que a arremessavam para o alto para mostrar como era grande — na estima de sua mãe — o pequeno Derrick!"[56]

LIVRO 5 [PP. 265-307]

I.

"As últimas noites de Paris" [p. 271]
Alusão ao romance de Phillipe Soupault que Williams traduziu. Williams foi apresentado a Soupault em Paris, em 1927.[57]

"Caro Dr. Williams: / Obrigado pela introdução. O livro já foi para a Inglaterra, onde será impresso [...] Uma revista vai ser publicada . . . etc. Adios. / A.G." [pp. 275-6]
Carta de Allen Ginsberg, 1956.[58]

"As vadias ávidas pelos seus genitais, as caras quase suplicando [...] mais brilho-branca que as luzes dos puteiros, do que o gin espumante branco, branco e profundo como nascimento, mais fundo que a morte. G.S." [pp. 277-9]

---

56. NELSON, William. *History of Paterson and its environs*. Chicago/Nova York: Lewis Historical Publishing Company, 1920, p. 156.

57. Cf. *Autobiography of William Carlos Williams*. Nova York: New Directions, 1967, p. 213

58. MACGOWAN, Christopher. "Annotations and Textual notes". *Paterson*. Nova York: New Directions, 1995, p. 297.

Extraído de manuscrito de Gilbert Sorrentino que o autor remeteu a Williams.[59]

II.

"Não sou nenhuma autoridade em Safo e não leio sua poesia particularmente bem. Ela escreveu para uma voz clara, gentil e sonante. Ela evitava toda aspereza. 'O silêncio que habita o céu estrelado', traduz algo do seu tom, A. P." [p. 281]
Trecho de Levi Arnold Post (1889-1971), professor de grego no Colégio Haveford com quem Williams se correspondeu.[60]

"Você concorda que oferecer prakele imbessil umtouro ao invés de/ história é indesejável né??????" [p. 283]
Carta de Ezra Pound a William Carlos Williams em 1956.[61]

"(sou)g-a-t(mó)/ b,ɪ;l:e/ CaissaL/ ta!fl/ Utuatomb// ado?des/ LizagiraSe/ (vɪ) (RA)/ &&&" [p. 290]
Em inglês: "(im)c-a-t(mo)/b,ɪ;l:e//FallleA/ps!fl/OattumblI/sh?dr/IftwhirlF/(UI) (IY)/&&&".

"Em prosa, uma palavra em inglês significa aquilo que ela diz. [...] Essa é a dificuldade." [p. 291]
Entrevista com Williams conduzida por Mike Wallace em 1957.[62]

---

59. Idem, p. 299.
60. Idem, p. 301.
61. Idem, p. 302.
62. Idem, p. 304.

III.

"Peter Brueghel, o velho, pintou/ uma Natividade" [p. 292]
"A Adoração dos Reis", 1564, National Gallery de Londres. Imagens disponíveis em: https://www.nationalgallery.org.uk/paintings/pieter-bruegel-the-elder-the-adoration-of-the-kings. Acesso em: 22 jun. 2023.

"Caro Bill: Me disse um querido amigo em Paris, [...] e um sorriso largo da mulher humilde que te vende três pesetas de *helio*, gelo.... Edward" [pp. 295-7]
Carta de Edward Dahlberg a Williams em 1957.[63]

"Não sabemos nada e nada podemos saber, senão / dança, dançar para uma medida / em contraponto, / Satiricamente, o pé trágico." [p. 307]
Referência aqui à citação de John Addington Symonds sobre Hiponnax que aparece no final do "Livro 1", *Studies of the Greek Poets* [Estudos dos poetas gregos].

63. Idem, p. 305.

POSFÁCIO

Coração americano

Algumas notas sobre Paterson, *de William Carlos Williams*

Ricardo Rizzo

Nascido em 17 de setembro de 1883, filho de mãe porto-riquenha, de ascendência francesa e artista plástica; e de pai comerciante, nascido inglês, criado na República Dominicana e com simpatias socialistas, William Carlos Williams (1883-1963) parece ter realizado na sua vida uma variação da síntese entre experiência local e arte universal que buscava em sua literatura, e particularmente em *Paterson* — o longo "épico moderno" publicado em cinco livros entre 1946 e 1958.

Havendo estudado na infância e adolescência em Rutherford e em colégios de Genebra e Paris, formou-se em medicina na Universidade da Pensilvânia, em 1906. Viveu desde então e sempre na sua Rutherford natal, em Nova Jersey. Sua vida profissional como clínico geral e pediatra e sua carreira literária como um dos principais nomes do Modernismo norte-americano atravessam duas guerras mundiais, a pandemia de gripe espanhola e a Grande Depressão. Desde os tempos de universitário, estabeleceu contatos com representantes de correntes da vanguarda artística e literária em Nova York, entre eles Marcel Duchamp, Alfred Stieglitz, Wallace Stevens e Marianne Moore. Ainda na Universidade da Pensilvânia, conheceu Hilda Doolittle e Ezra Pound, este o mentor inicial com quem manteve amizade e correspondência por quase toda a vida e a quem sempre atribuiu papel decisivo em sua formação, apesar das muitas discordâncias importantes (políticas como estéticas) e dos períodos de distanciamento.

A participação na vida literária com sede em Nova York lhe rendeu também alguma projeção na Europa nos anos 1920, além de conexões com artistas europeus. Conheceu James Joyce, traduziu Phillip Soupault, manteve contatos e correspondência com romancistas e críticos, como Kenneth Burke. O tema das diferentes visões artísticas nos Estados Unidos e na Europa constituiu, desde logo, uma das principais referências do seu pensamento e de sua poesia — tudo isso sem que o centro de gravidade da sua vida de médico estabelecido em Rutherford, a pouca distância de Nova York, fosse deslocado. Além da correspondência com outros escritores, sua vida literária foi marcada pela participação, ora como colaborador ora como editor, em revistas literárias, especialmente, a partir de 1915, na revista *Others*, editada por Alfred Kreymborg (em torno da qual se reuniram Maxwell Bodenheim, Mina Loy, Wallace Stevens, Man Ray e Marianne Moore) e, na década de 1930, como editor, junto a Louis Zukofsky, da revista *Contact*, o veículo do heterogêneo grupo dos "objetivistas" (entre os quais estavam George Oppen, Charles Reznikoff e Basil Bunting). Sua busca por filiar-se às vanguardas e às discussões literárias andava pari passu com sua concepção da literatura e da poesia enquanto atividades que se fazem em diálogo permanente com os "pares", ou ainda em conexão constante com os "outros" (poetas, escritores e, também, fundamentalmente, artistas plásticos como Charles Demuth e Juan Gris) — uma visão da arte relacionada, enfim, a seu tempo e aos vínculos que o artista consegue estabelecer com ele.

Espelhando tanto suas preocupações estéticas relacionadas ao imagismo dos primeiros anos, como o rico material em alguma medida sociológico que a profissão de médico lhe supria, ao lado de preocupações sociais, econômicas e políticas que compunham sua visão liberal-democrata, sua obra alcança mais de quarenta livros publicados, entre poesia, prosa, ensaio, crítica e teatro, encontrando grande ressonância crítica sobretudo a partir da década de 1950, e deixando um legado incontornável para as gerações seguintes. Seu experimentalismo, abertura à inovação e à pesquisa formal, sua circulação transnacional com as artes visuais, as vanguardas do século XX e com seus contemporâneos, além de seu obstinado programa de construção de uma expressão universal a partir do "idioma americano" e da revisitação da história norte-americana — traços densamente metabolizados em *Paterson* — tiveram uma influência talvez única nos principais movimentos da poesia norte-americana a partir dos anos 1960. Desde sua morte e da distinção póstuma com o prêmio Pulitzer em 1963, sua obra tem sido objeto de uma vasta e sistemática atenção crítica, com a publicação de conjuntos de estudos e até mesmo de periódicos dedicados ao legado do poeta, para além de um sem-número de teses acadêmicas — o que não deixa de ser irônico, como notou Charles Bernstein, dado o antiacademicismo e a desconfiança dos idealismos teóricos que ele sempre nutriu em questões de arte e poesia.

Iniciada em 1909, com *Poems*, seu primeiro volume autoeditado e marcado ainda por sobretons românticos, a trajetória de Williams move-se decididamente em direção ao Modernismo, muito influenciada por Ezra Pound, àquela altura já estabelecido em Londres — de onde praticamente desloca seu jovem amigo da imitação de Keats para o terreno das novas ideias. Os experimentos de Pound e Doolitle com os princípios imagistas — buscando a expressão mais objetiva e direta possível do mundo exterior em uma linguagem sintética e visualmente depurada — abriram a Williams o caminho para se afastar da tradição europeia e voltar-se, via procedimentos modernos, à necessidade de descobrir uma tradição e uma linguagem propriamente norte-americanas e contemporâneas.

No intenso diálogo com poetas como Pound, Wallace Stevens e Marianne Moore, o núcleo da sua poética vai se formando, dirigido ao contato imediato com a experiência concreta e norte-americana e com a captação pictórica do mundo — etapa de que o volume *Kora in Hell: improvisations* [Kora no inferno: improvisações], de 1920, é a peça mais representativa. A década de 1920 também é marcada, na trajetória de Williams, pelo retorno de muitos dos artistas então expatriados nos Estados Unidos à Europa, e particularmente a Paris — cidade que o poeta visitou em diferentes temporadas pelo Velho Mundo, a principal delas em 1924, quando conhece Joyce e torna-se amigo de Ford Madox Ford. Outro fato fundamental desse período do primeiro pós-guerra é o aparecimento de *A Terra devastada* (1922), de T. S. Eliot, cujo impacto Williams chegou a comparar ao de uma "bomba atômica" jogada sobre o projeto modernista ao "devolver o poema aos acadêmicos" e atrair para o campo elitista e europeizante de Eliot muitos de seus contemporâneos, especialmente Pound. A partir do volume que pode ser visto como uma resposta mais imediata a Eliot (*Spring and All* [Primavera e tal], de 1923, publicado em Paris por Robert McAlmon e que contém a primeira versão de seu célebre "O carrinho de mão vermelho"), o projeto literário de Williams assenta-se mais definitivamente em características mais complexas, mais originais — como a relação entre poesia e prosa, fluxo e estrutura, e sua teoria da composição — e mais modernas.

Um liberal democrata desde os anos 1920 (à diferença de muitos de seus contemporâneos com inclinações abertamente autoritárias e elitistas), com simpatias ativas que seriam consideradas de esquerda durante o macarthismo dos anos 1950 (a ponto de impedirem sua indicação como consultor de poesia na Biblioteca do Congresso em 1952), Williams registrou desde os primeiros livros um contato com temas sociais. No poema longo *The Wanderer — A Rococo Study* [O andarilho — um estudo rococó] (incluído no volume *Al Que Quiere!* [A quem quiser!], de 1917), um dos episódios é o que retoma a brutal repressão a uma greve de trabalhadores têxteis na cidade de Paterson. Curiosamente, é assim que a cidade de Paterson faz sua primeira aparição na obra de Williams, como portadora das contradições da industrialização norte-americana.

A crítica aos males sociais da industrialização em Williams passa, entretanto, pelo critério de um legado político-social norte-americano que ele articularia um pouco mais tarde no ensaio histórico *In The American Grain* [No grão americano] (1925). A voga marxista que marcou o campo literário norte-americano nos anos 1930 foi objeto da crítica de Williams tanto pelo crivo de seu liberalismo democrático (traduzido em uma posição pessoal de independência estética diante de diretrizes partidárias) como pelo critério localista. Sua posição de reserva quanto aos movimentos comunistas não impediu que suas simpatias democráticas captassem o espírito da década. O volume *An Early Martyr and Other Poems* [Um mártir precoce e outros poemas], de 1935, registra esse momento, com o célebre "Proletarian Portrait" [Retrato proletário]. Quando a edição de seus *Complete Collected Poems* aparece em 1938, a crítica de esquerda, que via na sua poesia de até então um exemplar do formalismo e do esteticismo dos anos 1920, acaba reconhecendo a amplitude de seus temas e o valor da observação social e do ponto de vista dos "de baixo".

Uma das dificuldades de dar a *Paterson* seu lugar de direito nessa obra vem exatamente dessa amplitude. Em sua autobiografia, de 1951, Williams afirma que seu longamente acalentado projeto de um épico norte-americano moderno precisava "encontrar uma imagem grande o suficiente para encarnar todo o mundo conhecível ao [meu] redor" — imagem que termina por confluir na cidade industrial às margens do Passaic que já frequentara sua poesia desde 1917. Curiosamente, entretanto, mais do que a cidade e sua vida, parece ser o rio Passaic a metáfora que mais se aproxima da estrutura do poema — não apenas na relação que Williams buscava estabelecer entre o rumor das águas e a linguagem de um "idioma americano", mas também nos diferentes ritmos, remansos, desvios e variações de tonalidade sobre os quais o poema se equilibra.

O épico moderno, ou o poema longo aberto ao programa dessa *poética da totalidade*, como a caracteriza Fredric Jameson, é uma forma particularmente atraente para um poeta com as preocupações composicionais e sócio-históricas de Williams. Além do parentesco mais próximo com os *Cantos* de Pound e com *A terra devastada* de Eliot, a forma do poema longo modernista em inglês já contava na década de 1940 com uma tradição importante, na qual se incluíam "Marriage" [Casamento] e "An Octopus" [Um polvo], de Marianne Moore; *The Bridge* [A ponte], de Hart Crane; e *Notes Toward a Supreme Fiction* [Notas para uma ficção suprema], de Wallace Stevens. Em Williams, entretanto, o impulso para o poema longo aparenta vir de muito longe — o próprio poeta afirma não se recordar do ponto exato em que começou a concebê-lo, fazendo referência a uma anotação de 1925, descoberta por Vivienne Koch. Possivelmente, o projeto guarda alguma relação com a influência inicial de John Keats e de seu *Endymion*, além do peso de Walt Whitman. Assim, embora José Paulo Paes veja no poema uma etapa de maturação pessoal e um percurso do objetivismo à metáfora, o fato de a concepção de *Paterson* estar de alguma forma em elaboração desde muito cedo na trajetória madura de Williams pode sugerir que essa gestação tenha funcionado como um contraponto, ou laboratório de procedimentos e ideias, que o poeta cultivava desde sempre.

O "Livro 1" de *Paterson*, publicado em 1946, teve, de forma geral, uma recepção bem mais positiva do que os volumes subsequentes. Originalmente, Williams o concebeu em quatro livros, aos quais adicionou um quinto volume (depois do primeiro livro em 1946, os demais foram publicados em 1948, 1949, 1951 e 1958). Randal

Jarrell destacou no "Livro 1" uma "organização musical", composta pelo enunciado de um tema que assume a forma de uma ideia sempre repetida e submetida a variações, desenvolvida ao lado de outros temas paralelos e ecoada para efeito cômico ou grotesco em contextos incongruentes.[1] Cercado de um aparato metalinguístico, como a primeira sessão — Prefácio — e a nota em que se anuncia como "uma resposta a gregos e latinos com as próprias mãos", o poema encena o conflito entre o sujeito e a experiência histórica norte-americana, dando lugar a um jogo de polarizações — ideias/coisas, casamento/divórcio, homem/mulher, cultura/natureza — diante das quais o sujeito opera algum tipo de síntese ou reconciliação. Embora centrado no personagem-síntese do título cuja vida é representada pelo curso do rio, não se trata de uma narrativa ou de um fluxo linear, mas antes de um acúmulo de episódios articulados por princípios de "dispersão" e "metamorfose" — termos utilizados pelo poeta na nota que introduz o "Livro 1".

Talvez a primeira tensão fundamental se estabeleça de saída nessa polaridade entre a multiplicação de cenas, temas, vozes e desenvolvimentos e a unidade do personagem — dr. Paterson —, que constitui o pensamento dominante, a consciência fluida e ao mesmo tempo o espaço e o leito do discurso. Musicalmente, diferentes motivos atravessam essa sucessão de episódios, vertebrando-a — como os cachorros que desde o Prefácio até o final do "Livro 4" povoam o poema, ora como metáfora do próprio autor, ora como encarnação dos "pensamen-

---

1. Apud DOYLE, Charles. *William Carlos Williams and the American Poem*. Londres: The Macmillan Press, 1982, p. 87.

tos" de Paterson, ora como mero índice da vida comum, que contribui para enraizar o esquema metafórico geral da obra no chão da experiência concreta. Outro mediador importante dessa descida à experiência — que é também uma descida ao real da história — é o Virgílio dessa comédia profana, o "pai fundador" de Paterson, que viu nas cataratas do Passaic o potencial para o florescimento econômico de uma "cidade federal": Alexander Hamilton (1755-1804), cuja importância começa, mas não termina, em seu papel de fornecedor do elo entre a história local e "os primórdios dos Estados Unidos" (como alude Williams em nota à edição de 1951), em evidente referência não apenas ao processo histórico como à identidade política da União que se firmava contra a dispersão dos estados federados. O jogo de palavras *Pater-Son*, somado à pretensão de que a cidade represente o pensamento de um homem que é criador e criatura da própria consciência e da experiência histórica (seus pensamentos animam, afinal, a própria vida social), parece confirmar ainda mais a centralidade do motivo *hamiltoniano*.

No entanto, é o próprio princípio dinâmico empregado por Williams que nos impede de aceitar a hierarquia do homem-cidade enquanto subjetividade histórica e geograficamente encarnada no andamento do épico. Sua posição central não elide o valor da dispersão (ou multiplicação) que desafia essa unidade consciente — aliás, masculina. Ao contrário, não são poucos os indícios de que a dispersão, talvez mais conspicuamente responsável pela diluição das fronteiras entre sujeito e objeto, possa ser o verdadeiro personagem que faz correr o fluxo, requisitando, referencialmente, um retorno ao leito do rio de uma unidade subjetiva sempre que necessário. Esse leito masculino que é Paterson, desde o nascimento — "um milagre de nove meses" —, até a morte ou a foz — no fim do "Livro 4" (que originalmente seria o último) —, é povoado por uma sucessão muito significativa de imagens e personagens femininas. O leito do rio é a um tempo consciência, natureza e história, onde se desenrolam, sujeitas a uma mesma disciplina de ciclos, a botânica nativa e a indústria têxtil nascente, que também se vale do rio como fonte de energia e meio de transporte. Nesse leito fluem as águas da linguagem, produzindo o idioma local e também as rupturas e quebras, na forma e nos temas, que são impostas pela inevitabilidade geológica das pedras e pelos acidentes pessoais e históricos da colonização e da industrialização.

Linguagem e ideias, aliás, encenam outro subdrama desse épico. Afinal, como lembra Jameson, a famosa divisa objetivista que Williams repete ao longo do poema e que já estava presente no material de 1927, "*no ideas but in things*" — "nenhuma ideia fora das coisas" —, é ela mesma *uma ideia*. E *Paterson* está cheio delas, entre as quais as ideias matemáticas, políticas, econômicas e muitas outras sentenças que vão se articulando na reflexividade do procedimento artístico — como a ideia de redução à unidade através da multiplicação ("por multiplicação a redução a um") e a noção de uma prosódia relativa que traduziria a multiplicidade da fala norte-americana moderna sem perder um centro de gravidade rítmica essencial à composição. A própria beleza, que por vezes parece corresponder ao polo da unidade, traduz um programa de aproximação à concretude das coisas — ecoando decisivamente o famoso verso de Keats, "a thing of beauty is a joy for ever" ["O que é belo há de ser eternamente/ uma alegria (...)", na tradução de Augusto de Campos].

Percorrendo a variedade dos materiais e formas empregados por Williams em *Paterson*, vê-se que o programa objetivista alcança aqui uma estatura muito ampliada. O universo da experiência concreta — as efetivas "coisas" que o poeta utiliza — expande-se para os fatos da história local, para os sentimentos e ideias que os interlocutores de Williams lhe dirigem em cartas, para ideias econômicas e sociais, para a própria linguagem, para a ciência (vista quase sempre do ângulo de suas condições materiais de produção), para a arte e até, em boa medida, para o próprio plano ou esquema em que o poema, precariamente, se organiza. E além de fatos do mundo ou fatos das ideias, esses elementos, por vezes formando ideogramas encaixados entre as cascatas dos versos como blocos horizontais em prosa, são também, e essencialmente, fatos da linguagem.

Um dos aspectos mais notáveis a esse respeito é a aproximação aos fatos e a esses materiais concretos (a essas "coisas" que uma consciência objetificada busca unificar) que vai desaguar, quase sempre, em violência. Vai-se, com certo requinte de detalhes e variações, da violência crua das mesquinhas disputas territoriais entre colonos e do assassinato de indígenas à violência a um só tempo material e metafísica contida na descoberta da radiação e da possibilidade de fissão nuclear por Marie Curie (em episódio do "Livro 4") — passo precursor da bomba atômica usada pelos Estados Unidos contra civis no Japão um ano antes da publicação do "Livro 1" de *Paterson*. A violência é possivelmente o verdadeiro "radiant gist" [cerne radiante] que o poeta extrai do episódio protagonizado por Marie Curie, e que certa crítica chegou a associar à própria ideia de poesia em Williams. São violentas as cartas de Marcia Nardi, em que o poeta chegou a ver "um ataque" contra ele, embora eivadas de admiração e procura. Estupro e abandono estruturam o episódio em que a Vênus de *Paterson* — *Beautiful Thing*, uma trabalhadora negra — se vê emoldurada por um incêndio equiparável, neste épico, ao grande incêndio de Roma em 64 d.C. e aos incêndios e catástrofes que frequentemente — como no caso de José de Alencar — consumiam os personagens históricos do romantismo oitocentista. A relação entre a violência e a busca da beleza está inscrita no procedimento artístico dessa resposta a gregos e latinos, nesse crime cometido "com as próprias mãos", como o poeta enuncia na nota que introduz o "Livro 1". Resposta dirigida, portanto, e respectivamente, aos "europeus" Pound e Eliot, mas também, possivelmente, à *Odisseia* e à *Eneida*, poemas em que a violência age como princípio fundador da história, de cidades e de mundos.

Outro aspecto unificador do percurso do sujeito em direção à realidade é aquilo que tensiona sua prosódia: a desmedida. Há nos materiais de *Paterson* uma imensa galeria de deformidades que ornamenta a violência. Pérolas e peixes gigantes, o crânio do anão Peter, o corpo pesado do chefe indígena, a intrincada enxurrada psicológica das acusações de Marcia Nardi. Se a prosódia busca um certo equilíbrio flexível para a expressão de uma realidade em fluxo e de uma nova compreensão do tempo e do espaço, algo de monstruoso parece colocá-la constantemente sob ameaça. Não à toa, um dos tópicos fortes sobretudo do "Livro 1" é, precisamente, a catástrofe do discurso — ou, nos termos do próprio poema, o "divórcio" entre linguagem e realidade. O impacto dessa catástrofe e da deformidade moderna é visto de vislumbre justamente em um comentário sobre a medida, o metro, a forma — a citação dos *Studies of the Greek Poets* [Estudos dos poetas gregos], de John Addington Symonds, ao final do "Livro 1".

Mesmo as jornadas pastorais do dr. Paterson, que retomam a tradição norte-americana de andarilhos desde Emerson e Whitman até Henry David Thureau, como no começo do "Livro 2", resultam em encontros desconcertantes com o tema da desmedida. Assim, no "Livro 2", a caminhada é interrompida pelo derramado sermão de um pregador protestante sobre as virtudes do novo mundo e de uma "prosperidade da pobreza". O discurso do pastor é interrompido por uma nova referência a Hamilton e sua reticência ante o poder do povo — essa "grande fera". É a "América" que irrompe no roteiro pastoral como signo da própria desmedida que brota do chão natural, fundada sobre a marcha da devastação, sobre a ideologia do acúmulo e sobre a concentração de poder — momento hamiltoniano por excelência, em que o "Federal Reserve" — o banco central norte-americano — surge como solução para o problema político da União. Cumpre lembrar que uma das simpatias políticas de Williams e um dos seus raros pontos de contato político com Pound, abundantemente documentada no "Livro 4", era com o movimento do "crédito social", que defendia iniciativas de tipo cooperativista para a desconcentração do crédito bancário. A referência a Hamilton, à desmedida da concentração econômica e ao "crédito social" parece representar aqui o anúncio de um voo político impossível, embora inscrito na realidade, como o do gafanhoto de pedra do museu Chaputelpec que protagoniza o episódio seguinte — um tipo de "torso arcaico de Apolo" às avessas, em que é a totalidade compacta e excessiva do corpo do inseto, e não a incompletude, que instaura o gesto e a vida possíveis.

Assim, o passeio no parque do "Livro 2" parece justapor os temas pastorais a essa introdução do núcleo disfórmico e violento, de modo a propor que, no chão do parque, com casais sobre a grama e cenas de alegres peregrinos, inscreve-se uma fenda, um movimento de descida. De um lado, evoca-se o fracasso dos planos iniciais de Hamilton para a criação de um parque industrial e uma cidade planejada no Passaic; de outro, o fracasso de Marcia Nardi diante das condições sociais que lhe impunham o sacrifício de seu talento literário.

Essa descida chega afinal ao autêntico inferno do "Livro 3", onde as correntes subterrâneas da violência da formação norte-americana afloram ao primeiro plano. Entre relatos de assassinatos, de sacrifício de cachorros em um rito fúnebre indígena, e até da caçada a um gato-fantasma nos tempos supersticiosos da colônia, curiosamente ocorre aqui a afirmação de que "a província do poema é o mundo". O poema neste ponto é, ele mesmo, câmara em que as chamas do incêndio que devastou literalmente a cidade de Paterson em 1902 são reencenadas como signo da inevitabilidade histórica. O poema não as transfigura, antes deixa que devorem o conhecimento inerte estocado na biblioteca municipal. Dr. Paterson não pode senão reencenar imaginariamente a violência sexual ao tratar a vítima do estupro — sua Vênus negra, *Beautiful Thing* —, e refugia-se na própria impotência convertida em contemplação da beleza concreta ("a thing of beauty", no ideal de Keats), talvez a única forma de sublimação possível, em Williams, ante o "divórcio" racial e social que impede a consumação do impulso amoroso, antídoto contra a morte nesse vale de lágrimas e chamas.

A violência sexual contra uma mulher negra enfileira, tanto quanto os outros episódios governados pela desigualdade de gênero, a série de polaridades que concorrem para o fluxo do poema, aguçadas nesse estágio pela força dos elementos como que a inflamar ainda mais os contrastes ou simplesmente evidenciar ainda mais a sublimação do desejo. Plurais e múltiplas, as encarnações do feminino são ativadas pela dispersão, o ar que alimenta o incêndio, imparável. A força criadora, feminina, afirma-se depois da destruição e ante a violência que tende a restaurar o princípio de unidade. O impulso amoroso de dr. Paterson diante da vítima de estupro talvez seja o elemento mais apto a desvendar um mistério que acompanha o leitor toda vez que o tom do poema ascende do plano da experiência para a voz — embora multiplicada — do personagem central: a sensação de que esse ponto de vista, interrompido e matizado, é ainda assim um ponto de vista colonial, representativo de uma espécie de última instância de administração da violência. O fogo e os livros, o estupro e o corpo, o poema e o mundo — tudo se passa sob o signo autorizativo da divisa "*so be it*": "que seja" (uma autorização que não alcança, curiosamente, o desejo). Anoitece no poema como no mundo.

A mediação do desejo é retomada, em nova cena pastoral, no "Livro 4", em que o idílio potencialmente homossexual de um par feminino — Córidon e Fílis — sanciona finalmente alguma realização amorosa para dr. Paterson, que forma ele mesmo um par com a última, a jovem massagista vinda da cidade de Paterson, que presta seus serviços à rica, madura e expansiva Córidon, dada a compor versos. Duas mulheres e duas linguagens, ambas divorciadas da realidade, parecem sugerir que dr. Paterson ocupa uma posição de equilíbrio. Um princípio de contraste fornece aqui a Williams ocasião para introduzir outra personagem feminina, uma das mais centrais: Marie Curie. O triângulo amoroso pastoral dá lugar à descoberta da radiação e da divisão do núcleo atômico, que é comparada, num dos lances mais poderosos do procedimento ideogramático de Williams, à descoberta do "Novo Mundo" por Colombo, relatada por um sumário trecho do diário do navegador espanhol em que, sugestivamente, a locução *beautiful thing* reaparece: "During that time I walked among the trees which was the most beautiful thing which I had ever known" [Durante esse tempo caminhei entre árvores que eram a coisa mais bonita que eu já havia conhecido].

Curie ocupa uma posição importante, ao enfeixar alguns dos temas centrais do poema: o conhecimento pela dissecação, a metamorfose, o decaimento como negativo da descoberta, a gravidez e o casamento, o sexo como criação e destruição. O poder liberado pela energia atômica é novamente justaposto ao impulso do crédito, que abre espaço à crítica poundiana à usura, também uma pauta de Williams. O "Livro 4" encaminha o final do épico, em sua concepção original, como o escoamento do discurso e da história em nada menos do que um autêntico "mar de sangue", recordando a guerra no Pacífico, e, num possível reflexo já das tonalidades sociais do pós-guerra, um renascimento na praia, em que o homem, a unidade e o seu pensamento — o cachorro — rumam novamente em direção à *hinterland*.

O fim de um épico que se constitui essencialmente como fluxo é uma crise que o administrador da violência da história tem grande dificuldade em resolver. Assim, o "Livro 5" parece nascer da *internalização* dessa crise, repetindo um dos procedimentos artísticos mais fundamentais da obra. A partir de um castelo medieval reproduzido na "América" às margens do Rio Hudson (o museu *The Cloisters*), o poeta inicia um longo exercício de contemplação da arte da Baixa Idade Média europeia, tendo como objeto a tapeçaria holandesa *A caça do unicórnio*, conduzido com o mesmo tom de perquirição botânica e de languidez pastoral que caracteriza outras descrições da paisagem e da vegetação nativas no poema: a Europa é agora campo selvagem e a arte é uma segunda natureza. O unicórnio que só pode ser capturado por uma virgem é justaposto, *patersonianamente*, à pintura de Pieter Brueghel, *A adoração dos reis*, associando-se o unicórnio ao Cristo e ao mesmo tempo à arte como fecundidade. O museu norte-americano, retomado no percurso pastoral de Paterson, procura ampliar, na direção de uma teoria da arte, a antiga contraposição de Williams ao decadentismo europeu. A arte é a promessa de vida que o artista — unicórnio às voltas com a sua solidão — precisa procurar em tudo que a vida toca e que, portanto, a morte também toca — no jazz negro, no judeu que resiste altivo ao fuzilamento, na entrega à virgem que o conduzirá ao fim e, portanto, ao recomeço.

Paterson é, para Fredric Jameson, um unicórnio entre os modernos. No conjunto de "clássicos" definidos pela exigência do fracasso de seus projetos como condição para expressarem tipicamente a modernidade — como os *Cantos* e *A terra devastada* —, o épico de Williams guarda uma singularidade adicional, uma volta a mais no parafuso:

> é um épico que sabe, nos seus impulsos estruturais mais profundos, que não deve ser bem-sucedido, que as condições

de sua realização dependem de um fundamental sucesso no fracasso, ao mesmo tempo em que não pode encarnar tampouco qualquer vontade de fracassar.[2]

Paterson fracassa assim em sua busca por uma linguagem norte-americana — busca que atualiza, para Jameson, a referência necessária ainda a uma ideia utópica de linguagem —, dando lugar a "seus silêncios, suas incoerências e protestos inarticulados, sua estranheza e sua falta de jeito não europeia",[3] que são ao mesmo tempo a resistência de Williams em suprir as incapacidades retóricas da fala norte-americana e o índice ainda moderno e utópico do seu projeto, cujo ponto de partida é o constante murmúrio das águas.

Esse processo de internalização do fracasso ou da impossibilidade moderna — que, no entanto, não se inscreve na natureza programática da obra e tampouco destrói o mínimo de adesão ao papel restaurador da linguagem — termina por garantir a *Paterson*, para Fredric Jameson, uma vantagem (um sucesso?) diante das demais expressões exemplares do Alto Modernismo: "uma certa despersonalização democrática em Williams, reforçada pelo método da colagem dos vários documentos e cartas", consegue destronar o poeta de qualquer tentação de exercer uma função "vática" ou profética, apontando para uma situação "para além de sujeito e objeto". Essa evasão formal do problema do ponto de vista é superior, para o crítico, às soluções de Eliot em *A terra devastada* — em que o poema

2. JAMESON, Fredric. *The Modernist Papers*, Londres/ Nova York: Verso, 2007, p. 5.
3. Idem, ibidem.

se resolve existencial e fenomenologicamente no destino individual — e de Pound nos *Cantos* — em que a massa de referências terminaria por "dissolver" seus múltiplos enquadramentos provisórios.[4]

Ainda que bem-sucedida, a estratégia de Williams funciona por meio de soluções precárias. O livre trânsito através da variedade da vida social moderna e da experiência pessoal, bem como o olhar desassombrado para as deformidades e as misérias, são assegurados pela atividade médica de dr. Paterson. E assim como resiste à tentação da pregação vática ou da reconstrução da linguagem despedaçada, dr. Paterson resiste também ao ímpeto de atribuir a esse olhar social uma orientação explicitamente política, como seria de se esperar no clima dos anos 1940. Aqui, sustenta Jameson, não são apenas as categorias de sujeito e objeto que se dissolvem, mas também a relação entre obra e biografia, poesia e vida — e não custa lembrar que a cidade de Paterson, afinal, recebe seu nome do terceiro governador de Nova Jersey, signatário da constituição norte-americana, *William* Paterson.

A alegoria de dr. Paterson desdobra-se em outro nível, o da cidade como homem, indivíduo, masculino; e da montanha como o feminino que universaliza a relação das diferentes mulheres que povoam o poema. Jameson percebe que, no mais das vezes, as mulheres aqui são figuradas essencialmente na sua relação com os homens — seja no caso de dr. Paterson com Marcia Nardi e *Beautiful Thing*, ou no do chefe africano e suas nove esposas na fotografia da *National Geographic*. O desequilíbrio patriarcal que estrutura o poema, em que o masculino é

---

4. Idem, p. 10.

o tempo e o espaço, abstratos, e o feminino a encarnação de mulheres concretas, para além de refletir a estrutura da sociedade, seria matizado pelo papel fundamental desempenhado pelas vozes femininas, o que novamente daria certa superioridade a *Paterson* quando comparado a outras expressões modernistas — como o monólogo de Molly Bloom no *Ulysses*, de Joyce. As interrupções e irrupções que as personagens, textos e vozes de mulheres provocam no fluxo da linguagem reorientam, de fato, o andamento do épico. Armando alegoricamente a dominação patriarcal de forma tão medular, *Paterson* terminaria novamente incorporando no nível estrutural da obra a possibilidade da crítica a essa dominação pelo processo de desconstrução dessa alegoria central.

De qualquer forma, as resistências que o fluxo interpõe às tentações unificadoras ou universalizantes, ainda que não impeçam a alegorização de um sujeito como estratégia motivadora, impediriam, segundo Jameson, a formação de "temas" ou núcleos parciais de sentido. Nenhum episódio ou material histórico teria isoladamente maior significado ou alcance estético. Os aspectos verdadeiramente significativos seriam antes as modulações e rupturas no tratamento do material utilizado. No acúmulo, no ruído permanentemente projetado a partir do fluxo e revolteio dos versos, na sucessão fluida dos episódios e pontos de vista e nas transições e modulações é que estaria a força e originalidade da obra, e a marca afinal moderna de sua formalização. O poema remonta a todo instante, com sua técnica de colagem e suas modulações na forma, no tom e no sentido, à sua totalidade em movimento, impedindo que os núcleos de significado, estilo, "temas" e símbolos particulares paralisem o fluxo murmuroso do discurso.

Alguma coisa se passa, entretanto, na relação entre essa desestabilização constante do sentido e as alegorias do homem-cidade e do dr. Paterson. Prosseguindo na sugestão de Fredric Jameson, que situa o épico de Williams ali onde ele o projetou, entre as grandes obras do Modernismo literário de Joyce, Pound e Eliot, talvez fosse possível acrescentar um vértice a essa figura: o de Joseph Conrad e sua solução magistral para o problema do ponto de vista: o funcionário da empresa comercial colonial que transita não pelo Passaic, mas pelo Congo, portando igualmente ideais formadores que vão sendo corroídos na descida ao chão concreto da experiência. Penso que a aproximação é possível, apesar de *O coração das trevas* ter sido publicado vinte anos antes de *Ulysses* e *A terra devastada*, sobretudo porque a técnica de Williams para evitar a cristalização de sentidos em *Paterson*, mantendo o impulso do fluxo da linguagem como uma espécie de efeito "anticoagulante", termina por equalizar o tratamento das deformidades e dos horrores da história sob a tranquila soberania de um olhar *clínico*, não muito diferente da postura empírica e objetiva de um administrador colonial.

Seria necessário, para explorar essa ideia, avançar um pouco mais no alcance da alegoria do dr. Paterson e de sua prática médica como dissolução dos limites entre vida e poesia. O tom geral que emana das escavações que o poema empreende no solo da história e das jornadas pastorais que o ligam à tradição norte-americana, a meu ver, se condensa num olhar clínico, movido pela fantasia pós-colonial de poder curar e restaurar algum equilíbrio afetado pelos males do progresso — ainda que figurados na sua ambiguidade de doença da vida e vida da doença. Em Williams, esse olhar — disperso em muitos ângulos de observação e escuta, um olhar plurissensorial — guarda uma notável similaridade com as fases do desenvolvimento daquele "olhar positivo" descrito por Michel Foucault ao mapear o surgimento da medicina científica.[5]

Dr. Paterson, com efeito, percorre os campos munido de uma botânica e de um olhar classificatório, de que dão testemunho suas longas descrições da flora e da fauna. Nesses e em outros momentos, seu olhar é aquele de um objetivismo médico eminentemente visual: "As formas da racionalidade médica penetram na maravilhosa espessura da percepção, oferecendo, como face primeira da verdade, a tessitura das coisas, sua cor, suas manchas, sua dureza, sua aderência".[6] A objetividade e o pendor imagista, entretanto, implicam uma postura específica, quase uma ética, resumida no olhar que "se abstém de intervir", um olhar afinal "puro, anterior a toda intervenção, fiel ao imediato"; uma pureza que, na experiência clínica, "está ligada a certo silêncio que permite escutar" a linguagem do corpo e a linguagem das coisas.[7]

Dr. Paterson é essencialmente alguém que ouve o rumor das águas do corpo que examina ali onde "os discursos loquazes dos sistemas devem se interromper".[8] Colocando em suspenso não apenas as teorias e as ideias, mas também a própria imaginação, o olhar clínico "tem esta paradoxal propriedade de *ouvir uma linguagem* no momento em que *percebe um espetáculo*"[9] (grifo no original). Na medicina, o advento da anatomia patológica e a aber-

---

5. FOUCAULT, Michel. *O nascimento da clínica*, trad. Roberto Machado, Rio de Janeiro: Forense Universitária, 1980, p. 9.
6. Idem, p. 11.
7. Idem, p. 121.
8. Idem, ibidem.
9. Idem, p. 122.

tura dos cadáveres dotam esse olhar clínico de uma nova dimensão: ele passa a "ver o mal se expor e dispor diante dele à medida que penetra no corpo, avança por entre seus volumes, contorna ou levanta as massas e desce em sua profundidade".[10] Daí resulta que o mal, a doença, deixa de ser "um feixe de características disseminadas pela superfície do corpo e ligadas entre si por concomitâncias e sucessões estatísticas observáveis" para se tornar "um conjunto de formas e *deformações*, figuras, *acidentes*, elementos deslocados, *destruídos* ou modificados que se encadeiam uns nos outros, segundo uma *geografia* que se pode seguir *passo a passo*"[11] (grifos meus).

É desconcertante a semelhança entre os procedimentos das diferentes fases do desenvolvimento da medicina científica e as classificações, descrições, observações, dissecações, exumações e autópsias que constituem o procedimento artístico de Williams ao percorrer, por dentro, a geografia orgânica do corpo norte-americano em *Paterson*. Por cima de todos esses procedimentos, e potencializado pela sua variedade e abertura às escutas empíricas, paira uma silenciosa consciência ordenadora, como uma nova camada ou membrana entre o eu lírico e o autor. Essa consciência clínica, bem-treinada e bem-aparelhada, que em alguma medida *sabe* identificar o mal e a doença que afligem o corpo da história e da linguagem, mantém-se em uma posição de comando, entretanto, apesar dos efeitos da multiplicação dos pontos de vista. Mantém-se, igualmente, a uma certa distância desse corpo a ser tratado — o que é garantido pela intermediação das alegorias do homem-cidade e do dr. Paterson e pelo mesmo movi-

10. Idem, p. 155.
11. Idem, ibidem.

mento de dispersão e metamorfose desses sujeitos. Dominado por uma multiplicação feminina, esse corpo talvez evoque afinal os pudores que, na história da medicina, estiveram na origem de muitos instrumentos de ausculta, da "distância solidificada" do estetoscópio que "transmite acontecimentos profundos e invisíveis ao longo de um eixo meio-táctil, meio-auditivo".[12]

Em Conrad, o "problema" do ponto de vista foi convertido em chave-mestra para o desvendamento, "por dentro", da ideologia colonial. Portando plenamente o estandarte do livre trânsito da empresa colonial nas terras colonizadas, Charles Marlow, o protagonista de *O coração das trevas*, é um portador fidedigno dos ideais de civilização que vão se dissolvendo na medida em que ele mesmo se dissipa para revelar o coração sombrio do humanismo europeu: a própria ideia de extermínio, localizada no centro de um projeto de dominação, e não em alguma de suas províncias remotas. Em *Paterson*, a dissipação adotada como uma estratégia formal desde o início termina "salvando" o sujeito poético e seu olhar clínico desse arruinamento que carrega muitos de seus personagens — e a própria linguagem da poesia e da história — rio abaixo.

Espécie de fracasso final, a sobrevivência de um olhar ainda colonial e administrativo, no comando dos mecanismos do poema, talvez seja indissociável de um projeto que se motiva, genuinamente, pelo desejo de reconciliar e refundar, pela arte, uma história — um lugar, um corpo ou um mundo — a partir dos materiais, vozes e personagens que tão obstinadamente documentam sua própria impossibilidade.

---

12. Idem, p. 187.

Copyright © 1946, 1948, 1948, 1951, 1958 William Carlos Williams
Copyright © 1963 Florence Williams
Copyright © 1992 William Eric Williams and Paul H. Williams
Copyright © 1992 by Christopher MacGowan

Copyright da tradução © 2023 Círculo de poemas

Todos os direitos reservados. Nenhuma parte desta obra pode ser reproduzida, arquivada ou transmitida de nenhuma forma ou por nenhum meio sem a permissão expressa e por escrito da Editora Fósforo e da Luna Parque Edições.

EDITORA CONVIDADA Sofia Mariutti

EQUIPE DE PRODUÇÃO
Ana Luiza Greco, Cristiane Alves Avelar, Fernanda Diamant, Julia Monteiro, Juliana de A. Rodrigues, Leonardo Gandolfi, Marília Garcia, Millena Machado, Rita Mattar, Zilmara Pimentel

REVISÃO Geuid Dib Jardim e Paula Queiroz

PREPARAÇÃO Julia de Souza

PROJETO GRÁFICO Alles Blau

EDITORAÇÃO ELETRÔNICA Página Viva

Dados Internacionais de Catalogação na Publicação (CIP)
(Câmara Brasileira do Livro, SP, Brasil)

Williams, William Carlos, 1883-1963
Paterson / William Carlos Williams ; tradução, notas e posfácio Ricardo Rizzo. — São Paulo : Círculo de poemas, 2023.

Título original: Paterson
ISBN: 978-65-84574-86-1

1. Poesia norte-americana I. Rizzo, Ricardo. II. Título.

23-159282   CDD — 811.3

Índice para catálogo sistemático:
1. Poesia : Literatura norte-americana   811.3
Eliane de Freitas Leite — Bibliotecária — CRB-8/8415

CÍRCULO *Luna Parque*
DE POEMAS *Fósforo*

circulodepoemas.com.br
lunaparque.com.br
fosforoeditora.com.br

Editora Fósforo
Rua 24 de Maio, 270/276, 10º andar
01041-001 — São Paulo/SP — Brasil

CÍRCULO Luna Parque
DE POEMAS Fósforo

LIVROS

1. **Dia garimpo**
Julieta Barbara
2. **Poemas reunidos**
Miriam Alves
3. **Dança para cavalos**
Ana Estaregui
4. **História(s) do cinema**
Jean-Luc Godard
(trad. Zéfere)
5. **A água é uma máquina do tempo**
Aline Motta
6. **Ondula, savana branca**
Ruy Duarte de Carvalho
7. **rio pequeno**
floresta
8. **Poema de amor pós-colonial**
Natalie Diaz
(trad. Rubens Akira Kuana)
9. **Labor de sondar [1977-2022]**
Lu Menezes
10. **O fato e a coisa**
Torquato Neto
11. **Garotas em tempos suspensos**
Tamara Kamenszain
(trad. Paloma Vidal)
12. **A previsão do tempo para navios**
Rob Packer
13. **PRETOVÍRGULA**
Lucas Litrento
14. **A morte também aprecia o jazz**
Edimilson de Almeida Pereira
15. **Holograma**
Mariana Godoy
16. **A tradição**
Jericho Brown
(trad. Stephanie Borges)
17. **Sequências**
Júlio Castañon Guimarães
18. **Uma volta pela lagoa**
Juliana Krapp
19. **Tradução da estrada**
Laura Wittner
(trad. Estela Rosa e Luciana di Leone)

PLAQUETES

1. **Macala**
Luciany Aparecida
2. **As três Marias no túmulo de Jan Van Eyck**
Marcelo Ariel
3. **Brincadeira de correr**
Marcella Faria
4. **Robert Cornelius, fabricante de lâmpadas, vê alguém**
Carlos Augusto Lima
5. **Diquixi**
Edimilson de Almeida Pereira
6. **Goya, a linha de sutura**
Vilma Arêas
7. **Rastros**
Prisca Agustoni
8. **A viva**
Marcos Siscar
9. **O pai do artista**
Daniel Arelli
10. **A vida dos espectros**
Franklin Alves Dassie
11. **Grumixamas e jaboticabas**
Viviane Nogueira
12. **Rir até os ossos**
Eduardo Jorge
13. **São Sebastião das Três Orelhas**
Fabrício Corsaletti
14. **Takimadalar, as ilhas invisíveis**
Socorro Acioli
15. **Braxília não-lugar**
Nicolas Behr
16. **Brasil, uma trégua**
Regina Azevedo
17. **O mapa de casa**
Jorge Augusto
18. **Era uma vez no Atlântico Norte**
Cesare Rodrigues
19. **De uma a outra ilha**
Ana Martins Marques

Você já é assinante do Círculo de poemas?

Escolha sua assinatura e receba todo mês em casa nossas caixinhas contendo 1 livro e 1 plaquete.

Visite nosso site e saiba mais:
www.circulodepoemas.com.br

CÍRCULO *Luna Parque*
DE POEMAS *Fósforo*

Este livro foi composto em GT Alpina e GT Flexa e impresso pela gráfica Ipsis em julho de 2023. Nenhuma ideia fora das coisas. A pedra vive, a carne morre — não sabemos nada da morte. Pedras não inventam nada, só o homem inventa. (Assim cresce o pensamento, a escarpados cumes).

A marca FSC® é a garantia de que a madeira utilizada na fabricação do papel deste livro provém de florestas gerenciadas de maneira ambientalmente correta, socialmente justa e economicamente viável e de outras fontes de origem controlada.